優しい街

新野剛志

双葉文庫

優しい街

胸や尻も確かに悪くはない。しかし、ひとつだけ選べと言われれば私は太腿《ふともも》を選ぶ。もちろん女性の体の話だ。

ぴんと肌が張った健康的な腿。いかにも熱を帯びていそうに見えるのに、そっと触れてみると死体のようにひやっとする。その落差にぞくぞくとくる。たぶん個人差もあるのだろうが、私が知る女性はみな腿が冷たい。

いきなりこんなことを打ち明けるのは、私が目立ちたがりの露悪趣味だからでは決してない。私がどういう人間かを知る手がかりになればと思って話しただけだ。

これから語ることは、私の物語だ。依頼を受け、報酬を得るために走り回る、いつもの案件とは異なる。バインダーに綴《と》じられ、スチールのラックに置かれたまま忘れ去られる報告書の類《たぐい》とは違うのだ。だから、私が何を好むかぐらいは知っておいてもらってもいいと思った。冷たい腿を愛する男の言葉だと胸に留め、耳を傾けて欲しい。

もう一度言っておく。これは私の物語だ。決して他人に起きた事件ではない。

1

夕刊を広げ、美術欄に視線を走らせた。麻布《あざぶ》のギャラリーで催されている李禹煥《リーウーファン》の個展に目が留まった。

会期は八月二十一日まで。まだ数週間あるから、そのうちいけるだろうと考えたもの の、そう思っているうちに最終日がきてしまうものだと経験上、知っている。以前に谷中《やなか》のギャラリーで個展が開かれたときも、気づいたときには最終日前日で、結局仕事が忙しくて見逃してしまった。

かといって、暇だからいけるものでもない。仕事の合間の休日ならいいが、前の案件が片付いても次の依頼がまだ決まらないようなときに、気軽にでかけることはできない。いまの私はそういう状態だった。風俗嬢をつけ回すストーカーの身元を突き止め、二度と彼女には近づかないと念書を書かせて、前の案件はケースクローズになった。それから三日、次の依頼はまだきていない。私のスケジュール帳はこの先、真っ白だった。

オフィスのデスクに向かい、依頼が舞い込むのを待っていた。電話に目を向けそうになるのを、意志の力で新聞に留める。電話に意識を向けることなく、自然にしていればそのうち電話が鳴りだす。雨乞いの儀式と大差ないが、意外と効果はあるものだ。

東京国立近代美術館で開催中の美術展もよさそうだと思い、ボールペンを掴《つか》んで、丸で囲んだ。そのとき、電話が鳴り始めた。

残念ながら、デスクの上の固定電話ではなく、携帯電話だった。事務所のホームページには携帯の番号を記載していない。依頼であるなら、固定電話にかかってくるはずだ。リピーターが携帯にかけてくることもあるが、依頼よりも苦情の電話である確率が高い。学校や病院ばかりではなく、いまどきは探偵もクレームから逃れられない。たいていは料金についてだった。

携帯電話を取り上げ、画面を見ると、「コン水谷」と表示されていた。私はいったん背筋を伸ばしてから立ち上がった。画面を親指でタッチ、スライドさせる。

「はい、市之瀬《いちのせ》です」

私は期待感などおくびにもださずにそう言った。

「お世話になっております、水谷《みずたに》でございます。いま、お暇ですか」

水谷の気取った低めの声が耳に心地よく響いた。

「水谷さん、お暇ですか、ではなく、お時間ありますか、と訊《き》くべきではないかな。かりにも、あなたはサービスのプロ中のプロなんだから――」

「申しわけありませんが、あまり時間がないのです」水谷は遮って言った。

「すまない。今日、ひとと話すのはこれが初めてなんだ。時間ならたっぷりある。すぐ、そちらへ向かう。――ありがとう、水谷さん」

これで、三日続いた電話との睨《にら》めっこから解放されそうだ。


市之瀬探偵事務所は渋谷区桜丘町《さくらがおかちょう》の雑居ビルにあった。目抜き通りを進むと、すぐに国道二四六にぶつかる。その向こうはもう渋谷駅だった。

上り坂になった国道の歩道を進んだ。時間は午後の五時近くになっているが、気温はまだ三十度を超えていそうだ。ほんの五分ほど歩いただけなのに、噴きだした汗で背中にポロシャツが張りついていた。

この界隈のランドマークである、地上四十階建てのSホテルに入った。私は手にもっていた、背抜きのサマージャケットを着込んだ。制服を着た水谷は、フロントの手前で待っていた。


「早速ありがとうございます」

「いや、本当に暇だったんだ」私は、綺麗《きれい》に腰を折る水谷に言った。

「で、娘が家出ですか」

「そうなんです。ホテルからいなくなったので、そう呼ぶのが正しいのかはわかりませんが」

「正しい言葉を探すのは難しそうだ。今回は家出にしておきませんか」

「それがいいですね」長身のホテルマンは苦笑いを浮かべて頷いた。

水谷はこのホテルのコンシェルジュだった。おいしいセネガル料理が食べたいと客が言えば、たちどころにレストランを見つけだす。人気のミュージカルを観たいと言えば、金券ショップに電話をかけまくってチケットを用意する。宿泊客のわがままに笑顔で応えるのが主な仕事だ。実際、どこまでやってくれるのか試すために、わざわざ難題をふっかける客もいるそうだ。探偵を紹介してくれ、などという簡単なリクエストは、水谷にとって仕事のうちにも入らないだろう。だからかなのかはわからないが、ホテルからいちばん近い、という理由だけで私を呼ぶのは、手を抜きすぎだと思う。

高速エレベーターで三十七階までいっきに上がった。最上階に近いここは、かなりグレードの高いフロアーなのだろう。依頼人は黒川《くろかわ》夫妻。夫は名古屋で手広く事業を手がけていると水谷から聞いた。

水谷がチャイムを鳴らすと、すぐにドアが開いた。なかから顔を見せたのは、かなり派手な感じの女性——たぶん黒川夫人だ。若く見えるのは濃い化粧のせいだろう。娘が家出をしているのに、しっかりとメイクをするのは、とりたてて珍しいことでもない。水谷と私はその女性のあとについて部屋に入った。

広いスイートルームだった。一面の窓からは、新宿の高層ビル群が意外なほど近くに見えた。白いリビングセットと黒いダイニングセットが左右に置かれていた。黒川はダイニングセットの傍《かたわ》らに立ち、私たちを迎えた。

「調査会社の市之瀬さんをお連れしました」

水谷は探偵と口にするのが恥ずかしいのか、いつもそう紹介する。私は名刺入れを内ポケットから取りだした。

黒川は四十代後半くらいの、がっしりとした背の高い男だった。麻の白シャツにベージュのイージーパンツ、白髪交じりの長めのヘアスタイルも含めて洒落《しやれ》ていた。ラグジュアリーなホテルのスイートルームが似合う人種だった。

「市之瀬探偵事務所の市之瀬です」

名刺を手にした黒川は、顔から離してそれをしげしげと眺めた。

「失礼、これはロミオと読むのですかな」

黒川は大きな目をこちらに向けた。

「そうです。市之瀬路美男と申します」

これまで何度もしたことのあるやりとりを、私は繰り返す。私の忍耐強さは、この会話から培《つちか》われたのではないのかと思っていた。

「ご本名ですか」

「もしこの名に何か差し障《さわ》りがあるようでしたら、私の親に言ってください。もちろん、紹介した水谷さんにはなんの罪もない」私は笑みを浮かべて言った。

よけいなことは言わなくていいとでも言いたげに、水谷は口元を強《こわ》ばらせ、やはり笑った。

「いやいや、差し障りはないですよ。私も仁左衛門《にざえもん》なんて仰々しい名前を親につけられて、けっこう苦労したんですよ」

「仁左衛門ですか。それはなかなかすごい」

いまの時代、路美男に充分対抗できるだけのいかがわしさがある。

「歌舞伎の家でもないし、伝統工芸品を作っているわけでもない。ただの倉庫業なんですがね。この名前で社会にでるのが怖くて、大学を卒業したら、そのままうちの会社に入ったんですよ」

「なるほど、跡を継がせるための、足枷《あしかせ》のつもりだったのかもしれないですね」

自分も似たようなものか。探偵なんてやくざな仕事をしているのは、この名前と関係がないわけではなかった。

「それでは依頼の件についてお話しいただけますか。早ければ、今日から捜索に取りかかれますので」

「その前に、約束して欲しい。依頼内容や、娘を捜すに当たって見知ったことは、将来に渡って口外しないで欲しい」

黒川は急に表情を引き締めて言った。

「それは探偵の義務です。いっさい口外しないとお約束できます」

「市之瀬さんは、調査歴二十年以上のベテランですので、ご安心ください」

横から水谷が言った。

「二十年以上ですか。お若く見えますが」黒川は値踏みするような目で見た。

「それほど若くはない。年でもないですが」

「市之瀬さんは、十六歳で調査に携わるようになったのです。ですから――」水谷はにっこり笑って、大きく頷《うなず》く。

「探偵をするために生まれてきたようなひとなのです」

そこまで言うと嘘《うそ》くさい。そもそも水谷は、私がどうして探偵になったかなど知りはしない。

「わかりました。では、娘の話をしましょう。どうぞお座りください」

黒川に勧《すす》められて私はダイニングの椅子に座った。その正面に黒川と女性が座る。黒川が「家内の伊津子《いつこ》です」と紹介した。

「私は外したほうがよろしいですね。また何かあれば、ご連絡ください」水谷はそう言って部屋をあとにした。

大まかな話は水谷から聞いていた。私はふたりに質問をする形で、それを補強していった。

黒川夫妻の娘、高校一年生の由《ゆい》は、一昨日の夜、夕飯の約束に現れず、しばらくホテルには帰らないと母親のところにメールを送って寄越した。母親がすぐに携帯にかけたところ、最初は電話にでたそうだ。由は、少し遊んだら戻るとあっけらかんと言った。父親に替わると言ったら電話を切った。その後は電話にでなくなったそうだ。

「由さんは東京に友達や知り合いはいませんか」

「私たちが知る限りはおりません。伊津子の弟が練馬《ねりま》にいますが、そちらにいくことはないでしょう。万が一いけば、こちらに連絡がありますし」

「東京にいらっしゃったのは、四日前でしたね」

そう訊《たず》ねると夫婦揃《そろ》って頷いた。

「家出をする理由に、何か心あたりはありますか」

ふたりは顔を見合わせてから、首を横に振った。

「ここのところ喧嘩もしていませんし、普段から何か不満があったとも思えないんです」母親がテーブルに目を向けながら答えた。「由はちょっと突飛《とっぴ》なことをする子なんです。ですからほんとに、ただ遊びたくなっただけなのだと思っています」

「黒川さん、由さんが家出したのは一昨日ですよね。どうして当日、あるいは昨日のうちに、捜索を依頼しなかったんですか」

「それは、いま伊津子が言ったように、由はちょっと変わったところがある。黙っていても、そのうち帰ってくるだろうと思ったんですよ」

　黒川は自分たちの腹を探られていると理解したのだろう。少しぶっきらぼうに答えた。

「それでは、なぜ今日になって探偵を雇う気になったんです」

「予定が変わったからだよ。もともとはあと一週間、東京に滞在するはずだったが、仕事の都合で三日後には名古屋に帰らなければならなくなった」

「自分たちが近くにいれば安心、離れると心配、ということですか。あるいは、由さんが名古屋までひとりで帰れるか心配しているのですか」

　そもそも、由が東京にいるとは限らない。地元の友達と遊びたくて〝家出〟をした可能性もある。携帯のＧＰＳ機能で、娘の居所を特定するサービスには加入していないと黒川は言っていた。

「何を言いたいんです」

「言いたいわけではなく、知りたいんです。おふたりは、由さんの行動がわかってるのではないですか」

　だからさほど心配していなかった。

　母親がテーブルに向けていた視線を上げた。

　黒川は目を剝《む》き、口を開く。「それは……」

「何を隠しているんですか」

「隠しているわけじゃない」黒川はゆっくり、大きく首を振った。「伝えようとは思っていた。ただ、親としてはためらいがある」

私は納得して大きく頷く。

誰でもためらいはある。それを乗り越え、すべてを話してくれれば楽なのだが、なかなかそうはいかないから、私の仕事は難しくなる。

「市之瀬さんはツイッターをやりますか」

「仕事でもプライベートでも使います」

それぞれ別のアカウントをもっていたが、それほど頻繁にツイートするわけではない。

私はふと、絵理《えり》のツイートを確認したい欲求にかられた。

「裏アカというのはご存じですか」

私は絵理のことを頭から振り払い、答えた。「裏のアカウントのことですか」

さすが探偵だと黒川に言われたが、知っていたわけではない。語感と話の流れから推測しただけだった。

「友人などに教えるアカウントを本《ほん》アカと言うそうですね。何者であるかを隠して、普段言えないことを呟《つぶや》いたりするのが裏アカ。性的な内容が多かったりするようですが」

黒川は窺《うかが》うような目で私を見ていた。私はしかつめらしい表情を作り、父親の言葉に頷く。

「伊津子が、たまたま由の裏アカを見つけてしまったんです。本アカではいまのところ何も呟きませんが、裏アカでは家出後もツイートしている。だから、おおよその行動はわかっている。そのアカウントを監視していれば、由を捜しだすこともできるかもしれない」

黒川は母親のほうに顔を向けた。

母親は携帯電話を手にすると、何か操作を始めた。

「ツイッターのアプリでひとのアカウントを見ると、おすすめユーザーが表示されますでしょ。娘の普通のアカウントを見ていたとき、そこにやらしい変なユーザーがおすすめになっていたんです。そのひとのフォロワーをたどったら、娘の裏アカを見つけてしまったんです」

母親はそう説明すると、携帯電話を差しだした。私はそれを受け取り画面を見た。

『まゆこjk裏垢』というユーザー名だった。裏のアカウントだから、本名でないのは当然だ。フォローが三十二人でフォロワーが二千七十三人。最近のツイートが並び、スクロールしてその下を見た。私は画面にタッチしていた指を離し、顔を上げた。

黒川と目が合った。私は思わず視線をそらし、その着地点を探してさまよわせた。黒川は娘の敵でも見るような目をしていた。

私はまだ由の顔も知らなかった。しかし、彼女の体のことは知っている。肌が白いことも、乳房の脇にほくろがあることも、体毛が薄いことも、何もかも知ってしまった。

2

黒川夫妻の部屋にいたのは四十分くらいのものだった。今後の調査方針を説明し、必要書類に記入をしてもらい部屋をでた。きっちり頭を下げ、「失礼します」とドアを閉めた。

途中から、ビジネスライクな硬い喋《しゃべ》りになっていた。自然体の接客が売りの私にしては珍しいことだ。

廊下を進みエレベーターホールに向かった。途中、エレベーターの到着を告げるチャイムを聞き、足を速めた。ちょうどエレベーターホールにでたとき、扉が閉まりだした。扉の脇に黒いスーツが見えた。オープンボタンを押してくれることを期待したが、だめだった。扉は閉まった。

待つのは長く感じるものの、乗ってしまうとあっという間だ。ロビーに下り、水谷に声をかけてホテルをあとにした。

坂道を下り、桜丘町の目抜き通りに入る。コンビニの前まできたとき、後方でけたたましいクラクションが聞こえ、私は思わず振り返った。車の流れはスムーズで、どの車が鳴らしたのかはわからなかった。私は顔を戻して歩く。すぐにまた、振り返る。

自分はつけられていると感じた。はっきりとはしないが、先ほどクラクションの音に振り返ったとき、背後のひとの動きにかすかな混乱を感じとった。黒いスーツだった。

先ほど、黒川の部屋をでたあと、エレベーターでも黒いスーツを見ている。黒いスーツはサラリーマンのもの。あのホテルのあのフロアーに宿泊するひとなら、ネイビーかグレーのスーツを着るだろう。いまの季節なら、ベージュのコットンスーツもあるかもしれない。自分のように宿泊者以外が訪れることもあるだろうから、いたらおかしいわけではないが、黒いスーツは私の印象に残った。そして、先ほどの不審な動きをする黒いスーツ。

私の後ろに黒いスーツは三人いた。二十代に三十代に五十代のサラリーマン風。そのうち誰が、私が振り返ったときに慌てたのかははっきりしなかった。

正面を向き、愛和《あいわ》ビルに入った。本当につけられているなら、またいつか気づくだろう。ぎくしゃくとした動きをする老朽エレベーターに乗り、七階まで上がった。

事務所に戻ってから三時間、私はどっぷり裏アカの世界に浸かった。由のアカウントを見るだけでなく、おすすめユーザーにでてきたものや、フォロワーがフォローしているアカウントを見ていった。ネットで裏アカを検索し、世間的にどう広まっているのかも調べてみた。

裏アカは由のユーザーネームにもあったように、裏垢と表記されるのが一般的なようだ。変換ミスのように、カタカナを適当な漢字に置き換えるのはネットの世界にはありがちなことだった。

知人に公開している本垢に対して、単に、誰にも知られていない匿名性《とくめいせい》のあるアカウントを裏垢と呼ぶのが本来なのかもしれないが、実際には、ほとんどの裏垢に性的表現が含まれていた。性体験を赤裸々に呟いたり、自分の裸の写真を公開したりしている。モザイクなどないのがほとんどだ。性器どころか、顔まで晒《さら》している子もいた。そして高校生や、中学生だけではない。小学生までいた。そんなものだから、エロ垢と呼ばれることもあるようだ。援助交際を目的としたアカウントは、別に援垢と呼ばれる。いずれであっても、女の子を中心にして、そこに男が群がるというのが基本的構図だ。その証拠に、女の子のほとんどは、フォロー数よりフォロワーが多い。男の子はその逆だ。

裏垢という存在は、実際にそれに関わる十代、二十代に広まっているだけで、それ以上の大人は、気づいていないのかもしれない。裏垢と単純に検索し、その検索結果を拾い読みしていっただけだが、この無法地帯を問題にするような書き込みは皆無だった。逆にエロ目線の十代の若者が、裏垢なんてネットで拾ってきた画像を貼りつけているだけで、自分の写真を公開するわけがないと、切り捨てている書き込みを見つけた。能天気というか、鈍《にぶ》いというか、私もそう信じられればどれだけいいかと思う。ツイートと写真をつき合わせて見れば、写真が本人のものであることは間違いない。ひとの写真を使っているものもあるだろうが、多くは本物だった。別に特殊な子たちがやっているわけではない。年端《としは》もいかない本当に普通の子たちが、世界に向けて、自分のすべてを晒している。

裏垢を見続けた私は、世界の見えかたが変わった。決して大袈裟ではなく、自分が信じていたものが、すっかり覆《くつがえ》ってしまったような気分だった。ひとりものの私が見てそう感じるのだから、子をもつ親が見たら、どれほど動揺するだろう。

溜息をつき、パソコンのブラウザを閉じた。裏垢に囚《とら》われていてもしかたがない。私は裏垢を撲滅させるために雇われているのではなかった。

絵理のツイートを確認しようと考えていたのを思いだしたが見る気にならず、同業者に一本電話をかけた。

3

「この子、絶対にかわいいよね」

倉元《くらもと》は携帯の画面を食い入るように見つめて言った。

「絶対に間違いない。あそこが、これだけ綺麗なピンク色なんだもん。俺の統計によれば、顔はそれに比例して綺麗なんだ」

倉元はこちらに顔を向けた。すかしたメタルの丸眼鏡の奥から、問いかけるような視線を送ってくる。

「そう信じてるなら、それでいいじゃないか。俺は顔を知らない」私は素っ気なく言った。

倉元が見ているのは由の裏垢だった。私は黒川夫妻から、由の携帯番号もメールアドレスも本垢のアカウントもすべて教えてもらっていた。もちろん、服を着た、顔がはっきりわかる写真もメールで送ってもらっている。写真を見る限り、高校一年にしては大人びていて、美人の部類に入ると思う。倉元の推測は当たっているが、そんなことは守秘義務とは関係なしに、教えてやる気はない。

「ツイートを見ていてわかるけど、けっこういい家の子だよね。たぶん中高一貫の女子校に通ってる」

何も表情にださないつもりだったのに、眉がぴくりと動いた。すべて当たっている。

「うーん、吹奏楽部かな。どうだろ」そう言って、私の顔を窺う。「たぶん、タイプ的にいって違うな。吹部《すいぶ》ではない」

「どこから吹奏楽部がでてくるんだ」

「裏垢やっている子で吹部の部員ってけっこう多いんすよ。ただ、それだけですけど」

「なんで吹奏楽部の子が多いんだろう」

「単に、裏垢やっている子も吹部の子もオタクが多いってことだと思うけど」

「なるほど」私は頷いた。

倉元の言っていることがどこまで正しいのかわからないが、裏垢周辺について詳しいことは間違いないようだ。由を捜しだすのに、役に立ってくれそうではある。

以前にも人捜しで、ツイッターのアカウントしかわからない女性から情報をもらおうと、ツイッター上でコンタクトしたことがあった。私は市之瀬探偵事務所のアカウントで、真正面から話を聞かせて欲しいとお願いをした。それで成功した経験もあるが、そのときは断られた上、ブロックをされてしまった。そのことを同業者に話したら、それは端《はな》から無理だよと一刀両断にされた。女性に近づくには、女性を装うべきだとそいつは確信をもって言った。ただし、作ったばかりのアカウントでは警戒されるから、頻繁にツイートしていて、他のユーザーとの絡《から》みもあって、できれば気の利いた写真をアップしているようなアカウントを用意する必要があるとつけ加えた。

そんなものを突然用意できるわけがないと、私が反論すると、そいつは我が意を得たりとばかりににやりと笑った。突然用意ができないなら、買えばいい。そういう優等生なアカウントを育てて売っている人間がいるのだと、自慢げに言った。

男や女、学生やOL、様々なタイプのユーザーを揃えているらしい。それらのアカウントは、売っている本人が趣味と実益を兼ねて日々育てているという話だった。

今回、由を捜すにあたって、ツイッター上で由と絡んだ相手に接触する必要がでてくるだろうと考えた私は、そのときの話を思いだし、同業者に連絡を取った。それで紹介してもらったアカウントのブリーダーが、倉元だった。

夏休みで暇らしく、連絡を取ったらすぐに会えることになった。事務所から近い、コンビニの前で待ち合わせし、さらに近いワインバーに入って裏垢のレクチャーを受けているところだ。大学で法律を学んでいるという倉元は、見た感じ、いまどきの若者だった。おかっぱ風の髪型に丸眼鏡、マルチボーダーのTシャツにホワイトジーンズと、なかなかお洒落だ。軽薄な感じもして、ネットの世界に入り浸るタイプにも思えないが、話す様子からするとかなりはまっているようだ。

「路美男さんは、このまゆこちゃんと絡んでいるひとと、接触をもちたいんですよね」

倉元は食べ終わったスペアリブの骨を、私に向けて言った。

「違う。このまゆこちゃんみたいに家出している子と絡んでいるひとだ。まゆこちゃんは、ただのサンプルだと言ったろ」

あまり意味はなかろうと、守秘義務を守るため、私はそう言った。

「とにかく、こんな感じで、家出少女に群がる男たちが食いつきそうな子がお望みなんでしょ」

「そういうことだ」

由は泊まる三日前に、家出したと裏垢でツイートしていた。実際に家出したのは一昨日だが、由は泊まるところを確保しておくため、あらかじめそう呟いたのだろう。そのツイートに対して、男たちのリプライ——返事がずらっと並んでいた。ほとんどが、うちに泊めてあげるよ、という内容だ。普通のツイートに対してのリプライは、多くても十件ほどなのに、このときは三十件くらい並んでいた。

由の気を引こうと、おいしい食事付きだよとか、池袋だから遊びにでるのに便利だよとか、旅行のパンフレットなみにメリットを書き添える者も多い。由もそれに対して、うれしいとか、よろしくとか、乗り気のリプライを返していた。しかし、その先がどうなったかはわからない。ツイッターは鍵をかけなければオープンで、誰でも見られる。会う約束だけならまだしも、そんなところで具体的な待ち合わせの約束などしたら、待ち合わせ場所にどっとひとが集まるだろう。

ツイッターにはDMと呼ばれるメッセージ機能もあった。フォローし合っている者同士なら、ひとに見られることなく直接やりとりができる。ツイートやリプライを見ると誰とも泊まる約束などしていないが、DMで連絡を取り合った可能性があった。

私がまずやろうとしているのは、群がった男たちのなかから、由と会った者がいないか見つけることだ。

「路美男さん、この子なんてどう。杏《あん》ちゃん。まゆこちゃんと同じ高一だし、体も綺麗だから、みんな飛びつくと思うな」

携帯画面に表示された「杏@jk1」というユーザーネームのアカウントを倉元は見せた。

「中学生のほうがより誘引力が強いかもしれないけど、路美男さんが中学生の女の子になり切れるか不安だからな」

高一になりすますのだって、充分に不安だった。

「この裸の写真はどこから引っぱってきたんだ」

「以前に裏垢をやっていた子のを拝借したんだ。もうアカウントは消えているからばれることはないすよ」

「この局部写真は削除しておいてもらえるか」

「路美男さんが好きなようにしていいですよ」

「いや、買う前に消しておいてもらわないと困るんだ」

法令遵守がモットーだ。できるだけ、という但《ただ》し書きはつくが。

倉元はわかりましたと言って、写真を削除した。私は三万円を払い、このアカウントのパスワードを教えてもらった。

「男のアカウントも用意しておいたほうがいいのかな。女の子にも接触してみようと思っているんだが」

男たちが群がっていると言ったが、家出のツイートへのリプライには、女の子からのものも含まれていた。〈ヤリ目ばっかだから気をつけてね〉という親身なリプライは、男たちからすれば迷惑なものだったろう。

遡《さかのぼ》ってツイートを見ていくと、由は女の子との絡みも多い。家出前、東京に行くことになったと由はツイートし、じゃあ遊びにいこう、買い物しようと互いにリプライを積み上げ、会話していた。家出のツイートに注意を呼びかけたのも同じ子だ。関東在住の高校二年生。その子にも接触してみようと思っていた。

「女の子と接触するのも、女の子でいいっすよ。ただ、男ほどばかじゃないから、うまくやらないとネカマだとすぐにばれる。難しいようだったら、イケメンくんで攻めてみるのもありです」

「まず杏ちゃんでやってみよう。だめならまた相談する」

「それでいいんじゃないんですか」倉元はワイングラスを取り上げて言った。「そのときは、もてもて大学生のアカウントを紹介します。俺が素でやってるやつだけど」

倉元は茶目っ気のある笑みを見せ、グラスを傾けた。

店内は客でいっぱいだった。私たちは数少ないスツール席を確保して座っていたが、この店は立ち飲みが基本だ。酒も料理もリーズナブルなかわりに、客を詰め込めるだけ詰め込むので、みな肩を寄せ合って飲んでいた。

「倉元君は、ネットで知り合った子と実際に会ったりしないのか」

「俺はネット上で絡むだけで充分。それ以上はめんどくさいことも多いでしょ。想像で言ってるわけじゃないよ。実際痛い目に遭ってる」

いくつも傷をこしらえ、前に進むことで大人になれる。そう思うのだが、ネカマのアカウントブリーダーに真面目な顔で説教するのもどうかと思う。そもそも、ネットを通じて女の子と出会わなければならないわけではない。この若者ならリアルでもそこそこもてるだろう。

「路美男さんの名前、いいっすよね。美しい路をいく男——素敵だな。着物姿が似合いそうなイメージ」

「名前に着物を着せることはできないと思うが」

「おおっ、その台詞《セリフ》もかっこよすぎ」

酔いの回った若者が鬱陶しくなりかけたとき、グラスの砕ける音が響いた。

店内の喧噪《けんそう》がどこかに吸い込まれた。「失礼しました」という、店員の声が聞こえた。音のでどころを探るようにフロアーに目をやっていた私は、ふいに自分の視線が捕らえたものを意識した。女性グループに挟まれ、恥ずかしそうにうつむく男。黒いスーツ。

私は倉元に視線を戻した。

「女子高生になりすます俺に、何かアドバイスはあるか」

「顔文字とか気にする前に、自分がおじさんであることを忘れてください。女の子には生理があることを頭の片隅に置いておいてください。あとは、健闘を祈ります」

倉元は口にもっていったグラスを止め、いっきに言った。

「ありがとう。なんだかできそうな気がしてきたよ」私はスツールを下りて言った。

「じゃあ、そろそろ女子高生に変身しなければならないから、俺はこのへんで失礼する」

「路美男さん、探偵のバイト、募集してないんですか。なんか、興味が湧いてきたな」

「俺はずっとひとりでやってきた。今後も募集することはない」

「そうですか。急にアシスタントが必要になったら、声かけてくださいよ」

考えてみたら、アカウントなど買わずに、手慣れたこの男を使って、ターゲットに接触してもらったほうが効率がいいのだなと、いまさらながら気づいた。女子高生になりすますことが急にばからしく感じられたが、何事も経験だと自分に言い聞かせた。傷をこしらえ、前に進む。きっといつかは大人になれるだろう。

キャッシュ・オン・デリバリーの店だから、私はそのまま店の喧噪《けんそう》を抜けだし、路上に佇《たたず》んだ。ジーンズのポケットから、ぼろぼろのパッケージを取りだし、煙草をくわえた。

車が通りすぎた。車道に下り、愛和ビルに向かって斜めに道を横切る。ゆっくり歩道に上がり、奥まったビルのエントランスまでくるとそこで足を止めた。私は壁にもたれ、火のついていない煙草を舌先で弄《もてあそ》ぶ。かすかな靴音が聞こえた。

通りのほうに目をやると、壁際からぬーっと男の顔が現れた。男は目を丸くし、体を後ろに引いた。しかし立ち直りが早く、すぐにヤニに汚れたすきっ歯を見せ、笑った。

「よく会うな」私も笑顔で応えた。煙草をくわえ、火をつけた。

頭の薄くなった、五十半ばぐらいの男。近くで見ると、黒いスーツはずいぶんよれよれだった。

先ほどのワインバーで女性グループに挟まれ、顔をうつむけていた男。今日の夕方、ホテルからの帰り、背後を歩いていたサラリーマン風のうちのひとりだ。はっきり顔を覚えていた。

「今日、ホテルのエレベーターでも見かけたな」

顔など見ていなかったが、はったりでそう言った。

男も煙草をくわえ、火をつけた。唇をとがらせ、煙を吐きだした。

「別に、あなたをつけ回していたわけじゃないんだよ。声をかけようと思ってたんだが、タイミングが悪くてね。もう一品頼んでいたのを、キャンセルしてでてきたんだ」

「何をキャンセルした」

「たこのやわらか煮ガリシア風とかいうやつだ」男は一瞬戸惑った顔をして答えた。

「そいつはキャンセルで正解だ。ちっともたこがやわらかくないんだ」

「そうか、それは助かった」

男はほっとした顔で言うと、上着のポケットに手を突っ込んだ。

「私は怪《あや》しいもんじゃないよ」

煙草を口にくわえたまま、名刺を差しだした。

受け取って目を走らす。「経済ジャーナリスト　七沢洋《ななさわよう》」と書かれていた。他にペンクラブなどの所属団体が書き添えられている。

どんな人物かはだいたいわかった。怪しい人物であると、名刺がだめ押ししてくれた。

「ジャーナリストといってもね、大手メディアなんぞ相手にしていない。企業向けの情報誌で執筆することが多い」

どこからくる自信なのか、男は薄い胸板を反らして言った。

「知ってるよ。企業に無理矢理売りつける雑誌だろ。もう、そういうものはなくなったと思っていたが」

「無理矢理押しつけるようなものはなくなった。必要なものだけが残るのさ」

七沢の煙草は短くなるのがやたらに早かった。灰が落ち、ズボンにかかっても、七沢は気にもしない。煙草を道に捨てようとするので、私は携帯灰皿を差しだした。ついでに自分の煙草も、もみ消した。

「あなたは探偵？　それとも果物屋？」七沢は訊いた。

私の事務所がある七階には、「ストレートバナナ」という映像制作会社が入っていた。そのことを言っているのだろう。

「果物屋だ」

「嘘でしょ。果物屋が黒川の部屋に呼ばれるわけがない。何があったんだい、探偵さん」

「黒川が誰だかもわからない」

七沢はまったくめげることなく、笑みを浮かべている。

「黒川の娘の姿が昨日から見えないんだが、どうしたんだろうな」

「老眼がすすんだんじゃないか。眼科にいったほうがいい」

私の親身な言葉が通じたようだ。七沢はふんと鼻を鳴らし、指で目やにを拭《ぬぐ》った。

「黒川が何者か知っているか」

私は急に喋るのが億劫《おっくう》になり、ただ首を横に振った。

「あの男の家は、代々、名古屋で倉庫業をやっている。まあ、本業のほうも堅調なんだろうが、土地もちでね、かなりの財産があるんだ。じいさんの代から政治家との結びつきが強くて、永田町界隈では、政商としてちょっと知られた存在なんだよ」

七沢はとっておきの情報でも語るように、首を突きだして言った。

「政商っていうのも、なんだかよくわからないな。さっきから古くさい話ばかり聞かされている気がする」

「政商なんて、そもそも言葉の実体がないからな。使わなきゃ消えていくもんだろう。黒川の場合は、レッテルみたいなもんだ。じいさんの代から変わらず貼りついている」

私は腕時計に目をやったが、七沢は案の定、気にせず話を続けた。

「一般的に政商といえば、政治家と昵懇《じっこん》で、利権に食い込み商売をする者を指すんだろうが、黒川の家業はあまり利権とは縁がない。それでも、万博ではずいぶんもうけたという話もある。黒川のところは、政治家のタニマチみたいなものだ。ちょっとお願いしますよと言われれば、さっと大金を用意する。黒川としては中央政界と繋がりがあることで優越感に浸れるし、地元では大きな顔もできるわけだ。そんなことだから、毎年夏には軽井沢にいって、ゴルフをしながら政治家たちに金をたかられるのが恒例なんだが、なぜか今年に限って東京に現れた。いったいどういうことなのか、というのが私のもっかの興味なんだよ」

「方向性が間違ってる。それはきっと陽動作戦だ。あなたの目を東京に引きつけるため、黒川を東京に送ったんだろう。悪事は軽井沢で起きている。あなたもすぐ軽井沢に飛んだほうがいい」

七沢は表情を変えた。眉間《みけん》に深い皺を寄せて私を見た。目を瞬く。もう一度――。七沢は突然体を揺らして、笑いだした。

「なんだよ、ちきしょう。勢いにやられたのかよ。一瞬、本気にしちゃったじゃないか。――あなた、なかなか面白いね」

嬉しそうに、膝をばんばんと叩く。

「まあ、あなたが核心まで知っているとは思わない。ただ、黒川の行動とか、娘さんのこととか、こちらに情報を流してくれればなと思ったんだよ」

「話はよくわかった。ただ話すことが何もない。さっき言ったのは適当だけど、ひとつだけ本当だった。あなたの向かう方向は間違ってるよ」

私はエントランスに向かい、ガラスドアを開けた。

「そうかな。間違ってるかな。長年この仕事をやっていると、勘が働くんだ。核心に近づいている気がしてならない」

世間は前向きさを肯定的に語りすぎる。迷惑であるケースのほうが多いのではないか。

「裏垢って知ってるか」

私はなかに入り、振り返った。

「はあ？　聞いたことないな」

「だったら調べたほうがいい。世界が覆るような陰謀が、密かに進められているんだ」

私はドアから手を離し、エレベーターに向かった。

事務所に戻り、私は自分が接触するべき相手の見当をつけていった。

由──まゆこの家出宣言に、三十件ほどのリプライがあったが、全員に接触する必要はなかった。DMで連絡を取り合ったとしたら、フォローし合っている者に限られる。男はほとんどまゆこをフォローしているフォロワーだった。まゆこがフォローしているのは三十人中六人だけ。そのうち、地方在住者を除くと四人に絞られる。家出のツイートにリプライせず、いきなりDMでうちにこないかと誘った者もいたかもしれないが、ひとまずそれは考慮にいれずに、四人に接触を試みることにした。それと、遊びにいく約束をしていた女の子、『むーちゃん』にも。

まずは私の隠れ蓑、『杏@jk1』のアカウントをカスタマイズすることにした。今日と一昨日のツイートを削除する。そうすると、一週間ほどツイートしていないことになる。

準備はできた。私は晴れて女子高生として初ツイートした。

〈ひさしぶりにツイート。夏休みひま〜〉

短い文面を何度も見返し、おっさんの痕跡を探したが見つからなかった。夏休み、暇をもてあましている女子高生の感じがでているだろう。

暇すぎて久しぶりにツイッターのアカウントを開き、出会いを求めて、素敵なユーザーを探し、気になったひとをフォローした。このツイートを読めば、フォローされた者たちは、そういう自然な流れでフォローされたと理解するはずだ。私はしばらく時間をおいて、五人をフォローした。あとは向こうの反応を待つつもりだ。女のほうから積極的過ぎると、業者や詐欺かと警戒されかねない。むーちゃんにだけ、〈フォローさせてもらいました。よかったら絡んでください〉とリプライの形でツイートしておいた。

今日、まゆこのツイートがないのが少し気がかりだった。一昨日は原宿にいったとツイートがあった。昨日は寿司を食べたと呟いている。

私はふと思いついて、絵理のアカウントを開いた。朝、何もツイートがないのを確認して以来だった。

どうやら今日は移動日だったようだ。絵理一行は、神戸をでて九州に入った。

〈小倉《こくら》到着。思いの外早く着いたからホテルの部屋でひと休み〉

そう呟いてから二時間後のツイートが、私の心を暗くした。

〈ベッドから動きたくない。誰か食事もってきて〉

これはただの呟きなのだろうか。それとも、特定の誰かがこれを見て、行動してくれることを期待したものだろうか。

もちろん、特定の誰かは、東京にいる私ではない。

4

杏は優秀なハニートラップだった。翌朝、昨日フォローした五人、全員からリプライがきていた。そのうちひとりは、遊びにいこうと積極的だった。

私はまずこの男と会うことに注力しようと決めた。他の四人にもリプライを返しながら、この男――『りょうくん裏垢』には、私も遊びたいと返し、DMに誘い込んだ。

十八歳の大学生は、当然といえば当然、性欲の塊だった。エッチができるかどうか、その可能性ばかり探ってきた。

〈りょうくんが、ふつうメンだったらしてもいいかも。うちもなんか今日、すっごいむらむらするしー〉

調子にのりすぎて、倉元が作りあげてきたキャラよりもはすっぱな感じになってしまったが、性欲で頭が沸騰している若者は、そんな違いなど気にも留めない。

〈俺、全然フツメン。会うのすっげー楽しみ〉

そう言った割には、池袋で会うことにこだわり、なかなか渋谷での待ち合わせに同意しなかった。埼京線なら、たった二駅なのに。こちらとしても、そこにこだわり、話が流れてしまうのは避けなければならなかったが、最終的には渋谷駅前モヤイ像の前での待ち合わせに決まった。

私は約束時間の五分前、十二時五十五分に事務所をでた。今日は曇り空で、いまにも雨粒が落ちてきそうな気配があった。気温も三十度は超えていないはずだが、歩道橋を上がるうちに汗がにじみでてきた。

携帯の通知音が鳴った。たぶんツイッターだろうと思って取りだして見ると、やはりそうだ。DMにメッセージが届いていた。モヤイ像の前に到着したと、りょうくんからだった。私は歩道橋の上からモヤイ像のほうを眺めた。

〈私もあと一分くらいで着く。今日は花柄プリントのワンピ。うちの一番のお気に入り。ちょーかわいいよ。ちょっと髪の毛巻いちゃった〉

いい感じで打てた。やりすぎか、とも思う。自分のなかのおやじを、すっかり忘れられるわけではないが、打ち始めると女子高生が降りてくる感じがある。正直にいえば、それが妙に心地よくて、つい書きすぎてしまうのだ。

あとの落胆を思うと、りょうくんには酷なことをしていると自覚しているが、まあしかたがない。男はいくつもの傷を作り、大人になるものだ。

〈やばい、本気で興奮してきた。襲っちゃうかもガウー〉

光速でメッセージが返ってきた。完全に頭が沸いてしまっている。

私は服装を訊ねた。白いTシャツにGパン、眼鏡をかけているという返信がきた。

歩道橋を下り、モヤイ像のほうに向かった。待ち合わせで佇むひとの姿はちらほらあった。サラリーマン風、女子大生風、オタクの中学生風。白いTシャツの若者もいた。しかし眼鏡はかけていないし、Gパンではなくチノパンだ。りょうくんではない。

モヤイ像の前まできて、あたりを窺う。像の裏にも回ってみたが、それらしき姿は見あたらない。この手の待ち合わせにありがちなことで、少し離れたところから品定めしているのだろうと考えた私は、モヤイ像から離れた。

東急百貨店の建物の陰や、通路の柱の陰など隈《くま》なく捜した。視線を遠くに置き、ぐるりと見回してみても、やはり、りょうくんらしき姿は見つからなかった。

携帯電話を取りだした。ツイッターのアプリを開き、DMを打った。

〈モヤイ像の前まできたけど、りょうくんがわからない。いる?〉

すぐに返信がきた。

〈前に立ってるよ。杏ちゃんもいる?〉

私はモヤイ像の前に目を向けた。

先ほどより少しひとが増えている。オタクの中学生風の前に眼鏡をかけた若者がいる。Gパンもはいていた。しかし、白いボタンダウンシャツだった。

暗転していた携帯画面が明るくなった。メッセージが届いていた。

〈背はちょっと低いです。だからわからないのかも〉

別人のように、言葉に勢いがなくなっているのが不思議だった。

ともかく、背の問題ではなかった。服装に合致する者がいないのだ。もう一度訊ねてみようかと考えたが、まどろっこしくなってやめた。メッセージを打った。

〈ごめん。ちょっと恥ずかしいかもしれないけど、手を高く上げて。早く会いたい〉

私はモヤイ像のほうに目を向けた。何も見逃すまいと、瞬きもしないでじっと見た。

「えっ」と思わず驚きを声にした。

手が上がった。これ以上高くは上げられないほど、真っ直ぐ上に伸ばしている。白いTシャツを着ている。眼鏡をかけている。あのだぼだぼのズボンはGパンか。中学生だった。手を上げているのは、ショルダーバッグを斜めがけにした、塾帰りのような、オタクの中学生風だった。

私はモヤイ像の前に足を向けた。

「りょうくんか」

少年の前で足を止めた。背は私の顎《あご》ぐらいまでしかなかった。

「杏ちゃんと待ち合わせしたろ」

驚いた顔をしていた少年をさらに驚かせた。

「いや僕は、そんな悪い人間じゃないすよ」一秒間に瞬きを三回しながら言った。

声変わり中の少年の声は、どこか痛ましいものだった。

「もういいから、手を下ろせ」

少年は上げ続けていた手を下ろした。Tシャツの下で肩の骨が浮きでていた。胸にはスポーツメーカーのロゴが入っていた。私がイメージした白Tシャツとは違う。わからなかったのも無理はないと自分を慰めた。

「前にも、こうやって女性と会ったことがあるのか」

「いや、ないです。今日も別に……」

少年だから自宅住まいだろう。もし由と会っていても、泊めることはできない。それでも一応は訊いてみる。

「俺は警察でも、なんでもない。ただ訊いているだけだから、気にせず本当のことを言ってくれ。この二、三日の間に、まゆこという女の子と会わなかったか」

「会ってないです。本当です。会おうということになると、絶対写真を送ってってなって、送ると必ず拒否られるから、会えたことないんです。今回は写真を要求されなかったから――」

なるほど、そういうものなのか。私は頷いた。

「質問は以上だ。悪かったな、渋谷まで呼びだして」

たぶん小遣いが減るからいやがったのだろう。

「いいです。アニメイトに寄ってくから」

「ああ、あそこね。アニメイトの近くに、おじさんの探偵事務所があるんだ」

「やっぱ、いくのやめます」

「好きにしろ。こういうのも、やめろとは言わない。だけど、ほんとに会いたいんだったら、もうちょっとがんばれよ。筋肉つけて、ファッション雑誌を読んで、小遣いためて、勉強しろ」

私は細い少年の肩を叩き、足を踏みだした。

「あの、杏ちゃんは、どこへいっちゃったんですか」

少年の声は痛ましい。しかし、まったく同情心が湧かないものだ。私は勢いよく振り返った。

「杏ちゃんはな、金で買われたんだ。おやじに食われちまった」

傷つけ。

5

〈おなかすいた～。おいしいおそばが食べたし〉

次のアポイントをとるための呼び水として、杏のアカウントで呟いた。ただし、内容自体はおやじの素の気持ちだ。青山までいけばそこそこうまいそば屋があるが、仕事中にそこまで足を延ばす気はなく、事務所近くの富士そばで我慢した。

ざるそばをすすりながら、素のツイートをもう一本打った。自分のアカウントから、昨晩の絵理のツイート、〈ベッドから動きたくない。誰か食事もってきて〉にリプライを送った。最初、〈誰かもってきてくれた？〉と打とうとしたが、それではあまりに直接的で嫌味ととられかねない。〈夕飯食べられたのか？〉と無難なコメントにした。

しばらく携帯に意識を向けていたが、絵理からのリプライはなかった。いまごろはリハーサルだろうから、当然だとは思う。今日は三時と六時のツーステージだったはずだ。マネージャー並に絵理のスケジュールを覚えていることに、自分自身呆《あき》れていた。有限である頭のメモリはもっと別のことに使うべきだ。

そば食べたいのツイートにもリプライはきていたが、それだけでは弱いとみて、食後に、〈まんぷく。食欲が満たされると性欲が増す事実〉と打ってみた。裏垢なのだから、それくらいのことを呟かないと食いつきが悪い。十分ほどで、十件以上のリプライが集まった。そのなかに、ターゲットとなる四人のうちふたりが混ざっていた。私はふたりをDMに引き込み、女子高生らしい天真爛漫なエロトークで攻略した。ひとりはこのあとすぐの三時半、もうひとりは時間をおいて六時に約束を取りつけた。杏ちゃんと私のコンビは最強だった。

三時半の約束はキャンセルになった。わざわざ相手の希望に沿って池袋で待ち合わせしたのに、約束の場所に現れなかった。DMを送ってみたら、急に都合が悪くなったと返ってきた。だったら、約束の時間前にそう連絡してくれればいいと思うが、文句をいってもしかたがないだろう。

この手の男は約束をすっぽかすいい加減な人間というより、リアルで女の子に会う勇気のないやつなのだ。自分から連絡する度胸すらない。ましてや、リスクのある家出少女を匿《かくま》うようなまねはできないだろう。リストから削除できるのだから、すっぽかされても無駄ではなかった。

六時の約束は向こうがどこでもいいと言うので、思い切り自分に都合がよく、事務所から一分のコンビニの前で待ち合わせした。

アカウント名『カリガリひろし』は優しげで誠実な印象の男だった。杏ちゃんのDMでのエロトークに食いつきはするが、飲み会の下ネタ程度で、それほどエロを掘り下げることはない。挙げ句に〈初めては好きなひととしたほうがいいよ〉などと優等生的なことまで言ってくる。

裏垢の世界で、カリガリひろしみたいなタイプは珍しくなかった。ネットの世界の、しかもエロが前面に押し出された裏垢だから、性的欲望が暴走していそうなものだが、見ると案外、紳士的なコメントのほうが多数を占めている。ただそれはやはり、姫の機嫌を損なわず、エロ写真をアップしてもらおう、あわよくばリアルで会いたいという魂胆があるからだろう。そんな魂胆を除いても、迎合するような優しいコメントばかりがずらっと並んでいるのは、普通のツイッターやブログと同じく、読んでいて気持ちの悪いものだった。

事務所を約束の五分前にでた。ひとの多い目抜き通りを国道のほうに進むと、すぐにコンビニがある。そのエントランス前にもひとが多かった。

カリガリひろしはプロフィールによると、年齢は二十七歳。フリーの仕事をしているので時間に余裕があるらしい。由の家出宣言に対して、〈空いている部屋があるから泊めてあげるよ〉とリプライをしていた。由はそれに、ぜひぜひお願いと返した。ただ、由はみんなにそう言っているから、カリガリひろしがとくに怪しいわけではなかった。

コンビニの前では、ギターケースを提げた若者が集まってアイスを食べていた。この界隈にはライブハウスもあるし楽器店もあるため、バンドマンの姿をよく見かける。有名なテニスのプロショップもあるので、テニスラケットを提げたひとも多い。アニメイトがあるからオタクの姿もあり、雑多な趣味の街というのが桜丘を説明するのにてっとりばやい。実際は、渋谷ビットバレーの流れをくむIT企業などが集まっているし、洒落た飲み屋も多いため夜の顔ももち合わせている。さらには、商店街を抜けると南平台《なんぺいだい》の高級住宅地が広がっており、なんとも捉えどころのない街だった。私の視点だけでいえば、探偵事務所がすんなり融け込める街、とは断言できた。

　バンドマンたちから離れて、私はコンビニの前に立った。隣には携帯を眺めながら、やはりアイスを食べる太めのサラリーマン風がいる。その向こうに、白いポロシャツに紺色のパンツを合わせた、爽やかな青年が立っていた。黒いメタルの眼鏡も含め、DMで教えてくれたカリガリひろしの服装と一致した。私は携帯を取りだし、DMを打った。

〈近くまできてるけど、カリガリ君がわからない〉

　すぐ近くで着信通知のチャイムが鳴る。ポロシャツの青年が、手にしていた携帯の画面を確認する。親指で何やら打ち始めた。

　間もなく私の携帯画面に、メッセージが現れた。

〈もうついてるよ。白いポロシャツ。紺のポロシャツじゃないよ〉

　紺のポロシャツとは私のこと。なかなか親切な若者だ。私はもう一本メッセージを送った。

〈いま変なカラコン入れてて、色がよくわかんない。ごめん、携帯をもって手を上げてくれたらうれしい。すぐわかる〉

　ほどなく青年は、不満そうに眉をひそめる。顔をうつむけ、大きく息を吐きだすと、携帯をもった手を顔の横あたりまで上げた。

　私は少し後退した。アイスを食べるサラリーマン風の後ろを通り、爽やか青年、カリガリひろしの斜め後ろに立つ。すっと手をのばし、青年の携帯を肩越しに抜き取った。私はすぐに背を向け、携帯の画面を見る。私とやりとりをした、メッセージ画面がディスプレイされていた。

「ちょっと、ひとの携帯、とんないでください」

後ろで声がした。優しげな声だが、怒りは伝わってくる。周囲の怪訝《けげん》な視線を浴びた。

「カリガリ君、ちょっとだけ時間をくれないか」

青年はぽかんと口を開け、惚けた顔をした。

「人前で呼ばれるのは辛いと思うが、言うほうも辛いんだ。すぐに返すからおとなしくしてくれ。ちなみに俺が杏ちゃんだ」

「はあー?」

青年のどうにもやりきれないという表情が胸に迫る。爽やかだが、それなりに下心があったということだろう。

かかわらないほうがいいと判断されたようで、周りの視線は消えていく。前にいたアイスのサラリーマン風がそそくさと歩きだす。

私は携帯を操作して、前画面を表示させた。そこにはこれまでDMをやりとりしたことがあるアカウントのアイコンが並んでいる。スクロールして見ていくと、あった。青いリボンのセーラー服。『まゆこ.jk裏垢』のアイコンだ。

「ちょっと、何やってんですか。返してください」

カリガリひろしが手を伸ばす。私はそれをかわして、アカウント名をタップした。

由――まゆことやりとりしたメッセージが現れる。さっと目を通して満足した。服装を説明するメッセージはまさに先ほど私たちがやりとりしたのと同じだ。最後はまゆこの〈みーつけた〉で終わっていた。三日前のメッセージ、家出した当日だ。

「はいどうぞ。お返しするよ」

差しだした携帯を、青年はひったくるように取った。

「どこいくんだい」すたすたと歩きだした青年のあとを追う。「せっかく待ち合わせしたんだから、話ぐらいしようよ」

「話すことなんてあるわけないでしょ」

青年は顔を強ばらせ、目も向けずに歩く。歩調を速める。

「三日前に家出中のまゆこちゃんと会ったろ。俺は彼女の親御さんから行方を捜すように頼まれた探偵だ。話をしてくれないと厄介なことになる。四六時中、俺につきまとわれてもいいのか」

「ちょっと、やめてください」青年は歩道橋の前で足を止めた。

「警察を呼びますよ」

「かまわないよ。ただし、呼んだら君自身も面倒なことになる。法律には詳しい？」

「いや、とくには」青年はすぐにそう答えた。

私はしかつめらしく頷いた。

「未成年者略取誘拐って言葉は聞いたことがあるか」

「聞いたことはあるけど、よくわからないですね」

「未成年者を親の同意がなく連れ歩いたら、本人の同意があっても罪になるんだ」

「嘘だ。そんなむちゃくちゃな」

「十九歳の女の子とデートして、それを向こうの親が反対したら、罪になる。嘘だと思うなら、検索したらいい」

そう言えばたいていの者はそのまま信用するが、青年はなかなか賢明だ。携帯を取りだして操作する。画面をしばらく睨み続け、こちらに顔を向けた。

「本当だったろ」

私は軽く自慢げな表情を見せた。

「だけど、実際は――」

「そのとおり。さっき言ったケースで男が逮捕されることは、ほぼ百パーセントないだろう。高校生以上になると、本人の意思が尊重されることになると思う。しかし、カリガリ君の場合は、家出少女と会った。しかもそれを最初から知っていた」

口をすぼめた青年は、冷静に頭を働かせているように見えた。

「もっとまずいのは、ネットで知り合ったことだ。警察はなぜか、ネットで男女が出会うのを毛嫌いしているようだ。ナンパで出会ったならセーフだが、ネットはまずい。わかるよな」

実際に警察が毛嫌いしてるのか、マスコミが好んで取り上げるだけなのか、私にはわからない。ただ、そういう印象はある。このケースで警察が動く可能性は高いと思っていた。

「どう思う?」私は重ねて訊いた。

「だけど僕は何も知らない」

「そういうことを話してくれればいいんだ。いまの居所を知らないなら、そう言えばいい。どこで会って、何を話し、どこで別れたかを聞かせてくれ」

青年は口を閉じてうつむく。

「親御さんは、探偵を雇うぐらい必死だ。俺から連絡すれば、すぐに警察に届けでるはずだ。俺と話をするより不快なことになるぞ」

私はカードケースから名刺を一枚抜き取り渡した。

「事務所はすぐ近くだ。そこで話すか」

「いや、話すなら喫茶店とかのほうがいい」

なかなか警戒心が強いようだ。しかし杏の誘いにはころりと騙《だま》された。

「よし、いこう、カリガリ君」

青年を追い立てるように歩き、目抜き通りを渡ってすぐのカフェに入った。

カリガリひろしは本当に警戒心が強かった。あるいは個人情報はすべて隠さなければならないと信じ込んでいる強迫神経症タイプか。教えなければ、あとをつけ回すと脅して、ようやくカリガリ君と呼ばないですむようになった。

青年の名前は日野原孝典《ひのはらこうすけ》。年齢はプロフィールどおりの二十七歳。ＩＴ関係の仕事をしていたがいまはデイトレーダーのようなことをやっていると、職業はちょっとあやふやだった。

由とは三日前に上野で会ったそうだ。なんで上野なのかと思ったが、親にばったりでくわしそうもないところを由が選んだようだ。会ってお茶をし、浅草で夕飯をごちそうして別れた。会うのが初めてだから、何も特別な話などしていない。東京でどこへいきたいとか、好きなアニメは何かとか、たわいのない話ばかりだったという。エロトークはしないのかと訊いたら、面と向かってそういう話はしないものでしょと怒ったように言った。

日野原はＤＭでの印象どおり、真面目《まじめ》で誠実な感じがする。話す様子から、知性も窺えた。そういうタイプがネットで女の子と出会うのは、まったく不思議ではない。逆に、出会って食事をしてそのまま別れてしまうことのほうが不思議だ。信じられなかった。

そのことについて訊ねると、日野原は「それは……」と、口ごもった。

「それは、何？　秘密？　生理？　嘘？」

「ほんとですよ。彼女のほうが断ってきたんです」

「何か彼女の気に障ることをしたのかな」

「そういうことじゃなくて――」

また口ごもる。私はコーヒーに口をつけ、携帯をいじり、気長に待った。

「住んでるところが埼玉なんです。彼女、東京じゃないとやだと言って――」

日野原はようやく言った。

とくに埼玉愛で口ごもったわけではないだろう。また個人情報に過敏になって、言いたくなかったに違いない。

「東京じゃなかったのか」

「とくにツイッターで嘘をついたつもりはないですよ。学校も会社も東京だったし、いままでも生活圏は東京がほとんどで、実際、時間もかからずでられるんですから。彼女は地方の子だからそのへんがわからなかったようです」

「旅行にいって、どこからきなすったと訊かれたら、東京ですと答えてしまうタイプだろ」

「タイプとかは関係ない。そう言ったほうが相手がわかりやすいでしょ。僕はどっちだっていいんです」

「まゆこちゃんは、そうはいかなかった。なんで東京にこだわったんだ」

「それは遊びにでかけるのに便がいいから、というだけだと思います」

「何して遊ぶって」

「さあ、街をぶらぶらと歩くだけじゃないかな」

「なんか急にテンポがよくなったな」

日野原は「えっ」と声を発し、黙った。

嘘をついていると決めつけることはできないが、気になった。

「彼女は別れるとき、どこに泊まると言ってた？」

「さあ」

「知らないはずはない。君はまともな青年だ。家出中の女の子が、自分のところに泊まらないとなったら、いったいその夜はどうするつもりなのか気になるはずだ」

「ほんとに泊まるところは聞いてない。彼女、街をぶらぶらして遅くなったら終夜営業のファミレスとかハンバーガーショップに入るから大丈夫だと言ってたんで、それ以上訊かなかった」

なんで最初からそう言わなかったんだ、と問い詰めようとしたとき、日野原の携帯が鳴った。続けて私の携帯も鳴った。画面を見ると、ツイッターの鳥マークが浮かび上がっていた。それで、何が起きたのかわかった。

ツイッターのアプリを開いた。タイムラインを見ると、まゆこの久しぶりのツイートが一番上に表示されていた。

ツイッターには、フォローしているひとが新しいツイートをすると通知してくれる機能がある。アカウントごとに設定ができ、私はまゆこだけ通知をオンにしていた。日野原も同じく設定をしていたようだ。

〈今日はいっぱい歩いた。お風呂入ってもう寝る〉

ツイートはそれだけだったが、私にとっては、タイムリーな贈り物だった。

「さて、いこうか」

私は席を立って言った。自分のカップ、日野原のグラスを手早くトレーに載せる。携帯を見ていた日野原は、怪訝な顔をして「どこへ」と訊ねた。

「もともと、別れたあと、君のあとをつけて自宅を探り当てるつもりだったが、そういうのはいやだろ。だから一緒にいくんだ、埼玉へ」

いまなら由は部屋にいる。日野原が泊めているなら、部屋で確保できるし、いって日野原の部屋にいなければ、関係ないことがはっきりする。

「脅すような言葉はなるべく使いたくないんだ。おとなしく案内してくれないか」

腰を上げない日野原に言った。

十秒ほどテーブルを見つめていたが、大きく息を吐きだし、立ち上がった。

実際にいってみると、日野原が東京とかわらないと主張した気持ちがわかる。渋谷から地下鉄の副都心線に乗り、三十分ほどで、最寄り駅の和光市《わこうし》に着いた。隣の駅は東京都だった。

日野原が住むアパートは駅から歩いて十分ほどのところにあった。白い外壁の比較的新しい建物で、敷地の入り口にある植え込みでは色とりどりの花が咲いていた。花に埋もれるように、「サニーフィールズコーポ」の看板も設置されていた。

「なかなかいいアパートだ。女性うけしそうだな」

とくに嫌味と受け取られる要素はないはずだが、日野原は冷たい視線を向けた。私の言葉に呼応するように、外階段に女性の姿が現れた。

日野原はもったいつけるように、階段横の郵便受けを確認した。下りてきた会社員風の女性が「ああ、どうも、こんにちは」と挨拶をした。

「やはり、東京とは違うな」歩き去る女性のほうに目をやり、私は言った。

「東京だって挨拶ぐらいするでしょ」

「『ああ、どうも』のひと手間が、東京には欠けている。埼玉に住んでいることを隠す必要はない。もっと自信をもて」

青年は「どっちだっていいんです」とさもどうでもよさそうに言った。埼玉がいいんですと言えないところに、彼の弱さがある。

一階の外廊下に入り、すぐに足を止めた。いちばん手前が、日野原の部屋だった。ロックを外し、ドアを開けた。真っ暗な廊下に明かりを灯す。

ひとの気配はなかった。玄関には男ものの靴しか見あたらない。

「なかも確認させてもらう。すぐに終わるので」

私はコンバースを脱いで、簡易キッチンが設置された廊下に上がった。奥の部屋を覗くと思いのほか広かった。単身者向けのアパートにしては広い十畳ほどのワンルームだ。日野原から受けるイメージどおりの部屋で、ものはあまりなくすっきり片付いている。大きめのデスクに、二台のパソコンモニターが置かれていた。あとはベッドがあるくらいで、テレビすらもなかった。

由の姿もなかったが、さほどがっかりはしない。いるなら、部屋に入る前に打ち明けるだろうと思っていた。

私は日野原に断り、クローゼットを開けた。なかには服がぎっしり詰まっていた。クリーニング店のビニールに覆われたものもある。他に掛け布団などもしまわれていた。

廊下に戻り、キッチンに向かった。少ないながらも、食器や鍋などがある。冷蔵庫を覗くと、水やビールなどの飲料の他に、食べかけのキムチやチーズ、ハムなどが保存されていた。

日野原はデイトレーダーのようなことをやっていると言っていたから、ここは仕事場で他に自宅がある可能性もあったが、この感じだと、ここで生活しているのは間違いないだろう。そうなると、おかしなことがひとつある。

「ここはワンルームだよな。まゆこちゃんへのリプライで、空いている部屋があると言っていたが？」

日野原は覚えがないというのか、首を捻《ひね》って肩をすくめた。東京住みと偽ったのと同じく、まゆこの関心をひくための嘘だったのだろう。

いずれも最終的にはばれる嘘。愚かというか必死というか、どちらにしても、この青年のイメージとは合わない。

「ご協力ありがとう。おかげで君を容疑者リストから外すことができた。また、何か訊くことがあるかもしれないが、いまのうち言っておいたほうがいいことはないか」

日野原はしばらく視線を漂わせてから口を開いた。

「杏ちゃんに実際会うことはできないんですか」

期待の色が混ざった目で私を窺う。

嘘とこの青年がすんなり繋がった。

6

三人がリストから外れ、接触するべきターゲットはふたりになった。

あとふたりだけと喜ぶこともできるが、由を匿っているのは本当にそのどちらかなのだろうかと不安も湧いた。

最終的には由本人、まゆこに接触を試みることになるが、こちらの意図を悟られたら、アカウントを消され、追跡手段を失う恐れがある。だからそれは本当に最後の最後だった。

埼玉から祐天寺《ゆうてんじ》にあるマンションに戻ってきた私は、杏のアカウントで〈ちょ〜ひまー〉とツイートした。またしても、おやじの素の呟きでもある。

すぐにフォロワーから卑猥なリプライがいくつかきた。暇だと言えば、おきまりのように帰ってくる言葉。とくに選ぶこともなく、プレーヤーにセットされていたCDをかけ、ソファーに座って缶ビールを開けた。リプライの通知があるたび、携帯に目を向ける。十分ほどで、ターゲットのひとり、むーちゃんからリプライがきた。

〈うちもひまー。からもう〉

私は携帯を手にし、人差し指で文字を打つ。

〈おけ、おけ、からもう〉

そう返したものの、女子高生とどう絡めばいいのか見当がつかない。話の口火をむーちゃんに切ってもらおうと待ったが、二分たってもこない。趣味はなんですかと、気の利かない質問を打ち始めたとき、リプライがきた。

〈杏ちゃん、女の子すき?〉

〈すきすき。かわいいこ見るとにっこり、ってなる〉またもや半分、素で答える。

〈うち、バイなんだ。杏ちゃん引かないでね〉

バイとはバイセクシャルの略。ネカマの私も似たようなものだ。〈ぜんぜん引かない。むしろ憧れる。うちもそのけ、あるかも〉と打ち返したら、いきなり苦境に立たされた。

〈ねえ、イメプしよう〉

イメプが何か、私にはわからない。見当もつかない。それが女子高生であれば当然知っているものであるなら、知らない私は怪しまれる。

しかし、知ったかぶりするより、正直に知らないと言ったほうが、ものごとがうまく回るのは世の常だ。〈イメプってなに?〉と私は訊ねた。

〈イメージプレイのことだよ。杏ちゃん知らないんだ。かわいい〉

そもそもイメージプレイが一般的ではないと思う。私にとっても馴染《なじ》みのない言葉だが、要はイメクラでするプレイをツイッター上でやるのだろうと推測できた。とにかく絡まなければその先がないので、私は了解した。むーちゃんに誘われるまま、DMでやりとりすることにした。

すぐにDMに届いたメッセージを読み、私は青ざめた。

〈あんた、何、かわいい女子高生のふりしてんの。正体ばれてんのよ〉

天井を見上げ、溜息をついた。うまく女子高生にばけているつもりでも、しょせんはおやじの自己満足。見破られてしまった。それでも探偵であることまでわかるはずはなく、なんとかごまかし、由の情報を手に入れなければならない。

〈ごめんなさい〉まずは素直に謝るところから始めた。

〈謝ればすむと思ってんの。お前はただの淫乱な雌ブタよ。もうこんなに濡れちゃってるじゃない〉

届いたメッセージを見て、ほっと安堵の息を漏らした。なんのことはない、イメプだ。なりすましがばれたわけではなく、いきなりプレイを始めていたのだ。しかもむーちゃんは、バイだけでなく、Sな女王さまでもあるようだ。

〈ごめんなさい、おねえさま〉

私は気持ちを切り替えるため、ひとまずもう一度謝った。

〈お仕置きは何がいい。言ってごらん。指で口のなかをグリグリ〉

〈あーん、お仕置きなんて言わないで。ハグハグ〉

〈誰があたしに触れていいって言ったの。バシッ、ボコッ〉

ひどい。殴られた。

〈うるうる〉

〈さあ、何して欲しい。髪の毛グワシャッ〉

タンクトップに短パン。ソファーの上にあぐらをかいたおやじが、女子高生になりきり、必死に考える。汗がひかない夏の夜は、ひとを狂気に導く。

スピーカーから流れるジャニス・ジョプリンの「サマータイム」が狂気に拍車をかけた。

〈縛って。震える声で〉

結局私は、高校二年生の女の子に天井から吊され、バイブをつっこまれて二回もいかされた。

狂った世の中だ、などと嘆息するのは見当違いだろう。携帯電話とインターネットが普及してもう何年もたつ。いいかげん、そんな世の中だと知っているべきなのだ。

スマートホンをもつお父さんは、毎日エロ本をもって会社にいっているようなものだ。娘にスマホを買い与えるお母さんは、ヌードモデルなんてどうかしらと娘に促しているようなものなのだ。それに気づいていないことこそが狂気だ、と私は乱暴に論をまとめて、携帯をテーブルに置いた。

陵辱《りょうじょく》されたかいがあって、明日、むーちゃんと買い物にいく約束ができた。由がむーちゃんとのイメプを受け容れていれば、東京で会っている可能性も高い。私は明日の約束に大きな期待を抱いた。

歯を磨いてベッドに向かった。寝室の窓を大きく開き、ベッドで足を伸ばす。ヘッドボードに背をもたせかけた。ダブルベッドはひとりでは広すぎる。ふたりだと暑苦しい。どちらでも落ち着かないことにかわりはない。絵理の太腿の冷たさが恋しくなるほど、長いこと離れているわけではなかった。毎晩寝つきが悪いのは、熱帯夜以外の影響はないと私は信じている。

サイドテーブルから煙草をとり、一本くわえて火をつけた。灰皿を手に持ち、慎重に煙を窓の外に吐きだす。

携帯の通知音が鳴る。またまゆこがツイートしたのだろうか。携帯を取り上げ、ツイッターのアプリを開いた。

まゆこではなかった。私が昼に送ったリプライに、絵理からリプライがきていた。

〈ごま鯖食べた〉

簡潔だったが、私にとっては大きな意味のあるものだった。ベッドの上で煙草はふかしても、ベッドの上でごま鯖を食べる者はいない。昨晩絵理は、外に食事にでかけたのだろう。誰かに部屋に食事をもってきてもらうことはなかった。

絵理はジャズ歌手だった。現在は一ヶ月にもわたる夏のツアーの真っ最中で、ジャズトリオとともに車で巡業している。クラブやライブハウスで歌うこともあるが、多くは自治体や商店街が主催するイベントのゲストだった。ロックやポップスと違って文化の香りがするジャズは、自治体などのイベントでは重宝されるらしい。事務所の社長はなかなか営業力がある男で、一度も東京に戻ることなく、西日本を回るスケジュールを組んだ。戻ってくるのはまだ三週間も先だ。

何か書いて送ろうかとも思ったが、女子高生とハードなプレイをしたばかりで、なんとなく気が引けた。直接電話をかけるのは、夜のこの時間、何をしてるかわからないから、ためらうものがある。絵理はもうベッドに入ったかもしれない。その横には誰かいるかもしれない。

いや、もっとはっきり言おう。バンドでドラムを叩いているやつと、寝ているかもしれない。確証はないが、私はそう疑っていた。ツアーに入る前から疑っていたが、ツアーにいくなとは言えなかった。

私は男だから。何も言えない。

7

むーちゃんとの待ち合わせは、午後の一時。池袋のいけふくろうの横でだった。JRの北改札をでて地下通路を東口に向かった。

「大丈夫？　あたし派手じゃない？」

リサは髪の毛を指に絡めながら私に訊いた。

「派手だけど、大丈夫。似合ってるよ」

私は慎重に言葉を選んで言った。

シースルーのブラウスの下に、ビキニのブラトップが透けて見えていた。ホットパンツから覗く長い足はラメで光っている。髪は金色だ。決して美人ではないが、ハーフのように彫りの深い派手顔だから、服や髪と調和していた。

リサは私の事務所と同じビルで営業しているデリヘルの子だった。むーちゃんに会うにあたって、いきなり男である私が接触するのは問題があるだろうと思い、一緒にきてもらった。警戒されないようにというのもあるが、昨晩のイメプ相手がこんなおやじだと知ったら、トラウマになりかねないと思い、配慮した。なんといっても、相手はまだ高校生なのだ。

リサは知らない相手と会い、話をするのは慣れているはずだが、仕事とは勝手が違うからか、妙に緊張している様子だった。顔が強ばるのか、時折頬《ほお》をもみほぐす。リサはボランティアではなく、私はデリヘルの料金を店にちゃんと払っていた。何度か店から仕事の依頼を受けたことがあり、店長やオーナーと顔見知りではあった。

ごった返すひとの流れに乗ったり抗《あらが》ったりしながら、地下通路を進んでいくと、東口にでる階段手前にいけふくろうはあった。

「まず俺が見てくる」

リサをいけふくろうの裏側にある柱の陰に待たせ、私はふくろうの石像の正面に向かった。

像は金属の柵に囲まれている。むーちゃんはその右側で柵にもたれて待っていると、昨晩、DMで約束をしたときにいっていたが、——いた。ものすごく目立つのでわかりやすかった。

像の周りにはびっしりひとで埋まり、みな柵に腰かけるようにしていた。むーちゃんはそのわずかな隙間に体を横にして入り込み、柵を片手で摑んでいた。その窮屈そうな姿が健気《けなげ》だった。約束どおりにしなければと思ったのだろう。

服装もDMで伝えてきたものと一緒だった。チェックのミニスカートに黒いニーハイのソックス。フリルのついた白いブラウスは袖がシースルーだ。眼鏡は赤いプラスチックフレーム。確認がすむと、私は急いでリサのところに向かった。早くあの窮屈な体勢から解放してやらないと。

リサは小走りでむーちゃんに駆けよった。むーちゃんはしばらくそのままの体勢でリサと言葉を交わし、ようやく強ばったような笑みを見せて、柵から離れた。

私には、言葉は聞こえなかった。ただ、見た感じでは、表情が乏しく、DMで見せた女王様のイメージとはかけ離れていた。もっとも、それはむーちゃんから見ても同じで、杏は高校一年生のかわいい女の子だったはずなのに、ど派手な大人の女性が現れ戸惑っているはずだ。

リサはうまく役割を演じてくれているようだ。どう言いくるめたのかわからないが、むーちゃんと肩を並べて歩き始めた。私はそのあとを追った。

階段を昇って東口をでた。明治通り沿いの歩道をしばらく進み、ふたりはハンバーガーショップに入った。私は店の前で待った。十分ほどたったとき、入ってきても大丈夫だと、リサから携帯に連絡があった。

店に入ってアイスコーヒーを買い、ふたりが座る席に向かった。むーちゃんが、こちらを見ていた。ぼーっとした無表情だがかまえたところはなかった。このくらいの年齢の子ならあるはずの、知らない大人に対する気まずさや、警戒感は見られない。大人慣れしているのだろうか。

「探偵の市之瀬さん。悪いおじさんじゃないから安心して」

私が隣に腰を下ろすと、リサが紹介した。


「むーちゃんこと花村鈴《はなむらすず》ちゃん」リサは少女を手で指し示して言った。「とってもいい子なのよ。あたしの金髪、すごく似合うってくれたの」

「ほんとに似合うから。お人形さんみたいで、憧れます」

小さめの声だった。硬い感じもする。緊張しているというより、もともとがそういう喋りかたである気がした。

「市之瀬です」私は彼女に名刺を差しだして言った。「ごめんな、騙すようなことをして。ただ、どうしても家出した女の子を捜さなきゃならないんだ。親御さんがとても心配していてね。――家出の話はもうした?」

リサに顔を向けた。

「わかる範囲で簡単に」

私は花村鈴に目を戻した。

「早速だけど、むーちゃんが相互フォローしている『まゆこ:jk裏垢』というアカウントがあるんだけど、その子が家出したんだ。彼女と前に会おうとツイッターでやりとりしてたみたいだけど、どう、その後会った?」

鈴は眼鏡の奥の、切れ長で小振りな目を瞬き、じっと私を見た。ふいに昨晩、この子に吊されたのだと思いだし、私は目をそらした。地味でおとなしそうな子。たぶん学校でもそういう感じなのだろうが、彼女の心に映る自分自身は、まったく別のものであるのかもしれない。

「アニメイト」

鈴は名刺に目をやり言った。

「ああ、そうだ。うちの事務所はアニメイトの近くなんだ」

「もうなくなりましたよね」

「そうなの？　最近？」

鈴は首を横に振った。

「一年以上前、――二年前か。私が中学のときだから。センター街に移転しました」

「そうだったのか」

どうでもいいことだが、すぐ近くなのに二年も気づかずにいたのはけっこうショックだった。

「私は渋谷店にはあまりいかないです。池袋店ばっかりで。――ばっかりって言ってもしょっちゅういってるわけでもなく、月に一回くらい。でも、いくと半日はいるかな。ひとりでですよ。友達とはあまりいかないです」

鈴は訊かれもしないことを滔々《とうとう》と喋った。私は割り込むように口を開いた。

「そうか、それより、まゆこちゃんのことなんだけど――」

「由ちゃんですよね。三日前に会いました。原宿で」少し声を大きくして言った。

「そう、会ったのか」

私はテーブルに肘をのせ、体を前に傾けた。

「だけど、いまどこにいるかは教えません」

「知っているのかい」

「それについても、言いません」

とくに頑《かたく》なな言い方ではなかった。顔に険はなく、無表情のまま。しかし何度訊ねても、それ以上のことは言わなかった。

私はリサを残し、途中で席を立った。二十分ほど店の近くで待っていると携帯が鳴った。リサからだった。

「いま、彼女でていくわよ」

リサがそう言ってすぐ、鈴が店からでてきた。私はもの陰に隠れてそれを見た。

「その後何か話は訊けた?」

駅のほうに戻り始めた彼女のあとを追った。

「いちおう家出少女のことは訊いてみたけど、やっぱり何も話さなかった」

私が訊いたときも、由と会った日のことをぽつりぽつりと話すだけで、その後どうしたか、居場所を知っているのかどうかは、首を横に振るばかりだった。

「最後に、今度ツイッターで絡もうって言ったら、絶対絡んでくださいって笑顔まで見せたんだけど、肝心なことは全然だめ」

鈴はすぐに角を右に曲がった。西口に向かうのか、あるいはパルコにいくつもりなのかもしれない。

「たぶん、彼女、かまって欲しくてああ言ったんじゃないかと思う。裏垢とかやってる子って、かまってもらいたくて裸を晒してるところがあるから、同じなんじゃないかなって」

私も角を曲がり、鈴を再び捕捉する。

「じゃあ、本当は何も知らないと――」

「どうだろ。知っててもそれを教えちゃうと、自分にはもう関心向けてくれないでしょ。だから、仄《ほの》めかすだけにしたのかもしれない」

「じゃあ、かまってやれば、いずれは話すのかな」

「さあ、あたしもそういう子の心理に詳しいわけじゃないから。かまったらかまったで、鬱陶《うっとう》しがられそうな気はするけどね」

行動確認をするしかないということだ。鈴がパルコに入っていくのが見えた。私は足を速めてあとを追った。

顔を知られている者のあとをつけるのは難しいものだが、私は集中力を切らさず、どうにか五時間、池袋をぶらぶらする鈴を尾行した。

駅に戻った鈴は、JRの改札を潜った。山手線で巣鴨《すがも》までいき、そこで都営地下鉄の三田線に乗り換えた。家に向かっているのだと思われるが、そこで何かわかると過度な期待はしていなかった。昨日の中学生と同じく、高校生の鈴は自宅で家族と暮らしているはずだ。家出少女を匿っている可能性は低い。

巣鴨から十分ほどの、志村坂上《しむらさかうえ》という駅で鈴は降りた。私にとってはまったく馴染《なじ》みのない土地で、たぶん板橋区だろうと想像がつくぐらいのものだった。

帰宅ラッシュの時間帯で、まとまった乗客が降りた。人混みにまぎれながら、彼女の五メートルほど後ろを歩いた。改札を抜け地上にでると、幹線道路沿いだった。商店街という雰囲気ではなかったが、飲食店などが軒を並べていた。

鈴はコンビニの前を素通りし、住宅街へと入っていく。しばらく進むと、大きな公園が見えてきた。緑が豊かで、体育館のような建物も敷地内に立っている。鈴が公園に入った。私は公園の前で立ち止まり、少し距離が開いてからなかに入った。

街灯が等間隔で立っていた。思いの外暗くないし、ひとの姿もあった。時折、ジョギングをしているランナーが背後から抜いていく。鈴は、少し涼しくなった夏の宵《よい》を楽しむように、公園に入ってから、いっそうゆっくりと歩くようになった。私もそれに会わせて歩幅を狭くとり、ゆっくり歩く。まだ公園だからいいが、街なかだったら、不審者扱いされかねない歩調だ。

公園の出口が見え始めたとき、ふいに鈴は木陰に入り、立ち止まった。半分姿が見えているが、何をしているのかわからない。てっきり、家への近道で通り抜けるだけだろうと思っていたが、違ったのだろうか。腰を折って足踏みのようなことをしている。その行動の意味を見極めようと、私はゆっくり近づいていく。

最初気づいたときは、また誰かジョギングでもしているのだろうと気にも留めなかったが、その足音が近づいてきてはっとした。すぐ真後ろに聞こえたのだ。

振り返る暇もなかった。後頭部を衝撃が襲った。

痛みをあまり感じなかった。頭のなかで光が炸裂し、耳鳴りとなって外に飛びだしていく。体の力が抜け、地面へと向かった。

8

気づいたら地面に座り込んでいた。何か声が聞こえていたが、理解できない。それよりも自分がどこにいるかがわからなかった。

ふいに目の前に誰か立っているのがわかった。花村鈴だ。「大丈夫ですか」と声をかけてきた。

ここは——公園だ。私は飛んだ記憶を取り戻した。後頭部に手を当ててみたが、傷ができているような、鋭い痛みはなかった。「大丈夫だ」と答えた。

「おい、いこう」

男の声がした。

まだ、大丈夫だと言えるほど正常に戻っていないのかもしれない。鈴の隣に男がいると初めて気づいた。二十代前半くらいの、野暮ったい男。鈴の腕を引いている。

「でもこのひとに何かあったら、けんちゃんがやばいでしょ」

「大丈夫だよ」

苛立《いらだ》った声で言う。

「大丈夫じゃない」

私はそう言って立ち上がる。ぐらっと右に体を傾ける。

「肩を貸せ」

肉付きのいい男の肩に腕を回した。

少し頭がくらくらするが、よろけたのはただのふりだった。

「俺を置いていったら、警察に届ける。鈴さんの身元はだいたいわかっているから、そこからお前に辿《たど》り着くのは簡単だ」

「あんたが、鈴ちゃんのあとをつけるから悪いんだろ」

真面目そうな顔をした丸顔の男は、乱暴な言葉が似合わなかった。

「ストーカーみたいにつけ回すならともかく、ただあとをつけてはいけないという法律はない。いずれにしても、いきなりひとに殴りかかれば、アウトだ。俺が探偵だと知ってたのか」

鈴が尾行に気づいて、彼を呼んだのではないかと考えた。

「それは……、勘違いしたんだ。前に鈴ちゃん、へんな男につけられたって言ってたから。たまたま、彼女が公園に入っていくのを見かけて追ってたら、あんたが怪しい動きをしているから、てっきりその男かと思って――」

「ストーカー？」私は鈴に目を向け訊ねた。

「違います。そういうんじゃなくて、たまたまつけられただけだと思う」自分のことだが、関心なさそうに言った。

「大丈夫ですか」

「大丈夫。ただ、まだふらふらする。君の家で休ませてくれないか」

「うちは埼玉だから、遠いですよ。いま、けんちゃんのアパートにいくとこだった」

「じゃあ、けんちゃんのところでいい。連れてってくれ」肩に腕を回したまま言った。

「うち、汚いですよ」

「女の子が入れるくらいだから、大丈夫だろ」

案内しろと言って私は足を踏みだす。男は歩きだした。

名前を訊ねると、真岡健一《まさおかけんいち》だと素直に答えた。群馬県出身で、現在は都内の大学に通っているそうだ。

公園をでて住宅街に入る。一、二分も歩くと、真岡が暮らすアパートに着いた。モルタル造りの古い建物だった。

二階に上がり、部屋に入った。雑然としているが、汚いというほどではない。足の踏み場は残っている。盗られるものはないというのか、窓を開けっ放しででかけていたようだ。それでもやけに湿気がこもり、外に比べてかなり蒸し暑く感じた。床に腰を下ろすと、鈴が冷たいお茶をもってきてくれた。

「このあと、鈴さんのうちへ案内してくれないか。いちおう、由さんがいないことを確認しなければならない」

「うちですか。だめです。ひとがいるから」

「家には上がらない。とにかく場所だけ教えてくれればいい。なんなら住所が確認できるものを見せてくれるのでもいいけど」

「私、本当はなんにも知らないです。うちにも泊めてないし、由ちゃんがいまどこにいるかもわかんないです」

「正直に話してくれてありがとう」

そう聞いたからと言って、そのまま信じるわけにはいかないのが探偵だ。

「その子と会ったのいつ」

真岡が訊ねると、鈴は「三日前」と答えた。

「だったらその日、ここに泊まっていったじゃん」

「そうだったっけ」鈴はひとりごとのように言った。

真岡は鈴が由を家には泊めていないと言いたかったのだろうが、やはり信じない。

「きみたちは恋人同士？」

当然そうだろうと思い訊ねたのだが、ふたり口を揃えて、「違います」と言った。

鈴はこれまでと変わらない口調だったが、真岡は妙に力を込め、必死な感じがした。

男女の仲は様々。いろんな形があるものだ。

「高校生なのに、外泊は大丈夫なのか」

「鈴ちゃんちは何も言わないんです」

「うちはお母さんの彼とかくるから、いないほうがいいんです」

私は彼女の家庭環境の半分くらいを知った気になって、大きく頷いた。

「だから、けっこう、ここに入り浸《びた》りなんです。いっそのこと越してきちゃえばいいんだ。ひと部屋空いてるし」

私は驚いて部屋を見回した。

「他に部屋なんてないよな、ここ」

私がそう訊ねると、真岡はきょとんとした顔を見せた。

「――ああ、違いますよ。この部屋はもちろんワンルームです。このアパートに空いてる部屋があるってことです」

「なるほど」と私は納得する。昨日も日野原のところで似たような会話をしたな、と思いだす。

「誰が家賃払ってくれるの」と鈴が妙に冷たい声で言った。真岡が「いやっ」と口ごもった。

まさか、と私はふと思った。あれも私の勘違いだったのか。〈空いている部屋があるから泊めてあげるよ〉と由にあてた日野原のリプライ。日野原は嘘をついたのではなく、アパートの空き室のことを言っていたのだろうか。

そんなはずはないと、すぐに思いなおす。アパートに空き室があるからといって、そこに由を泊められるわけがない。そんなことをわざわざ言うはずはなかった。

もし泊められるとしたら――。

私はしつこく、逆から考えてみた。あらゆる可能性を探る探偵の思考法が、正しい答えに向かわせた。

日野原の部屋で感じた違和感、埼玉の隣人のひと手間。とどめはアパートの名前だった。頭に浮かんできたそれらが、ひとつに繋がり、答えを導きだした。

私はお茶を飲み干し、いきなり立ち上がった。

「ありがとう、邪魔したな」

さすがの鈴も、怪訝な顔をした。私はかまわず、玄関へ向かった。

コンバースの紐をしっかり結ぶ。外に飛びだし、夜道を駆けた。

9

和光市駅から早足で進み、十分とかからず、アパートに着いた。

入り口の植え込みのところで足を止め、私は「サニーフィールズコーポ」と書かれた看板に目をやった。

昨日、訪れたときもそれを目にしていた。適当に語感のいい横文字を並べただけの、ありがちなアパート名だととくに気にも留めなかったが、意味を考えてみるべきだったのだ。

意訳すれば、「日野原の共同住宅」となる。それだけで、このアパートと日野原の関係がどういうものだかわかる。

日野原の部屋に入ったとき、単身者向けにしてはかなり広いと感じたが、たぶん、大家の部屋だけ、広い作りになっているのだろう。アパートの住人が「ああ、どうも、こんにちは」と挨拶したのは、埼玉の県民性とは何も関係がなかったのだ。相手が大家だから、ちょっと丁寧に言っただけ。私だって、大家に会えば、「ああ、どうも」ぐらいはつける。

日野原がこのアパートを経営している、あるいは管理しているなら、アパートの空き室を念頭に、空いている部屋があるとツイッターでリプライしたとしても不思議ではなかった。

私はアパートの敷地へは入らず、路上からフェンス越しに、狭い庭に面したアパートの窓を眺めた。

一階のいちばん手前、日野原の部屋には明かりが灯っていなかった。帰宅している住人はまだ少なく、明かりが灯っているのは三部屋だけだ。全部で十室。見たところ、カーテンがかかっていない部屋はなかった。家出少女のために、わざわざカーテンを用意してやったのだろうか。

私は携帯を取りだし、日野原の携帯に電話をかけた。でるかどうか迷っていたのだろうか。コール音が途切れるまでに、だいぶ時間がかかった。

「はい」と聞こえた硬い声に、「昨日の探偵だ」と私はぶつけた。

「いま、きみのアパートに向かっているところだ」

「えっ。いま、僕は部屋にいませんよ」

「じゃあ、早く戻ってくれないか。訊きたいことがあるんだ」

「そんな勝手なことを言われても困りますよ。用事があって、しばらくは帰れません」

日野原は険のある声で言った。

「こっちも大事な用があるんだ。あと十分ぐらいで着くんだが、なかなか戻ってこないようなら、アパートの部屋をひとつひとつ訪ねて、一〇一号室の日野原さんが、女子高生を部屋に引っ張り込んでいないか訊いてみようと思う。かまわないな?」

「やめてください」日野原は大きな声をだした。「何もうちにくる必要はないでしょ。いまこの電話で訊いてくれればいいじゃないですか。答えられることは答えますから」

「電話で話せるようなことじゃない。直接会って訊きたいんだ」

「わかりました。帰りますよ。なるべく早く戻るんで、ゆっくり歩いてきてください」

「十五分ぐらいで、戻ってこられるのか」

「とにかく、急ぎますから、ゆっくりきてください」

日野原はそう言うと電話を切った。

私は植え込みのほうに移動し、アパートの外廊下が見渡せる位置に立った。何も確信してはいなかった。もしも――、に備えただけだったが、三分ほどして動きがあった。二階の部屋のドアが開いた。外廊下を囲うフェンスの隙間から見えた。手前から三番目。確か、明かりの灯っていた部屋だ。

隙間から、廊下を歩く足が見えた。階段を下り始めて、ようやくひとの姿がはっきりした。ショーツにTシャツのラフな格好。眼鏡をかけた青年は、日野原で間違いない。階段を下り、自分の部屋のドアの前に立った日野原は、鍵をドアに差し込んだ。私はアパートの敷地に入っていった。

ドアを開けた日野原が、こちらに顔を向けた。その驚き慌てた表情を見て、私は進む方向をかえた。「おい、ちょっと」と声が聞こえたが、かまわず外階段を駆け上がる。外廊下を進んだ。私は手前から三番目の部屋の前に立ち、ドアを引いた。鍵がかかっていたので、インターフォンを押す。なかから返答があった。インターフォンを通さず、ドア越しに「何、忘れ物?」と女の声が聞こえた。答えずにいると、ロックが外れる音が響いた。

「おい、開けるな!」

目を向けると廊下に日野原の姿があった。こちらに向かってくる。「開けるな」と再び大声で言った。

しかし、ドアは開いた。なかから、下着姿の女が姿を見せた。

「誰？」

目を見開き、固まったような表情。すぐにドアを閉める。

閉まりゆくドアを押さえ、こじ開けるのは、職業柄、得意なほうだが、私は動かなかった。そうする必要もない。部屋にいたのは由とは別人だった。知った顔ではあるが。

「いったい、なんのつもりなんだよ。勝手に——」

殴りかかりそうな勢いで日野原はやってきた。

「失礼した。勘違いしたんだ。彼女にも謝っておいて欲しい」

私は素直に謝った。なかにいたのは、昨日、すれ違った会社員風の女だった。

「ただ、ひとこと言わせてもらうと、君が素直に話をしてくれていたら、こんなことにはならなかった」

彼女の「ああ、どうも」の意味を、続けざまに勘違いすることもなかっただろう。

「まゆこちゃんはどの部屋にいるんだ。このアパートの空き室にいるんだろ。君がこのアパートのオーナーだということはわかっている」

「このアパートに空き室なんてありませんよ」

「そんなはずはない。だったら、なんで、空いてる部屋があるなんて誘ったんだ」

「嘘だと思うなら、このアパートを監視してみればいい。どの部屋も埋まっていることがわかる。ここはけっこう人気の物件なんです」余裕の顔で言った。

「オーナーもなかなか人気のようだがな」

嫌味もたいした効き目はない。日野原の表情が変わることはなかった。

本当に空いている部屋はないのだろう。すべての窓にカーテンがかかっていたことがそれを裏づけている。それに、もし空いている部屋があったとしても、日野原がさっきの女と関係をもっているのなら、ここに女の子を引っ張り込んだりはしないはずだ。

「わかった、ここに空き室はない。じゃあ、どこに空いている部屋があるんだ」

日野原はアパートを経営している。その男が空いている部屋があると言ったのだから、何かあるはずなのだ。

「ないですよ。あると思うなら、自分で探せばいいじゃないですか。探偵なんでしょ」

そのとおり。私は探偵。なんでも探る。そして、この男はアパートの経営者。――何をする。

そう自問した私は、思わず笑みを浮かべた。当たり前の答えを導きだした。

「わかったよ。君は他にもアパートを経営してるんだ。そこに空き室があるんだ」

日野原は半分口を開け、怒ったような表情をした。間違いないと私は確信した。

「そんなの……、ないですよ」

「なんか歯切れが悪いな。――じゃあ、この部屋の彼女に訊いてみようか。君が他にアパートをもっていないか。そこに家出中の女の子を匿っている可能性があることも伝えなければならないが、いいか」

「やめてください」

日野原は慌ててドアの前に移動した。

「だったら、案内しろ。空いている部屋のあるアパートに——彼女がいるところに」

私は日野原の汗ばんだ腕を掴み、引いた。一瞬、反発する力を感じたが、すぐに日野原は足を踏みだした。

「ひとをいたぶるのが趣味なんですか」

日野原が見下すような視線を向けた。私は平然とその目を見返す。

「趣味ではない。かといって、それが仕事だと開き直る気もない」

できれば美しき路を進みたいのだが、なかなかそうはさせてくれない。誰もが私の質問に素直に答えてくれるのならば、私だってホテルマンなみの態度で接してやろう。

日野原のもう一軒のアパートは、サニーフィールズコーポから歩いて五分ほどのところにあった。サンライトハイツという名のアパートは、日野原が株でもうけた金で買った、最初の物件だそうだ。サニーフィールズコーポと違い、売りにでていた中古物件を買ったらしく、モルタル造りのいたみが目立つ建物だった。

「堅実なんだな」

私はアパートの敷地に入ると日野原に言った。

「まあ、そうなんでしょうね。株だけじゃ、いつ財産を失うか心配で、取引に集中できなくなったりするんです」

「そのくせ、ネットで女の子を引っかけたりするんだよな」

階段を上がり始めた日野原は、振り返って冷たい視線を向けた。

「よく知らない相手のほうが、トラブルを生むリスクが少ないと僕は思いますけどね」

「後腐れないという意味なら確かにそうだろうな。相手に責任を負う必要はないんだからな。しかしそれでは堅実な付き合いはできない」

「傷つけ、傷つけられるのが堅実な付き合いなら、そんなもん、いらないですけど」

私は絵理のことを思った。傷つけられるのだとしても、絵理が欲しい。かつては確実にそう思えたはずだ。いま現在の気持ちを、ここで自己分析するのは控えた。日野原に続いて、二階の外廊下に上がった。

「そういう考えなら、アパートの住人に手をだすのは賢明ではないと思うがな」

「それは、自分でもそう思いますよ」

日野原は意外にも素直に認めた。

「まゆこ――由には手をだしたのか」

「僕は彼女を助けたのだと、自分では思っています。家出して他の男に拾われるより、僕のところにきたほうが安全だと、本気で信じてる」

「なるほど」と言うと、日野原は私をちらっと窺った。

ほどほどに手をだしたのだなと私は解釈した。

外廊下を進み、いちばん奥の部屋の前で止まった。日野原はインターフォンを押した。

「日野原です」と言うと、はいはーいと若い声が聞こえた。

依頼を受けてから三日目。早くもケースクローズだ。黒川夫妻が名古屋に帰る前に間に合ったのが何よりだった。私はロックが解除される音を聞きながら、次の依頼がスムーズに舞い込むことを願っていた。

ドアが開き、少女が姿を見せた。

一瞬、別人ではないかと目を疑った。写真で見た由は髪が長かったのに、ショートヘアーになっていたせいもあるが、それだけではない。顔も引き締まり、幼さが消えていた。家出というのはそういうものなのだと、私は思いだした。

浮かんでいた笑みがすぐに消えた。私に向けた視線を日野原に戻す。

「もしかして、このひと探偵？」

「ああ、そうなんだ」

「日野原さん、あたしを裏切ったの？」

由の眉間《みけん》に皺が寄った。

「いや、そういうわけじゃない。このひとがここのことを嗅ぎつけて、うろうろされるほうが厄介だと思って、しかたなく……」

十歳以上も年上のはずなのに、日野原は完全に由に押されていた。由は、小娘とは侮《あなど》れない重みのようなものを備えていた。さすが政商の娘だ。

「うちの親のことだから、きっと腕のいい探偵を雇ったんでしょうね」

「それほど吟味した形跡はないけどな」

私が正直に言うと、由は戸惑ったように視線を宙に漂わせた。私は日野原を押しのけるようにして由の前に立った。

「とにかく俺は君を見つけた。家出はここまでだ。諦めるんだな」

由は大きく息をつくと、強い視線を私に向けた。

「話をしましょう、探偵さん。入ってください」

「話をする必要はない。荷物をまとめて、ホテルに戻るだけだ。話がしたいなら、その途中で聞いてもいいが」

私は少女のペースに引き込まれないよう、硬い言い方をした。

「お願いします、聞いてください。あたし、まだ帰るわけにはいかないんです」由は膝に手を当て、頭を下げた。

「あたし、ある女を捜してるんです。その女を見つけるまでは、帰るわけにはいかないんです。あたしの友達を殺した女なんです。ひどいことを言って自殺に追い込んだんですよ。絶対に見つけだして、罪を償わせてやりたい。だから、どうか、ちょっとだけ待って欲しいんです」

由が私の腕を摑んだ。爪が肉に食い込んだ。

「彼女の言っていること、ほんとですよ」

声に振り返ると、日野原は沈鬱な表情を浮かべて頷いた。

由に目を戻した。私の腕を揺すり、お願いしますと訴えかける。

最初の印象よりずいぶんと幼く感じた。年相応の少女の脆《もろ》さが窺えた。しかし、私の心を捕えたのはそれではなかった。

私は、由が十六歳であることを、あらためて意識していた。自分も十六歳の夏、ひとを捜していた。彼女に負けないくらいに必死だった。それが終わったとき、私は探偵になったのだ。

「もう少し、詳しく話してくれ。ただ、話を聞くだけだが」

10

「ブスがちやほやされて舞い上がってるのはキモすぎるってリプがきていた。あたしが見た限り、ユミポヨからきたリプライはそれが最初だった。りみちゃんはブスにブスって言われたくないって返してたけど、ほんとはそこで無視すればよかったんだと思う。裏垢なんてやってれば、そんな心ないリプがくるのはあたり前だろうから。でも、しょうがないよね。りみちゃんの言い返したくなる気持ちもわかる。――気持ち悪い体。次のリプでそう言われたの。それがりみちゃんの心を壊したんだと思う」

由はひどく冷たい声で言った。

「それは自殺する当日だったのか」私は訊ねた。

「そう」由は頷いて言った。「そこから二時間ぐらいやりとりしたあとに……」

由は何か堪《こら》えるように、口を固く結んだ。私は黙ってその表情を見ていた。

「りみちゃんのリプにユミポヨは、うちはあんたみたいにデブじゃないからリアルでも男の子に声かけられるけど、デブはネット以外じゃゴミ同然だからかわいそ過ぎるって畳みかけてきた。ユミポヨもツイッターで裸の写真を公開していて、それを見る限り普通の体形だった。りみちゃんは全然デブじゃないけど、ちょっとポッチャリしていて自分の体形をすごい気にしてた。だから、そう言われて逆上しちゃったんだと思う。もともと、精神的に不安定なところもあったの」

由が語るのは四ヶ月ほど前の話。中学を卒業した春休みに、友達のりみが自殺した。由は自殺の知らせを聞いたすぐあと、その原因がわかるのではないかと、りみのツイッターを調べた。由はりみの裏垢も知っていた。そこで見つけたやりとりが、自殺の原因になったと由は確信した。

「りみちゃん、そこからはもう、まともなリプライにならなかった。バカとかクズとか、死ねとか消えろとか、ただ単語を並べるだけだった。それに対してユミポヨは、まともに言い返すこともできないなんて低脳、頭も悪くて残念過ぎるとか、冷静なコメントでほんとに憎らしいの。完全にりみちゃんの上に立ってた。たぶん、りみちゃんはどんどん精神的におかしくなっていったんだと思う。最後のほうでは、死んで恨み殺してやるとりみちゃんが言えば、死んでみせてよと向こうが返してきて、ほんとに死ぬから、できもしないくせにって、延々とやり合っていた。いまから死んでくる、というりみちゃんのツイートで終わっていた」

由はずっと私の目を見て話した。強い視線で私を捕らえ、話に引き込んだ。

「そんなことで――、と思わないでください」由の後ろで壁にもたれていた日野原が、言った。「ネットでのやりとりは、感情的になりやすいものだし、その年代の子は、そんなことで死を選んでしまうくらい、不安定でもあるんです」

「少女についてやけに詳しいんだな」

日野原は気まずそうな顔をし、目をそらした。

私はりみの死の軽重など気にしない。由が本当のことを話しているのかどうかに関心があった。

「それは事件になるような話だと思うんだが、君は誰かに相談しなかったのか」

「してない。りみちゃんは、裏垢のことは誰にも知られたくないはずだから言わなかった。でも、自殺から二、三日後、アカウントは削除されたから、りみちゃんの親は気づいたんだと思う」

「君はそのユミポヨを捜しだして、どうするつもりなんだ」

「大丈夫、殺したりしないから」由は自然に聞こえる明るい声で言った。

「ユミポヨのぶさいくな顔を見て、あざ笑ってやりたいだけ。顔の写真はなかったけど、ブスなのは体を見ただけでわかるから。あたし、美人に生んでくれたことだけは、親に感謝してる」

確かに容姿でいえば、由はたいていの女の子を見下すことができるだろう。

「あとは、顔に唾を吐きかけてやる。りみちゃんが自殺したあと、あたしユミポヨにリプライを送ってるんです。りみちゃんが自殺したことを伝えて、あんたを捜しだしてその汚い顔に唾を吐きかけてやるって宣言したんですよ。だから絶対に見つけださなきゃなんないの。——お願い。あとちょっとなんです。三日だけください。その間になんとか見つけだして、あの女に思いしらせてやるから」

「だめだ。明日にはご両親が名古屋に帰る。君も一緒に帰るんだ」

他の選択肢は考えられない。依頼人の利益に反することはできなかった。

「じゃあ、名古屋に戻ってから、また家出してくる。見つかるまで、何度でも家出する」

「そうしたら、いいんじゃないか。家に戻ってからのことは、俺には関係がない」

「じゃあ、新幹線に乗る前に逃げだす」

「いちいち俺に断らなくていいよ。親御さんに君を引き渡したあとのことは知らない」

由は黙った。私を敵と見定めたのか、これまでになくきつい視線を投げかける。

十六歳、と私は再び意識した。まだ自分の周りのできごとが世界のすべてである年頃だ。社会に向かって扉が開きかけているのを承知しながら、それを無視して自分の世界に必死に向き合っている。自分が決めたルールからはみださないよう、もがいている。私が通ってきた道を、この娘も歩いているのだろう。誰でも十六歳になる。珍しいことではない。

「さあ、荷物をまとめろ。ここをでるんだ」私は立ち上がり、言った。

日野原は抗議するような目で私を見上げた。

顔をうつむけていた由は、やがて、諦めたようにゆっくりと立ち上がった。散らかっている服を、大きめなナイロンのショルダーバッグに詰めていく。六畳一間の部屋にはカーテンもなく、あるのはそれだけだった。

「ホテルに泊まるくらいの金はもっているのか」

私が訊ねると、由は一瞬動きを止め、驚いたように顔を振り向けた。

「もう、あんまりないです」

「そいつは困った。俺がだすのは筋違いだし、お父さんにあとで請求できるような金ではない」

適当に経費として請求できないことはないが、それをしたら、依頼人を裏切ることになる。

「あの、渋谷のホテルに戻らなくていいんですか」

「今晩だけだ。明日、ご両親と一緒に名古屋に帰るんだ。それまでになんとか見つければいい」

「だけど、明日、一日だけじゃ――」

「俺が捜す。一日分の日当を余計にもらうことになるから、それくらいは面倒みる」

「ありがとうございます！」

由は乱暴に服を詰め込みながら、おおきな笑みを浮かべた。

自分が十六歳であることに感謝するべきだろう。私が気まぐれを起こした理由は、それ以外には思い浮かばない。

「ただ、ツイッターで家出娘を引っかける男の部屋に置いておくわけにはいかない。泊まるところをどうにかしないと」

「じゃあ、探偵さんのところに泊めてもらえませんか」

由は当然のことのようにそう訊ねた。

「うちは無理だ」

私も当然のことのように答えた。しかしそう言う根拠が自分でもわからない。以前にストーカーの調査を依頼された女性を泊めたことがある。絵理は在宅していたが、それも仕事の一環だと彼女はとくに気にすることはなかった。絵理が不在だから、由が高生だから。仕事であるなら、その程度の理由で断ることはできないはずだ。

「どうしてダメなんですか」と訊ねる由に、私は返答できない。

服を詰め終えた由は、膨らんだショルダーバッグのファスナーを閉めた。

和光市駅から地下鉄副都心線に乗った。黒川夫妻が待つ渋谷を素通りして、マンションがある祐天寺までいった。

駅前で夕飯をすませ、由をマンションに案内した。

多少は散らかっていたが、ひとを招待できないほどのものではなかった。マンションにくるまでの間に、私の呼び方は探偵さんから路美男さんにかわっていた。路美男さん、何か飲み物ありますか、路美男さん、爪切り貸してもらえますか、路美男さん、シャワー先に浴びてもいいですか。由は部屋に入ってきたときから寛《くつろ》いでいた。自分が十六歳のときには持ち合わせていなかった、ある種のたくましさを感じた。

「シャワーの前に、ユミポヨについてわかっていることを教えてくれ」

ユミポヨは由がりみの自殺を伝えたあと、すぐにアカウントを削除してしまったそうだ。その後、あやめというアカウントで復活しているのを由は見つけている。公開している裸の写真の特徴やツイート内容から、同一人物に間違いないと判断したという。

ユミポヨ改めあやめは、かなり個人的なことまでツイートしているようだ。川崎市在住で、東京の中高一貫の女子校に通っている。アルバイトは最寄り駅近くの持ち帰り専門の寿司チェーン店だった。それは由から教えてもらったことだが、自分であやめのアカウントを見てみると、他にも居住地や本人を特定する手がかりはあった。

「明日、一日で見つかりそうですか」

「住んでいる町ぐらいまでは、簡単に特定できそうだが、その先は調べてみないとなんともいえない」

由がシャワーを浴びている間に、早くもあやめの居住地のあたりはついた。

高校二年生のあやめは、夏休み前、通学の途中、電車が事故で止まって学校に遅れそうだとツイートしていた。ネットで調べてみると、その日、東急東横線が、人身事故のため朝のラッシュ時、大幅に遅延していた。バイトの帰りに、二つのファストフード店でたびたび食事をしていることがわかっていたから、東横線沿線でその二店のある川崎市の駅を探したら元住吉《もとすみよし》が該当した。駅からそう遠くないところに持ち帰り専門の寿司チェーン店もしっかりあり、その近辺にあやめが住んでいる可能性が高そうだった。

シャワーからでてきた由にそのことを話すと、すごい、さすがプロだと褒《ほ》められた。バイト先を当たれば、案外簡単に身元が判明するかもしれないと言うと、「おー路美男さま」と感嘆の声を上げた。おおげさ過ぎる。

実際、それほどのことではなかった。ツイートを遡って読み飛ばし、ネットで検索してあたりをつけただけだ。由にだってそのくらいのことはできたはずだ。家出をして五日もたつのに、いったい何をしていたのだろう。あるいは、私の実力をためそうと、あえてそこまでは話さなかったのか。それにしては簡単なテストだった。

まあ、いいだろう。由が何か企《たくら》んでいるにしても、明日、一日つき合えばいいだけのこと。どんな結果になっても、黒川夫妻に引き渡せば、それで終わりだ。

私もシャワーを浴びた。風呂場にいく前、リビングに床をとっておいた。由のためのものだが、シャワーを終えてでてくると、由はそこにはいなかった。寝室にいくと、私のベッドの上で携帯をいじる由の姿があった。

「おい、何やってるんだ。ここは俺のベッドだ。君は向こうで寝てくれ」

「あたし、ベッドのほうが好き」

「好き嫌いだけではひとは生きていけない」

「人生論までもっていくのは、大袈裟じゃないですか。もしかして、照れ隠しとか」

由は膝を立ててその上に顎をのせた。

照れる理由など思い当たらず、私は首を捻りながらリビングのほうを指さす。

「朝起きて、一緒の布団に入っているのに気づくぐらいだったら、最初から——、と思ったんですけど」

「よしてくれ。そんな気はない」

大声をだしたのは、まぎれもなく照れ隠しだった。これまで、由の裏垢で見た写真を意識から遠ざけてきたが、ふいに頭に浮かんでしまった。

「だったらあたしもいいんですけど」

由はくるりと体の向きをかえ、ベッドから下りた。

「わー、かわいい。オランピア・ル・タンの牛乳バッグだ。路美男さんの彼女さん、センスいい」

本棚の上に置かれたショルダーバッグを由は取り上げた。

牛乳パックを模した、ふざけたバッグは、中高校生がもっていてもおかしくない外見ながら、目の玉が飛びでるくらい高価だった。普通の高校生が知っているブランドとも思えない。

「それをプレゼントしたひとのセンスがいいんだろう。俺じゃないよ」

ジャズ・クラブにやってくる、金をもったおやじの贈り物。絵理がおねだりしたものなら、やはり絵理のセンスがいいということになるのだろうが。

「はいプレゼント」と言って、由は私に牛乳バッグを渡した。

「彼女さんと暮らす部屋ですもんね。そんな気にはならないですよね」

由はドアに向かい、ひとりごとのように言った。

私は振り返った。由もこちらに顔を向け、口を横いっぱいに引いた健康的な笑みを見せた。

由は私を牽制《けんせい》しようとここへやってきたのだろう。まだ子供だから、男というものがわかっていない。みなが裏垢の住人のように、下半身に脳みそがついているわけではないのだ。

いや、もしかしたら、わかっていないのは私のほうなのだろうか。多数派は向こうで、裏垢こそ、ひとの本性が表れるものかもしれない。ふと思い、その可能性を考えてみたが、そう信じ込めるほど、人間に対して不信感をもっているわけではなかった。

「安心して寝てくれ」

由に向けてというより、ほとんど自分に言い聞かせていた。

11

「あれ、今日はいつもの、あの子はいないのかな」

私は、店長と思しき、私と同年代の男に訊ねた。

「いつもの子と言いますと」

「なんて言ったかな。そうか、昨日あたりから、家族で北海道にいっているはずだから、今日は休みか」

男は気前よく三回首をたてに振った。

「ああ、江口《えぐち》さんか。そうですね、彼女は来週まで北海道旅行で、次くるのは再来週になってしまうんですよ」

「そうそう、江口さん。あの子は俺の勝利の女神なんだ。彼女に注文して買って帰ると、翌日の競馬が調子よくてね。競馬の前の日は彼女から買うようにしてたんだけど、残念だな」

「私じゃだめですかね」

「店長は運がなさそうだもんな。それにあの子、確か、家もうちの近所なんだよ。木月《きづき》の二丁目なんだけど」

「いや、違いますよ。江口さんは井田中ノ町《いだなかちょう》ですから」

「なんだそうか。じゃあ、店長でもいいかな」

男はぱっと顔を輝かせた。

「やっぱりやめておこう。また再来週くるよ」

私は男に手を振り、持ち帰り専門の寿司屋をあとにした。

午後四時過ぎ。これで今日の調査は終了だ。これ以上先に進めたところで、あやめは北海道にいるのだから、意味はなかった。

今朝は開店時間のだいぶ前から、元住吉にある寿司屋の張り込みを始めた。バイトの出入りを窺うだけだから、ずっと張りついている必要はなかった。昨晩、かなりの時間をかけてアカウントで公開されているあやめの写真を眺め、服を着ていてもなんとか判別できるくらいに身体的特徴を頭に叩き込んできたが、それらしき姿を見ることはなかった。そろそろバイトの交替時間かと思って張り込んでいた四時前に、携帯が鳴った。通知設定しておいたあやめのアカウントから新規のツイートがあった。〈昨日から家族で北海道に旅行にきてる。うに丼がうんまい〉という呟きを見て、私は直接バイト先に当たってみることにしたのだ。

もう、この街に用はなく、寿司屋からそのまま駅に向かい、改札を潜った。

名字と住む町まで特定できた。高校二年生だということもわかっているから、その界隈をあたればたぶん自宅まで辿りつけるだろう。そんなことをしなくても、再来週まで待てば、あの寿司屋で本人と接触することもできる。仕事としては成功だが、達成感などまるで湧きはしなかった。

張り込みの暇な時間、あやめのツイートを見て時間を潰した。フォロワーからのリプライも含め、じっくり読み込んだ。あやめは学校では目立たなくおとなしいらしいが、裏垢のなかではとてもエロい子だ。私が垣間見た裏垢の世界では、よく見られる普通の子だった。いや、裏垢の世界だけでなく、リアルの世界でも、いわゆる普通の子というのはこんなものだろう。性に対する興味は誰でももっている。あやめはちょっと足を踏みだしただけ。このアカウントを始めた五月のツイートまですべて遡って見たが、他人を蔑《さげす》んだり、攻撃的になったりしたものは見あたらなかった。裸の写真にコメントを寄せるフォロワーとのやりとりをただ楽しむ、ある意味、正しい裏垢の使い方をしていた。ひとを自殺に追い込むような人物とは思えなかった。

ツイッターで他人を激しく攻撃する者はもちろん、それを受けて感情的になり、当てつけるように自殺をする中学生も、じゅうぶん想像しうるもので、話の内容自体に疑いはもたなかった。とっさにそんな作り話が浮かぶとも思えないし、由の切迫感も本物に見えた。しかし、ここへきて、あやめは本当にりみを攻撃したのだろうか、そもそもりみという友人は本当に自殺したのだろうかと疑いが心に忍び寄ってきた。

たとえ由が嘘をついていたとしても、自分にとって不都合はない。ただ、今日の調査に徒労感を覚えるくらいのものだ。今朝、調査にでかけるときに、いやがる由からむりやり携帯電話を取り上げているので、どういう思惑があったとしても、逃げることはないだろう。

私はホームに下りようとして足を止めた。バッグから携帯電話を取りだした。

黒川仁左衛門の携帯にかけた。由が見つかったことを報告すると、黒川は名古屋に帰る前に見つかったことを喜び、感謝の言葉を口にした。そして、由にかわって欲しいと、当然のことを言った。

「実はいま、由さんは近くにいないんです。ひとつ、黒川さんには謝らなければならないことがある。由さんは昨晩のうちに見つかっていたんです。どうしても家に帰りたくないという由さんを説得するため、黒川さんへの報告が遅れてしまった。申しわけありません」

黒川には今日見つかったと嘘の報告をするつもりだったが、私は気をかえた。徒労感の上、後ろめたさまで背負い込む気にはならなかった。

「じゃあ、いま、由はどこにいるんですか」

「私の自宅にいます。私は由さんとの約束を果たすため、外にでている。由さんの携帯を預かっているので逃げることはないと思う」

「つまり由はひとりでいるということなのかな。連絡はとれないんですかね」

「すみません、そういうことになります。部屋にもどったら、すぐに連絡します」

「まあ、すぐに会えるのだから、別にいいんだ。気にすることはない」

黒川は落ち着いた声で言った。

「いまからだと、遅くとも、一時間半後にはホテルに由さんをお届けできる」

「急ぐことはない。こっちも、ちょっとすませなければならないことがあるんだ」

なぜ今年の夏、黒川は東京にやってきたのか。怪しげなジャーナリスト、七沢に吹き込まれた話を思いだした。政商なんてやっていれば、家出娘をほうっておいてもやらなければならないことは、いくらでもあるだろう。

「渋谷駅の交番前で七時半に待ち合わせましょう。そのまま由を連れて、品川に向かいます」

私は了解した旨伝えた。

「ひとつ、面倒なことを頼みたいんだがいいかな。由にエクレアを買っていってやって欲しいんだ。あの子の好物でね。たぶん、この数日、ろくなものを口にしてないだろうから、食べさせてやってくれ。いまどこにいますか」

東横線の元住吉だと答えると、だったら、自由《じゆう》が丘《おか》で降りて買っていってくれと指定を受けた。私は了解したが、自ら家出した娘がろくなものを食べていないだろうからと、好物を差し入れる親心というものはよくわからなかった。

「代金は市之瀬さんの分も含めて経費に含めてください」

「いえ、報告が遅れたお詫《わ》びに、私のほうで用意します。もちろん、由さんにはお父さんからと伝えておきます。——そのかわりではないですが、ひとつ質問をさせてください。今年の春ごろ、由さんの友人で亡くなられた子はいますか」

黒川は考えるような間を置き、ちょっと待ってくれと言った。ほどなく、黒川の声が聞こえた。

「家内にも確認してみたが、そういう話はきいていないそうだ」

「そうですか。だったらけっこうです」

黒川はどういうことかと問い質しはしなかった。七時半に渋谷でと念を押すこともなく、エクレアをよろしくと言って電話を切った。私はホームに下りていった。

言われたとおり、自由が丘でエクレアを買ったが意外に手間取った。最初にいった有名パティスリーにはエクレアがなかった。次に入った老舗の洋菓子店にはあったが、いちごと生クリームでデコレーションされたものだった。エクレア好きなら、そんなものをエクレアとは認めないだろう。結局、駅の近くにある、すべてが無難な感じのケーキ屋で、三本買った。

祐天寺で降りて、家路を急いだ。雨が降ってきそうな雲行きだったし、もしや由はマンションにいないのではないかという不安が芽生えて、歩調が自然に速まった。

友人が亡くなっていることを親は知らなかった。SNSなどを駆使するいまの子供たちの交遊範囲は恐ろしく広い。由に親の知らない友達がいても不思議ではない。ただ、もし裏垢などで繫がった友達だったとしたら、その程度の関係で、わざわざ家出までして復讐を考えるだろうか。エクレアを探しながらそんなことを考えていた私は、もっと根本的な疑問に思いいたった。どうして復讐するのに、家出をする必要があるのか。あやめのバイト先に辿り着くところまでは、ネットの検索で充分だった。さらに身元を突き止めるにしても、昼間に親とは別行動をとれば充分だろう。家出した当初は、これほど早く東京を離れる予定ではなかったのだから、尚更だった。

いったい由は何をしようとしていたのだ。ただ、遊びたかっただけなのかもしれない。とにかく、由が友人を自殺に追い込んだ者を見つけだすために家を出たというのは嘘だと思えた。

みんなが私に嘘をつく。沈黙を通されるよりはわかることが多く、私は嘘つきには寛大だった。由の嘘は私にとって害は少なく、私の元から逃げだしさえしなければ、いくらでも許せた。どんな思惑があろうと、携帯を預かっている私が優位に立っていると思っていたが、マンションに近づくにつれて不安が増した。

駅から早歩きで五分ちょっと、築三十年以上の薄汚れたコンクリートのマンションが、私が住むヤマガネパレスだ。一階は大家の兼田《かねだ》が経営するパン屋で、ほぼ開店休業状態だった。夏の間だけはアイスクリームが売れるらしく、店番をする兼田老人の姿をよく見かける。レジの横でうたた寝をしているようだったが、私は軽く頭を下げて店の前を通り過ぎた。少し奥まったエントランスを潜り、階段を上がった。

四階の外廊下に入ってすぐ正面が私の部屋だ。三つ並んだ真ん中のドアに私は向かった。

インターフォンを鳴らした。すぐにノブに手をかける。ドアには鍵がかかっていなかった。インターフォンから返答はないし、いやな予感がしたが、それはすぐに払拭《ふっしょく》された。由のサンダルが三和土《たたき》に揃えてあった。

廊下に明かりが灯っていた。その先に見える部屋も明るく照らされている。ひんやりとした部屋の空気が、空調が作動していることを伝えた。「帰ったよ」と声をかけたが、昨日、今日の間柄だから、返事がなくても不思議には思わない。コンバースの紐を解いて、廊下に上がった。

リビングに入ると、由のバッグが目に入った。たった一日いただけなのに、日野原のアパートで見た光景とかわらず、服が散乱していた。しかしひとの気配は感じられない。私はエクレアの箱をテーブルに置き、廊下に戻った。

トイレのドアをノックしたが、なんの反応もなかった。磨《す》りガラスの風呂場に明かりはない。あとは寝室だけ。ノックをしてドアを開けた。

ベッドの上に目が吸い寄せられた。煌々《こうこう》と灯る蛍光灯の明かりを受け、白い裸身が艶《なま》めかしく光って見えた。私は思わず、一歩、足を退いた。

「何をやってるんだ」

うつ伏せの由は壁のほうに顔を向けていた。それでも由だと思うのは先入観ではない。裏垢の写真が、思いの外、脳裏に焼き付いていたようだ。微動だにしない由に「おい」と声をかけた。

私をからかっている。あるいは復讐している。親元に無理矢理返そうとする探偵へのいやがらせだろうと、私はなんの疑いもなく思っていた。——それに気づくまでは。

私は由が何も身にまとっていないとわかってからは、由の後頭部に目を据えていた。それで、裸身の下にある影のようなものに気づくのが遅れてしまった。黒い影。目の隅に映るそれは、光を遮ってできたものだとぼんやり思っていた。だがよく見ると、それもやはり光を受けて艶めかしく光っていた。しかも黒ではなかった。毒々しい深紅にべッドカバーが染まっていた。

背中を寒気のようなものが走り、全身を覆った。私はそれに抗うように、大きな声をだした。「おい、由、どうした」

ベッドに駆けより、由の背中を揺すった。その冷たさに、思わず手を引っ込めた。肩の下に手を差し入れ、由の体を仰向けにひっくり返す。血が体の前面を斑《まだら》に覆っていた。いちばん色の濃いところが創傷だと私はとっさに判断した。溢れでる血を抑えようと、傍らのタオルケットを掴み、当てた。

むせかえるような血の臭い。しかし、ベッドに染み込んだ血の量にくらべて、タオルケットに染み込む量はあまりに少ない。溢れでてくるものなどほとんどないのだ。

ぽっかりと口を開けた顔は、完全に血の気が失せ、唇までが粉をまぶしたように白かった。焦りが急速に後退し、それにかわるように諦めが私の心を覆っていった。

「どうにかなんないのかよ」

由の首に手を当てた。口に耳を近づけた。私は口先だけの男だ。どうにかしようともせず、どうにもならないことを確認していた。

由から離れた。手で顔を覆い、強くこすった。

部屋をでた。廊下を進み、靴をつっかけて外廊下にでた。右隣の部屋に向かいインターフォンを押した。ドアを拳で叩いた。

「はい」

インターフォンから男の声が聞こえた。

「隣の市之瀬です。いま帰ってきたら、俺の部屋でひとが死んでいた。何かもの音を聞かなかったか。ひとの声は？」

「ええっ、死んでるって――」

「殺された」

声が聞こえなくなった。ほどなくして、ロックを外す音が聞こえた。

ドアから顔を覗かせた隣人は、口を半開きにし、窺うような目で私を見た。ウェブデザインの仕事をしているという男は、一年ほど前に引っ越してきたとき、挨拶にやってきた。それ以来、数度顔を合わせたくらいで、とっさに名前もでてこなかった。

「話したとおり、ひとが殺されている。何か争うような声を聞かなかったか」

「いや、僕も帰ってきたばかりなんで、声とか音とかなんにも」

男はメタリカのTシャツを着ていた。外出着のままなのか、部屋着に着替えたのかよくわからなかった。

「それでも何か異変に気づかなかったか。よく思いだしてくれ。帰ってきたときに、何か見たりしなかったか」

私に向ける男の視線が下がって止まった。なんだろうと目を向けると、白いポロシャツの腹のあたりが、血で赤く染まっていた。

「何か見たってわけではないですけど、階段でひととすれ違いましたね。男でした」

「マンションの住人ではなかった？」

「どうなんだろ。はっきりとは顔を見てないから、わからないな。ただ、階段を駆け下りてきたから、焦っている感じはありましたね」

「男の特徴は？」

「若い印象はあるな。タンクトップを着てたからかな。髪は長くはなかった。それぐらいかな」

「太ってた？　痩《や》せてた？」

「ああ——、太ってはいなかった。タンクトップが似合うくらいのがっしりした体形だった。肩のところになんかタトゥーをいれてたな。あれはなんだろう」

男は考えるように、視線を宙に漂わせた。私の部屋のほうに目を向ける。肩をびくっと震わせ、私に視線を合わせた。

「ああ、そうそう。手に何か布のようなものをもってた」

タトゥーの話はどこにいったのだと思ったが、私は何も言わずに頷いた。

「風呂敷のようなものなのかな。紺の地に白っぽい模様が入っていた気がする」

「風呂敷？」

男は首を傾げるように頷いた。私は一枚の布をだらんと手から提げる男を想像したが、違和感がある。くしゃくしゃと丸めた布をもった姿に想像し直した。男に白いタンクトップを着せてやると、ある可能性に思い至った。

「男がもっていたのはシャツだったんじゃないか」

「さあ――、そう言われてみればそんな気もする。くしゃくしゃ丸めた感じは、風呂敷とかより大きかったから」

やはりそうだ。

「帰ってきたばかりって、実際、どのくらい前に帰ってきたんだ」

「まだ十分もたっていないと思うけど――」

私は踵《きびす》を返して階段に向かい、一段とばしで駆け下りた。

男はシャツを脱いでタンクトップ姿になった可能性がある。返り血を浴びたのではないか。エントランスを飛びだしてあたりを窺う。

通りを見渡してみたが、ひとの姿は目に入らなかった。駅のほうに走った。しばらくいって引き返す。今度は駅とは反対方向の国道のほうに向かって駆けた。

この手で犯人を捕まえる、というにわかな決意が異常な焦りを生んだ。頭がうまく働いてくれない。警察に任せるべきだと踏ん切りがついたのは、再び駅に向かっているときだった。

私はマンションへ引き返した。少し冷静さを取り戻し、職業意識が頭をもたげた。警察に通報する前にと、階段を上がりながら、黒川の携帯に電話をかけた。

四階に上がるまでにコール音は途絶えなかった。私は電話を切って、ショルダーバッグにしまった。また隣の部屋に向かい、インターフォンを押した。

市之瀬だと告げると、男はすぐにドアを開けた。いったい何に備えるつもりなのか、Tシャツの上にぱりっとしたチェックのシャツを着ていた。

「すまない、気が動転していてちゃんと伝えられないかもしれないんで、かわりに警察に通報してくれないか」

隣人はわかりました、任せてくださいと、ねぎらうような表情を見せた。私はすぐに自分の部屋に足を向けた。血の着いたポロシャツを着がえるよりも、警察がやってくるよりも前にやっておくことがあった。

部屋に上がり、寝室に入った。ショルダーバッグから由の携帯電話を取りだし、電源を入れた。待ち受け画面に現れた、色とりどりのマカロンとエクレアの画像を見て、死の重たさに押し潰されそうになった。

由に近づいた。目を伏せ、軽く頭を垂れてから、由の手を取った。握り拳になっている由の人差し指をむりやり伸ばす。死後硬直が始まっているのか、一本伸ばすだけなのに思いの外、時間がかかった。ぴんと真っ直ぐには伸びなくても、指先さえ丸まっていなければ充分だった。

携帯を由の手に近づけた。指をとり、携帯のボタンの上に、指先を置いた。

12

雨が降り始めていた。

叩きつけるような雨粒が、車のウィンドウを濡らし、野次馬の目から覆い隠してくれた。この雨のなか、わざわざ見物するほどのものなどありはしないのに、規制線の向こうにはひとだかりができていた。

ドアが開き雨音が強まった。長身の刑事が体を屈《かが》めて乗り込んできた。私は刑事に挟まれ、閉塞感をいっそう強めた。いつでもここからでていけるとは思っていたが、そう思う自由が残されているにすぎないことはよくわかっていた。

「本当に探偵なんだな」

入ってきた刑事、安原《やすはら》が、冷たい視線を向けて言った。

「嘘をつくなら、もっと警察に愛される職業を言う」

右隣に座る若い刑事、横手《よこて》がふんと鼻を鳴らした。楽しげな音ではなかった。

「どんな嘘も必要はない。本当のことを手短に答えてくれ」

安原は額が狭く、気が短そうだった。話すとき、変な形に歪《ゆが》む上唇に目がいってしまう。

由の死体を発見した経緯は、すでにおおまかに話してあった。安原の携帯に電話がかかってきて、話は一時中断していた。

「被害者との関係はわかった。家出した娘を捜すよう依頼されたのは信じよう。だが、なんでここに泊まっていたんだ」

「必要だったからだ」

安原の口が開き、上唇が歪むのを見て、私は言い足した。

「由さんは親元に連れ戻されても、すぐにまた家出をすると言った。そうならないよう気持ちを落ち着かせるために一日必要だった。彼女はある人物を捜していたから、俺がかわりに捜すことにした」

「なんでそんな、まどろっこしいことをするんだ。探偵なら、親元に送り届ければあとのことなど知ったことじゃないだろ」

この刑事は探偵の気持ちがよくわかっているようだ。

「確かにそうだ。時々俺は、自分でもわけのわからない行動をする」

真摯《しんし》に答えたつもりだが、刑事は人相を悪くしただけだった。

「捜していた人物というのはどういう人間なんだ」

「それは話せない。彼女のプライベートに関することは、依頼人の許可がなければ何も語るつもりはない」

「ふざけるな。これは殺害事件の捜査だ。探偵の守秘義務なんて通用しない」

「守秘義務で言っているわけじゃない。俺の気持ちの問題だ。依頼人の許可さえあれば話すんだから、めくじら立てる必要もないと思うが」

突然、石でも降ってきたみたいに、耳に硬い衝撃を感じた。痛みに顔を歪め、若い刑事のほうを振り返った。

「すまんね。安原さんの肩に埃がついてたから取ろうと思ったら当たってしまった」

横手は肘をさすりながら、にやりと笑う。

「なかなか気が利くな」

安原は口の端を上げ、初めて笑みのようなものを浮かべた。

「お前の目に、埃がついている。取ってやろうか」私は後輩刑事のほうに顔を向けた。

「おい探偵、口には気をつけろ」一瞬、身を引いた横手は、すぐに顔を突きだした。

「ちゃんと質問には答えろよ。これはあんた自身の問題なんだぞ。あんたは女子高生を部屋に連れ込んだ。そして、彼女は部屋で裸で殺された」

蔑むような目で私を見つめる。

「許可がでたら話す。早く、依頼人に連絡をとってくれ」

私は静かに答えた。

刑事には怒りを感じる。しかし、これは調査に失敗した自分への報いなのだとも思っていた。由を親元には帰さず、部屋に泊めた。そして殺された。まさに刑事が言うとおり、これは私の問題なのだ。

「とにかく、このあと署のほうまできてもらう。話してもらわなければならないことは、まだまだたくさんある」

安原が威圧的な口調で言った。

私は歪んだ上唇を見ていた。


所轄の目黒署にいき、取調室で安原と横手に相対した。

署に着いて十分ほどして黒川仁左衛門から携帯に電話がかかってきた。黒川も署内のどこかにいるようだった。私は謝罪の言葉を口にしたが、それに対する黒川の反応はなかった。

黒川は、由のことを警察に話すのはかまわない、市之瀬さんの判断で捜査に必要なことを話してくださいと言った。

市之瀬さんの判断で必要なこと、という微妙な言い回しをしたのは、やはり公になると由が傷つくようなことは話して欲しくないからなのだろう。私は意を汲《く》み、刑事には本当に必要なことだけを話すようにした。とはいえ、由を捜す過程で、特別、隠しておく必要があるようなことを見知ってはおらず、概《おおむ》ね事実に沿って伝えた。

由を見つけだしたのはツイッターで行動を追えたからだと、さらっと流した。いずれは知ることにはなるだろうが、裏垢であることは伝えなかった。伏せたのはそれくらいで、日野原のアパートで由を見つけたことも話したし、私の今日の行動を説明するため、あやめを捜していたことも話した。友人を自殺に追い込んだ女に復讐したいと由は言ったが、それは嘘かもしれないと、自分の率直な感想も伝えた。刑事たちは、さほどあやめに関心を示さなかった。

ふたりの刑事はもともと、由の行動よりも私の行動に関心があった。私が、今日、どこで何をしていたか、しつこく訊いてきた。私のパスモの履歴を見れば、いつどこの改札を通ったかわかるし、駅の防犯カメラの画像を解析すれば確実に私が通ったとわかる。寿司屋でもケーキ屋でも、たぶん顔を覚えていると思う。私のアリバイはいずれ証明されるはずだった。

何度も同じ質問を繰り返すうち、刑事たちはある程度納得したようだ。ただ、疑いが晴れたにしても、最後まで私を丁寧に扱うことはなかった。署に着いて二時間ほどで、放免された。

署にいるなら黒川に会いたいと思ったが、現在どこにいてどういう状況なのか刑事に訊いても答えてくれず、しかたなく、そのまま目黒署をあとにした。

祐天寺の部屋には帰ることができない。まだ警察の封鎖が解けなかった。そうでなくても、しばらくはあの部屋で寝る気にはならない。私は事務所に泊まるつもりで、渋谷にでた。八時を過ぎていたが、食欲は湧かなかった。いったん事務所へいき、いつもハンガーに掛けてあるサマージャケットを着て、Sホテルに向かった。

フロントで、黒川夫妻が戻っているなら面会したい旨、取り次いでくれるよう頼んだ。フロントのスタッフはいったんバックオフィスに消え、しばらくしてコンシェルジュの水谷を伴って現れた。

「市之瀬さん」

水谷は眉間に皺を寄せ、沈鬱な表情を浮かべて近づいてきた。

「水谷さん、まだいたんですか」

なんでも対応するコンシェルジュとはいえ、二十四時間対応ではない。午後七時までのサービスのはずだ。

「今日は色々とばたばたしまして——。ちょうど帰ろうとしていたところでした」

水谷は制服ではなく、ライトグレーの、涼しげなスーツを着ていた。

「黒川さんを訪ねてきたんだが、娘さんに起きたことは、もう——?」

「ええ、伺っております。詳しいことはわかりませんが。——実は、黒川様は、すでに別のホテルに移られたのです。ですから、ここでお会いになることはできません」

「もう？　警察にいく前に手配をしたということですか」

水谷は頷いてから言った。「もともと、チェックアウトは今日の予定でしたから、それほどの手間はなかったと思いますが」

それでも、娘が殺されたと聞いたショックのなかで、普通はそこまで頭が回らないだろう。

「申し訳ありませんが、どこのホテルに移られたかは――」

「もちろん、言えないことはわかっています」

携帯の番号がわかっているから、とくに知ろうとは思わない。きっと、黒川もひとに知られたくはないはずだ。

表にでることはあまりないのだろうが、政商という立場にいるなら、マスコミに追いかけ回される可能性もある。七沢のような輩《やから》もいるわけだし。ここが定宿であることが知られているなら、他のホテルに移りたいという気持ちもわかる。だが、それにしても早いなと私は思った。

「水谷さん、申し訳ない。紹介してもらったのに、こんなことになってしまった」

「由さんに起きたことは、本当にいたましく、悲しいことですが、きっと市之瀬さんは最善を尽くしたのだと私は信じています」

その言葉を素直に受け取れるほど、心の整理はついていなかった。私は小さく首を横に振った。

「黒川ご夫妻にも謝罪をされたいのだと思いますが、少し日を置いたほうがいいかもしれません。色々たいへんでしょうから」

「ええ。今日は連絡を取るのはやめておきます」

謝罪だけなら、今日、無理にも会おうとは思わなかった。

由の死体を見つけ、警察がやってくるまでの間に、私は由の携帯を調べた。

血の通わない指を借り、指紋認証でロックを解除した。

まずは由の裸の写真など、ツイッターで公開している猥褻画像をどうにかしようと考えた。由も黒川も、それを警察に見られることは望まないだろうし、万が一、そのことが外部に漏れ、ネットなどで晒されることになったら、それこそ死んでも死にきれないはずだ。最初はアカウントごと消してしまおうかと思ったが、削除のしかたがよくわからなかったので、公開している写真をひとつひとつ削除していった。写真を管理するアプリも開き、保存されていた猥褻画像も削除した。そのなかには公開されていないものも、多数含まれていた。

ただ、それらの写真が、由の殺害となんらかの関わりがある可能性も否定できないので、削除する前に、私は自分の携帯で由の裏垢を開き、公開されている写真をコピーしていった。アプリに保存されていた画像も、いったん裏垢にアップロードしてからコピーした。それだけでかなりの時間を使ってしまい、他はあまり調べることができなかった。

保存した写真をどうするか、黒川に指示をもらいたかった。それが永遠にひとの目に触れないことを望むなら、削除する。捜査に役立つと考え、警察に提出したほうがいいと言うなら、私は従うつもりだ。それでなんらかの罪に問われるのだとしても、かまいはしなかった。

13

気温が上がれば自然に目覚めるだろうとアラームもセットせずに寝たが、起きたときには十一時になっていた。

昨日、降り始めた雨は勢いを増していた。気温はまるで上がらず、真夏だというのに、肌寒いくらいだった。椅子から腰を上げ、窓に近寄る。桜丘の街を見下ろした。雨がすべてを洗い流したような、さっぱりした風景、ではなかった。洗い流された芥《あくた》で道端が澱《よど》んでいるような陰鬱な風景。——それは自分の心のなかを映しただけだろう、と私は街を庇《かば》ってやった。

コンビニまでいくのが面倒で、朝食は抜いた。顔も洗わなかったが、この事務所を訪れる人間は、私の晴れやかな顔を拝みたくてくるわけではないのだから、かまいはしない。回転椅子に座り、十五分ほどぼーっと過ごしたのち、パソコンを立ち上げた。私は報告書を作成しようと思い立った。黒川がそれを読みたがるとは思えなかったが、報告書を締めくくらないことには、私のなかでこの件がケースクローズにならない。

由を日野原のアパートで見つけるまでの経緯を詳述し、由が語った家出の目的と再び家をでる危険性、一日猶予を与える私の決断、そして翌日のあやめ捜しとその結果浮び上がった疑問までを書き及んだところで、キーボードを打つ手が止まった。

あとは、部屋に戻って由の死体を発見したことを書けば終わりだ。しかし、それをどうやって締めくくればいいのかわからなかった。ただ見つけましたでは終われない。一日猶予を与えたがために起きたことと、私の判断ミスを詫びればいいのか。ツイッターの画像を削除したことを書き記し、最後まで最善を尽くしたことをアピールすればいいのか。

どれも違う気がした。報告書としての体裁を整えることはできる。しかし、それだけでは私自身が納得できない。報告書を書けばケースクローズすると思っていたが、それは誤りだった。私は由を見つけただけで、親元に届けることはできていないのだ。

デスクの上の携帯が着信音を響かせた。

壁にかけた時計に目をやると、一時近くになっていた。午後に入ったら黒川に電話するつもりだったことを思いだしながら、携帯に手を伸ばす。絵理からの電話だった。

「どうした。電話をかけてくるなんて珍しいな」

私はでるとすぐにそう言った。久しぶりに聞く絵理の声に身がまえ、久しぶりにかけてきた理由など考えてみようともしなかった。

「ねえミオ、うちのマンションがニュースにでてた。いったいどうなってるの。死体を発見した探偵って、あなたのことでしょ。私たちの部屋で、ひとが殺されたなんて……、どうして」

「仕事だ。俺は探偵だ」

それしか答えは浮かばなかった。何を当たり前のことを訊くのだと、腹立たしさで息が詰まった。

「そりゃあ探偵だから、家出した女の子を保護することもあると思うけど、なんでその子が殺されるの。私たちの部屋でひとが殺されるなんていや。あなたの仕事、そんなんじゃないでしょ」

「彼女も、俺たちの部屋で殺されるのはいやだったと思う」

静かな声が、思いの外冷たく響いた。

「……ごめん。私、自分のことしか考えていなかった。ミオの気持ちも考えてみるべきだった。そうだよね、きついよね」

鼻にかかったような艶のある声。まるで、うたっているようだった。私は首筋を舐《な》められたように、びくっと震えた。

「俺のことは考えなくていい。——連絡しなくてすまなかった。ニュースを見て知ったんじゃ、驚くのは当たり前だな。とにかく、捜索を依頼された娘が何者かに殺されたんだ。いまわかっているのはそれだけだ」

「……そう。その子、本当に気の毒。怖かったでしょうね。——でも、それだけに私も怖い。あの部屋に戻れない。とてもじゃないけど、そんなところで寝られない」

「だったら、戻ってこなくていい」

私は考えることもなく口にしていた。

「なんでそんな突き放すようなことばかり言うの。私、当たり前のこと言ってるだけだと思うけど。ひとが殺された部屋にそのまま住むひとなんていない。すぐに部屋を借りられるものでもないし、ツアーが終わって帰るところもないなんて、不安なのは当然でしょ」

「俺はあの部屋に暮らすよ。引っ越す気はない」

「何いってるの。なんでわざわざ、そんな——」

私は時々、自分でも理解できない行動をするし、わけのわからないことを口走る。ただ、あとになって、意味があることだったとわかることもある。べつにそれを期待しているわけではなかったが、私はあの部屋でそのまま暮らそうと突然決めた。絵理への当てつけではなく、それがいいと思えたのだ。

「帰るところは、絵理が好きに決めていい」

「他に帰るところなんて……」

――ないのだろうか。ツアーが終わってそのまま一緒に帰る場所があるのではないか。

「ねえ、大丈夫? あたし帰ろうか。ツアーの途中だけど――」

「よせ。帰ってくる必要はない。仕事を続けるんだ。俺も仕事が残っている。まだ終わっていないんだ」

絵理は「でも」と言った。私は「部屋の話はまた今度しよう」と静かに語りかけた。今日はちょっとおかしいんだ、ともつけ加えた。絵理に電話を切らせるためにそう言っただけだ。日がたっても何もかわらないだろう。

電話を終え、ワープロソフトを閉じた。報告書を書くのはすべてが終わってからだ。仕事をしようと、私は携帯に手を伸ばした。ツイッターのアプリを開いたとき、着信音が鳴った。知らない携帯番号が表示されていた。

「昨日はどうもありがとうございました。目黒署の安原です」

電話にでると、すぐにそう言った。

「いま、仕事場ですか」

「……ああ。事務所にいるけど」

「これから伺ってもよろしいですか。話したいことがありましてね」

私は変な形に歪む、安原の上唇を頭に浮かべていた。

「それは残念だな。あと十分ほどでここをでるんだ」

予定はないが、断るためにそう言った。しかし安原は勢い込んで声を弾ませた。

「そいつは助かった。十分以内にいくんで、待っててください。いいですね」

返事も待たずに電話は切れた。

安原は本当に十分もたたずにやってきた。ノックもなしにドアを開け、大股歩きでデスクの前まできた。あとから入ってきた連れは、横手ではなかった。安原とさほど年齢がかわらなく見える、肉づきのいい中年男だった。もの珍しそうに、部屋を見回した。

「おい、なんのつもりだ。捜査のじゃまをするつもりか」

安原は、椅子に座る私を見下ろして言った。

「いきなり、なんの話だ。もう少し、会話を成り立たせる努力をしてもいいと思うが」

電話で話す感じは一定の節度があり、心を入れ替えたのかと思ったが、昨日とまるでかわっていない。ひとの事務所にきてそうなのだから、昨日より悪化しているといえるかもしれない。その原因に、心当たりはあった。

「被害者の携帯電話をトイレに捨てたのはあんただろ。父親が、娘の携帯を探偵が預かっていたと証言してるんだ」

「ああ、確かに預かっていた。逃げないように取り上げたんだ。しかし、すっかり忘れていた。まさか、トイレに落としたとは思わなかった」私はわざとらしく目を丸くした。

「いったい何を隠そうとしたんだ。いいか、捜査妨害は、大きな罪になるんだぞ」

歪んだ上唇が、引きつったように震えた。

「脅しはよしてくれ。俺は生まれて初めて殺人現場にでくわしたんだ。どんなへましても不思議じゃない。確かにトイレにいった覚えはある。そのときポケットから落としたんだろう」

「そんな戯言《ざれごと》が信じられるか。娘は何かやばいことに関わっていたんじゃないのか。それを隠そうとしたんだろ」

「ひとを信じられない仕事っていうのは悲しいもんだ。長年続けていると頭も働かなくなる。いいか、俺はただ雇われただけの探偵だ。死んでしまった娘のためにそこまでしない」

「そうか?」安原はデスクに手をつき、顔を近づけてきた。「昨日、依頼人の許可がなければ話さないとつっぱったじゃないか。あんたは依頼人に義理立てして、必要以上のことをするタイプだ。違うか」

「違うね。俺が昨日、許可がなければ話さないと言ったのは、まだ調査料をもらっていないからだ。へそを曲げて踏み倒されても困るから、慎重になっただけだ。ちょっとのことでクレームをつけて、少しでも値切ろうとする人間が最近は増えてるんだよ」

「もういい」安原の後ろで、関心なさそうにそっぽを向いていたもうひとりの刑事が言った。「今回は見逃しましょう。だけど、今後は妨害したり首を突っ込んだりしないでください」

丸顔で縮れ毛。甲高い声をだしそうなイメージなのに、いやに低く落ち着いた声で、ギャップがあった。

「俺はただの探偵だ。殺人事件に関わろうとするわけがない。探偵が殺人事件を解決したことなんて、ないだろ」

金縁眼鏡の奥のつり上がった目が、私を睨んだ。

「あるよ。解決まではしなくても、手がかりを見つけて、いそいそと私たちに情報提供してくる。いちいちマスコミに発表したりしないから、世間には知られていないが、そういうことはよくあるんですよ」丸顔の刑事は腰に手を当て、溜息をついた。

「あなたはひとりでやっているようだから知らないかもしれないが、探偵っていうのは、たいていがばかなんだ。だから、映画や小説のなかの探偵になりたいと本気で憧れて、そのとおりに振る舞う。ちょっと事件に絡んだりすると、自分は一般人とは違うと思い込んで、捜査に協力しようとする。ほんとに困ったもんだ」

頭を下げ、かぶりを振った。

「安心してくれ。俺は映画も観ないし本も読まない。手本にする探偵はいない」

「私はあなたのような探偵をよく見かけますけどね」

小さい目でひと睨みすると、丸顔の刑事は背を向けた。安原も踵を返す。

「ちょっと待ってくれ。何か進展はないのか。肩にタトゥーのある男の足取りは摑めていないのか。せっかくきたんだから、少しくらい話してくれてもいいんじゃないか」

「やっぱり、事件に首を突っ込みたいんですね」

振り返った丸顔は、鼻で笑った。

「そうじゃない。あそこは俺の部屋だ。犯人が捕まらなければ、安心して眠れない。捜査の進展が気になるのは当然だろ」

「まさか、あそこに住み続けるつもりなのか」

「何か問題があるのか。封鎖が解けたら、そうするつもりだ」

ふたりの刑事は呆れたように顔を見合わせた。

「まあ、きっとあなたは、根っからの探偵なんでしょうね」

ばか、と言いたかったのを探偵に置き換えただけだろうと私は解釈した。

「タトゥーの男は犯人ではないかもしれない。被害者の死亡推定時刻は、男が目撃された時刻よりずいぶん早かったんだ。これで、少しは安心して眠れますか」

そう言って丸顔はドアに向かう。

「早いって、どのくらい」

「細かいことは言えませんよ」

振り向かずに言うと、刑事はでていった。安原もあとに続いた。

私は背もたれに体をあずけ、頭に手をのせた。すぐに体を起こし、携帯電話を手に取った。

あのふたりは、寝た子を起こしにやってきたのだろうか。探偵が事件に首を突っ込むのが、案外普通なことだと知って、私は安心して仕事に打ち込める。由を親元に帰すことができなかったのだから、せめてなぜ殺されたのかくらいは明らかにしたかった。無論、それを警察が先に突き止めたとしてもかまいはしない。あれが通り魔的犯行であったら、私にはまず見つけられないだろう。しかし、もし裏垢が何か絡んでいるなら、私にもチャンスがある。

黒川の携帯に発信した。コール音を聞かされただけで、黒川がでることはなかった。私は電話を切り、そのままツイッターのアプリを開いた。

黒川が由の裏垢、『まゆこ.jk裏垢』のパスワードを割りだし、アカウントを削除する可能性もありえた。その前に、もう一度ツイートを読み込んでおきたかった。

まゆこのアカウントを表示し、私はフォローリストを開いた。消される前に、由がフォローしている人間を押さえておいたほうがいいだろう。由がDMをやりとりしていた相手なら、必ずフォローをしているはずだ。アカウント名の横にフォローリクエストの白いボタンがあった。それをタップすれば、青に変色し、フォローが完了する。何人かは、私が杏のアカウントでハニートラップをしかけたときにフォローしているので、すでに青くなっていた。

上から順に、フォローし始めたとき、事務所のドアが開いた。また、ノックもなかったから、刑事たちが戻ってきたのではないかと、瞬間的に考えた。

しかし、入ってきたのは知らない顔だった。短気そうなところは安原と同じだが、人相はさらに悪かった。黒いTシャツ。白いジーンズ。きっちり分け目をつけた長めの髪は、整髪料で固まっていた。勢いよく向かってきたが、髪に乱れはない。男の後ろから、さらにふたりが入ってきた。左右にわかれ、デスクを回り込むようにして私に迫る。

私はバックレストにもたれ、咄嗟《とっさ》に足を胸に引き寄せた。正面の黒Tシャツに向かってデスクを蹴りだした。

デスクはほとんど動かなかった。男を慌てさせただけ。私は勢いよく椅子ごとさがり、壁にぶつかった。

左右から迫ってきていた男たちは、目標を失って動きを止める。その隙に、私は立ち上がり、左側の小柄なほうに飛びかかった。

拳を固め、渾身の力で顎を打ち抜いた。効いたはずだ。一発で倒れてもおかしくないのに男は倒れない。顎を押さえて首を振る。私は慌てて男の脛《すね》を蹴りつけた。これも効いたはずだ。しかし、顔をしかめ、少し背中を丸めただけだった。

背後から首に腕を巻きつけられた。右腕を搦《から》め捕られ、がっちりとロックされた。まるで身動きがとれなくなった。左腕を振り回してみても、何も当たらない。踵で足を踏みつけてやったが、背後の男は微動だにしない。

黒いTシャツの男がいたぶるような目をこちらに向けていた。小柄な男が拳をかまえ、頭を下げて近づいてくる。私は足で応戦するが、一発目が空を切って、それで終わった。男の拳を立て続けに浴びた。三発目のボディーブロウが効いた。内臓をかき回されるような痛み。床にうずくまることもできず、がくがくと体が痙攣《けいれん》した。もう一発浴びたら死ぬと思ったが、死ねなかった。再び腹を強打された。気が狂いそうな痛みが襲った。

そのまま床に投げだされ、顔面を蹴られた。

ひどい痛みを覚えたが、それで腹の痛みがいくらか和らいだ気がした。

髪の毛を摑まれた。爪先の尖った黒い革靴が目の前に見えた。視線を上げると、しゃがみ込んだ黒いTシャツの男が、血走った目でこちらを見据えていた。

「お前が由を殺したんだ。このていどの痛みですむようなことじゃないんだよ。なあ、どうやって償うつもりなんだ」

男はそう言うと髪の毛を摑み上げ、私の頭を床に叩きつけた。

14

「お前は探偵だ。それしか能がない。償う気持ちがあるんだったら、せめてそのくらいのことはやれ。俺たちの悲しみを、少しでも癒やしてくれよ」

黒いTシャツの男は息をつき、かぶりを振った。血走った目が、怒りと悲しみをよく表していた。それだけに、乱れない髪が残念だった。

私はぐったりと椅子にもたれていた。痛みはひいても、なかなか力は戻らなかった。

「おい、返事はどうしたんだ」

男は手を伸ばし、私の顔を鷲摑みにする。私は首を振って、男の手を払いのけた。

「やるよ。最初からそう言ってるんだけどな」

私の振るまいを咎《とが》めるように、男は私の頰を平手で打った。

この男の回りくどさに苛立ちを感じていた。怒りや悲しみをストレートにぶつけてくれれば、こちらも少しは素直になれる。核心をぼやかし、同じことをあれこれ言い換えて繰り返すのは、やくざの習い性だろうか。この男がやくざだとはっきりわかっているわけではないが。

ともあれ、この男が、愛する者を殺され、怒りと悲しみに衝き動かされてここにやってきたのは、疑いないだろう。

男は岩淵《いわぶち》と名乗った。年は私と同じくらい。姪と同じく、ある意味容姿に恵まれていた。暴力の世界でのし上がっていくにはちょうどいい面構えをしている。岩淵は黒川由の叔父だった。

「できるのか」

岩淵が低い声で訊ねた。

「正直、わからない。こういうのは、普段俺がやる仕事とはかなり質が違う。ただ、何かしら手がかりさえあれば、なんとかする」

岩淵は満足したように頷いた。

私はふいに気になり、背後を振り向いた。連れのふたりが立っていた。ぼーっとすることもなく、しっかりと私を睨んでいた。

「ただし、従えないこともある」私は顔を正面に戻して言った。「犯人を見つけても、真っ先にあなたたちに知らせるかどうかはわからない」

「なんだと」

岩淵は目を見開き、顔を強ばらせた。

岩淵の要求は、由を殺した犯人を突き止めろというものだった。由を見つけた時点で親元に帰せば、殺されることはなかった。だからその責任をとって、お前が犯人を捜す必要があるのだと、表現をかえ、ときに暴力を交えて、何度も繰り返した。

私はもとからそうするつもりだったので、犯人を見つけることは約束した。しかし、ある意味当然のことながら、犯人を見つけたら、真っ先に自分に知らせろと岩淵は言う。

「まだわかんないのか。わんと吠えるまで、殴るしかないようだな」

「犬じゃないんだから、いくら殴っても同じだ。はいはいわかりましたと言って、従わないこともできたのに、俺は誠意をもって本当の気持ちを言っただけだ」

背後でひとが近づく気配がしたが、私は振り向かなかった。

「今度、殴られたら、あなたのおっしゃるとおりにいたします、と俺は言うだろう。しかし、実際に犯人を見つけたら、真っ先に警察に知らせるだけだ。あなたたちが帰ったあと、警察に駆け込むことだってできる。無駄なことだ」

「お前が由を殺したんだぞ。わかってんのか。何をしたって償いきれるもんじゃねえぞ」

私の胸倉を摑み、ねじり上げる。

「わかってる。だから、犯人を見つける。それ以上は償いとは思えない」

「それ以上って、お前は俺たちが何をすると思ってるんだ」

「何をするつもりなんだ」

私は首を捻り、義兄《にい》さんを見上げた。

「俺はともかく義兄さんは堅気なんだぞ。そんな手荒なまねはするわけないだろ。基本的には、謝らせるだけだ。そのときの気持ちしだいで、二、三発殴るかもしれないが、そんな、たいしてな、――なんだ、そのしらけた顔はよ」

先ほどの私への暴力も、そんな手荒ではないというのだろうか。

黒川はここに義弟がきていることを知っている。岩淵に、俺は由の叔父だと言われただけでは信じられず、私は黒川と電話で話をした。義弟と協力して犯人を捕まえて欲しいと、私への要請が黒川の意思でもあることを裏づけた。

「俺に犯人を見つけさせる、と言いだしたのは、あなたのほうからか」

「まあ、そうだ。俺から義兄さんに提案した」

警察よりも先に自分たちの手で犯人を――、という発想は堅気のものではない。政商が堅気なのかどうかはよくわからないが、黒川は義弟の提案にのっただけで、暴力的な制裁を本当に望んではいないのかもしれない。

「それじゃあ、間をとって、こうしないか。犯人が見つかったら、その事実だけ教える。どこの誰だかは伏せておく。そして俺と黒川さん、ふたりだけで会いにいく。あなたはお留守番だ」

「俺には引っ込んでいろというのか」

「犯人が謝罪するとしたら、普通は親にするものだろ。――そんなことは別にしても、俺はあなたが一緒にいくというなら、犯人が誰かは教えない」

岩淵が私の襟首に手を伸ばす。私はその手を払いのけた。

後ろから首に腕が絡みつき、そのまま体を引き上げられる。腰が浮いた。息が詰まる。

岩淵が何か合図をしたのか、突然、力が緩み、私はすとんと椅子に落ちた。

「いいだろう。気に入らないが、お前の案を呑む。いちばん悲しい思いをしているのは義兄さんだからな」

私は大きく息をつきながら、頷いた。

「そのかわりに進捗状況を毎日報告してくれ」

「訊いてくれれば、大まかには話す」

「大まかに？」

岩淵は人相の悪い顔を歪めて、盛大に不満を表す。

「時間がかかってもいいなら、詳細にお教えしますよ」

私は面倒に感じて、真摯《しんし》に対応するのはやめた。いまは岩淵の言われるままにし、そのときになったら適当に報告すればいいだけだ。黒川を連れて犯人のところへいくというのもそうだった。本当にそれを実行するかどうかは、犯人が見つかってから考えるつもりだ。

「情報は共有したほうがいいんだ。これから俺たちはチームなんだから。犯人捜しには俺も協力する。人手が欲しいときにはいつでも言ってくれ。とくに力仕事が得意なやつが大勢いる。力を合わせて、早く由の仇《かたき》を捜しだそうぜ」

岩淵が手を差しだした。私は黙ってその手を握った。

岩淵は満足げに笑みを浮かべた。私が手を離そうとしても、固く握り続ける。

「チームになったから、ひとつ有力な情報を教えよう。由を殺したやつは、裏垢とかいうツイッターのなかにいる。そこで由と繋がったんだと思う」

私は岩淵を見上げた。「どんな根拠があって、そう言い切れるんだ」

「言い切っているわけじゃない。ただ、たぶんその方向で間違いないとは思っている」

「だから、その根拠は——。何を知ってるんだ」

「それは言えない。言う必要もない。知ったからといって、犯人捜しに役立つようなことではないからな。もちろん、警察にこのことは話していない」

「信じていいんだな」

私は立ち上がり、岩淵の目を正面から見つめた。岩淵は顔を引き締め領いた。

「仲間に嘘を言ってなんの得になるんだ。俺もお前も、犯人を見つけだしたい。それは間違いなく一致しているはずだ」

「わかった。その方向で追ってみる」

そもそも裏垢しかとっかかりがないのだ。

「由さんが家出をした理由も知っているのか」

「家出の理由？」岩淵は眉をひそめて、怪訝な表情を浮かべた。

「そんなのは決まってるだろ。夏休み、羽を伸ばしたかったんだ。東京で、遊びたかったのさ。由はもともと東京が好きでな、親と軽井沢じゃつまらないって、俺のところによく遊びにきてた。小学生のときに、俺がディズニーランドに連れていったこともあったんだ」

岩淵は初めて、叔父らしい、悲しげな笑みを浮かべた。

15

サニーフィールズコーポの前まできて日野原の携帯に電話をかけた。部屋にいるというので、一〇一号室に向かった。

携帯で話した感じもそうだったが、ドアを開け、顔を見せた日野原は元気がなかった。いきなりこないでくださいと文句を言うこともなく、ただ、暴力の痕跡が残る私の顔に怪訝な目を向けただけで部屋に上げた。

「なんだ、飲んでたのか」

床にビールの缶が並んでいた。ひたすら飲むだけでいい質《たち》らしく、つまみも灰皿もなかった。

「しばらくやめてましたけど、解禁しました。飲んだっていいですよね、今日は」

「そうだよな。今日、飲まなきゃ、いつ飲むんだよな」私は無責任にそう答えた。

床に座ると、一緒にどうですかと勧められたが断った。

「警察に絞られたか」

「ええ、ずいぶんと。初めてですよ、こんなの。まあ、絞られただけですんだからよかったけど。由ちゃんのことはそんなにしつこく訊かれなかった。ちょっとの付き合いで、知ってることはそんなないですから。家出した子を泊めたことを、ぐちぐちと説教されました。あなたに言われたみたいに、未成年者略取誘拐で逮捕もあり得るみたいなことを仄めかされたり、帰れないんじゃないかと思いましたよ」

何か知っているなら、吐きださせようと、脅しをかけただけだろう。

「たぶん、別の部屋に泊めていたことが、心証をよくしたんでしょう。ぎりぎりセーフという感じでした」

「ネットの付き合いは、後腐れなくていいって言ってたのにな」

「こんなのは、特別ですよ。しょっちゅうあるわけがない。――ほんと、あったら、たまらない。前日まで一緒にいた子が死んでしまうなんて。しかも、あんな若いのに」

日野原は缶を口へと運んだ。

日野原が飲まずにいられないのは、警察に絞られたからなのか、由が殺されたからなのか、よくわからなかった。ビールを呷《あお》った日野原は、大きく息を吐きだした。

「何か？」見つめる私に、日野原は言った。

「今日はよく喋るなと思って」

「喋りたいんです。喋りたいことがあるわけじゃないけど、ただ言葉を口にしたいんですよ」

「俺の知りたいことも喋ってくれると助かる。いろいろ聞きたいんだ」

「なんですか」警戒するような視線を向けた。

「何か、彼女が殺されるような原因を知らないかな」

「そんなの知るわけないじゃないですか」

「べつに彼女が殺された理由を訊いてるんじゃない。なんでもいいから、殺される理由になり得るようなことを聞いてないかと思ったんだ。例えば、友達の彼氏を奪った、っていうのだって殺される原因になる。俺は警察じゃないから、気兼ねなく話してくれ」

日野原は膝に手を置き、考えているような顔をした。

「とくに思い当たることはないですね。例の復讐の話も、彼女が殺すならわかるけど、殺されるようなことじゃないし」

「その話なんだけど、彼女はどういう感じで復讐の件を君に話したんだ。会話のなかで、たまたまそういう話がでたのか、それとも何かきっかけがあったのか？」

あっさりあやめ本人を特定できそうな感触を得て、私は由が嘘をついていたのではないかと考えた。親元に帰りたくない由は、私に嘘をつく理由がある。元住吉からの帰り、私はそう考え、深く検証することもなく、ずっとそう思ってきた。しかし、それもおかしな話だと、今日、岩淵が帰ったあとに気づいた。

日野原も、友達が自殺したことを聞いていた。それが嘘なら、由はなぜ日野原に話したのか疑問がでてくる。日野原にも嘘をつかなければならない理由があったのだろうか。あるいは、あの話は真実なのか。

「市之瀬さん、もしかして、あの事件を調べているんですか。由ちゃんを殺した犯人を捜しだすつもりなんですか」

「べつに事件を解決しようなんて思っていない。ただ、ちょっと気になることがあるから、訊いてみようと思っただけだ」

私は当たり障りなく、そう答えた。

日野原はさほど関心のなさそうな顔で頷いた。

「で、どうだったんだ。自殺の話をしたとき――」

「ああ、そうでしたね」日野原はビールをごくごくと呷ってから、口を開いた。「とくにきっかけなんてありませんよ。いきなりといえば、いきなり、由ちゃんはその話をし始めたんです。でも、べつに不思議なことじゃない。彼女はその話をするために、僕のところにきたんですから」

不思議なことじゃない、と言われ、私は一瞬、聞き流しそうになった。遅れて、「えっ」と驚きの声を上げた。

「その話をするために君に近づいたということか」

「そんな、驚くことないじゃないですか。由ちゃんが友達を自殺に追い込んだ女を捜していたのは知ってるでしょ。僕はその女のアカウントをフォローしてたんです。けっこう、リプライのやりとりをしていたから、僕が何か女の素性を知ってるんじゃないかと思って、彼女は僕に接触したんですよ。確か、ひと晩泊まったあと、昼飯を一緒に食べてるときに、実は——って、話しだしたんじゃなかったかな」

「そうなのか」

日野原にそんな嘘をつく理由はない。ひと晩泊まったあとだから、泊まるために関心を引こうと適当な話をしたとは考えられない。由は本当のことを語っていた。私は大きく息を吐きだした。

「じゃあ、きみはあやめのアカウントをフォローしていたんだな」

日野原は眉をひそめ、首を捻った。

「誰です、あやめって」

「ユミポヨが新しく作り直したアカウントはあやめだろ。由はあやめの身元を探りだそうとしていたんだろ」

勢い込んでそう訊ねながらも、私はわかっていた。どんな答えが返ってくるか。

「違いますよ。彼女が捜していたのは、那月《なつき》です。『那月@待ち合わせ垢』。僕がフォローしていたのもそれですから」

16

「ありがと、ございましたあ」

威勢のいい声に送りだされ、ラーメン屋をあとにした。

うまい冷やし中華が食べたいと思い、ネットで探して池袋で途中下車した。入った店は冷房がききすぎていて、途中でラーメンにすればよかったと後悔した。店をでても夏の暑さはまるで感じられない。夕方にあがった雨がまた降りだしていて肌を冷やす。傘はもっていなかった。

日中からもち歩いていた傘を、みな開いていた。雨に打たれての急ぎ足は、私くらいなものだ。傘など羨ましがるものかと、ひとけのない裏通りに入った。

喧噪を外れ、私は考え事をする。日野原の部屋で聞いたことを、思い返していた。

由は嘘をついていた。結局、そこにかわりはなかった。由が捜していたのは、あやめではなく那月だった。あやめは、ただ適当に選んだだけのアカウントだろう。

日野原は那月のアカウントをなかなか見せようとはしなかった。それで私が困ることはない。私はツイッターのアプリを開き、日野原の裏垢、カリガリひろしを表示した。カリガリひろしがフォローしているアカウントのリストを開き、『那月@待ち合わせ垢』を見つけた。

待ち合わせ垢というものがよくわからなかったが、那月のプロフィールを見ておおよそ理解した。那月は痴漢に遭いたい女子高生だった。電車内や漫画喫茶で待ち合わせし、痴漢プレイをするのが趣味のようだ。他に置き下着というプレイもしていて、那月が街のどこかに自分の下着を隠し、ツイッターでヒントを与えてフォロワーがそれを見つける遊びだ。

「こういうのは、そんな珍しくないんです」と言い訳するように日野原は言った。

待ち合わせの様子から、日野原と同じ東武東上線の沿線に、那月の自宅か通う高校があるのではと推測できる。由はそれ以上のことを知りたかったようだが、日野原は何も知らなかった。ただ、由に協力して、待ち合わせしたいと那月にDMを送ったそうだ。

しかし、那月から返信はなかった。日野原が協力したのはそれだけ。何かできることがあればと申しでてはいたそうだが、由はひとりで精力的に動いていた。そのさなかに現れたのが私のようだ。

由は私に嘘をついた。親に雇われた探偵が信用できなかったのかもしれない。あるいは、もうひとつ可能性がある。十六歳の由は自分のルールを守ろうとした。復讐の相手は、自分自身で見つけなければならなかった。由は最終段階に入っていて、那月まで、もうあと一歩のところまで迫っていたのかもしれない。

ただ、それがあの事件に結びついたかはわからなかった。日野原は、由が那月を殺すことはあっても、その逆はないだろうと言った。私も概ね、その考えには賛成だった。ユミポヨがやったことは警察の介入もありえる行為だ。しかし、恒常的に悪口を言っていたとかならともかく、ツイッター上で短時間絡み、死んでやる、死ねばとやりとりしただけでは、結局は、罪に問われることもないだろう。もし、由がその事実を晒すと言っても、殺すようなことではない。ただ感情のもつれなどは、ささいなことでも起きるから、絶対とは言い切れない。

私はふと思いついて、携帯を取りだした。アプリを開き、杏のフォローリストを覗いた。『那月@待ち合わせ垢』を捜したがどこにもなかった。今日、由のアカウント『まゆこ.jk裏垢』のフォローリストにあるアカウントをすべてフォローしているから、私の杏のフォローリストにも那月のアカウントが入っていると思ったのだ。私はまゆこを表示させ、フォローリストを覗いてみた。やはり那月のアカウントはなかった。念のためフォロワーのリストも見てみたが、やはりない。由が那月を追っていたなら当然フォローしていると思っていた。DMでやりとりして、おびきだすためにもフォローは必要だし、相手の動向を探るため、ツイートをタイムリーに確認するのにも必要だった。由はいちいち検索して那月のアカウントを確認していたのだろうか。なんだか不思議だ。そうしなきゃならない理由でもあったのだろうか。

復讐相手を捜すために家出をする必要はない。その考えは、あやめから那月に対象がかわっても有効なはずだ。にもかかわらず、由は家出をして那月を捜そうとしていた。那月をフォローしていなかったことを含め、不可解さが私の思考に棘《とげ》のように刺さった。由の行動は単純な友達の仇討ちではなかったのかもしれない。

声が聞こえた。悲鳴とまではいかないが、瞬間的に発した、高い女の声だった。

サンシャイン60通りを外れ、区役所のほう、公園のそばまできていた。夏とはいえ、涼しいとさえいえる雨の夜では、ひとの姿は少ない。声の出どころを捜して視線を振ると、すぐにそれらしい姿を公園のなかに見つけた。傘も差さずに佇む、女と男のシルエット。男が女に覆い被さるようにしている。「いやっ」という女の声を聞き、私は公園に入っていった。

何をしているのかよくわからない。男は女の腕を摑み、引き寄せようとしている。女は男から離れようともがく。ただの痴話喧嘩なら、間に入るのは野暮だ。しかし、男は私と同じくらいの年齢に見える。女はまだ少女といった感じだ。最初に私の目を引きつけたのは、チェックのミニスカートだった。赤とピンクと青が交わったその柄に見覚えがあった。ニーハイソックス、赤い眼鏡と見ていって間違いないと思った。先日会った、むーちゃんこと、花村鈴だ。

私は近づいていって、「やあ」と声をかけた。男が動きを止めて顔を向けた。鈴はこちらを見ずに、男から離れようとしている。

「こんにちは。また池袋で会ったね」私は鈴に向かって呼びかけた。

ようやく鈴はこちらに顔を向けた。

「なんなんだよ、お前。あっちいけ」

いい年をして、いきなりひとをお前呼ばわりするような人間は好かない。ただし、そんな呼び方をするのが似合う男だ。目尻、鼻、上唇、ほお骨、すべてが尖った印象のある顔をしていた。

粗暴で陰険そうな男に、私は笑いかけた。

「こんな時間に女子高生と公園で何をしてるんですかね」

「こんな時間て、まだ九時前だろ」

「あなたは豊島区の条例を知らないんですか」

訊いてみただけだ。私は豊島区に条例があるのかどうかすらも知らない。

「なんなんだよ、それ」

男は視線を泳がせながら、口を半開きにして凄む。私は、大きな溜息で返した。

「知らないんですか。じゃあ、ちょっと署のほうで話をしましょうか」

「おい、何いってんだよ。そんなんじゃねえよ。ふざけんなよ」

勢いがどんどん萎《しぼ》んでいく。わかりやすさは、この男の数少ない美点に違いない。

男は私に向かって、一歩、足を踏みだした。しかし、すぐにくるりと背を向け歩き始める。公園のなかをどんどん進み、反対側の出入り口からでていった。

男の姿を目で追っていた鈴が、こちらに顔を向けた。私は正面から鈴の顔を見た。こんな顔をしていたっけ、というくらい、印象の薄い顔だ。服装が違っていたら、わからなかっただろう。

鈴は見つめるだけで口を開かない。感謝の言葉もなかった。べつに彼女を助けようと思ったわけではないから、それでいい。私は、見たくない景色をどうにかしたかっただけだ。

「よけいなことだったか。——まあ、雨も降ってきたし、今日は帰ったほうがいい」

相変わらず、私を見ている。何か語りかけてくる目ではなかったけれど、ぼんやりとしたものでもない。私はふいに、彼女も由を知っているのだと思いだした。

「もしかして由ちゃんの事件のこと——」

私がそう言ったとき、鈴の肩がびくっと震えた。「うっ」と声を発し、腰を曲げた。

黒いニーハイソックスに包まれた膝頭をしっかり掴んだ。

「大丈夫か」

目をぎゅっとつむり、痛みを堪えている感じだった。

私は近づき、鈴の肩に手を置いた。鈴は私の手を払い、腰を伸ばしてぱっと離れた。

「大丈夫です」

しばらくして鈴は答えた。

薄暗くて顔色はよくわからない。目が熱っぽく、潤んで見えた。

「送っていこうか。この間の彼のところ」

鈴は首を横に振った。「大丈夫です。ひとりで帰れます。——ども、です」

頭を下げた。盗み見るように、ちらっと私に目を向けると踵を返した。

鈴は男が去っていったほう、駅のほうに向かって歩く。一歩一歩、足元を確かめるように、ゆっくりと進む。公園の中程まできて足を止めた。びくびくっと肩が震えるのがわかった。

17

志村坂上の駅をでて、住宅街をしばらく進み、公園に入った。先日、鈴を尾行し、真岡健一に襲われた公園だ。

私のすぐ前を鈴が歩いている。その足取りは異常に軽かった。水溜まりがあると、足を前後に大きく開いて、それを飛び越えた。さほど跳躍力はなかったが、横に開いた腕は、バレリーナのように優美だった。

バレーをやっていたのかと訊ねると、鈴は笑みを浮かべて首を横に振った。

子供のころバレーを習いたかったが、親がやらせてくれず、バレー教室の窓から練習風景をよく覗いていたのだそうだ。昭和の貧乏話のようだが、私は嫌いじゃない。懐かしいような、せつないような感情が胸に膨らんだ。奇異な目しかむけないであろう他人に、飛び跳ねる鈴を見られたくないと思った。私の視線さえ邪魔な気がするが、私は探偵の目でそれを見ていた。

「雨上がりの空気が好きすぎる」

鈴は四つめの水溜まりを飛び越えたあと、独り言のように言った。

雨は上がっていた。再び降りだす気配はなく、雲間から星が覗いている。街灯の明かりを受け、濡れた地面も星を散らしたようだった。夏にしては冷えすぎだが、静かな夜の公園の空気は確かにいいものだった。ただ、だからといって、水溜まりを飛び越える人間はそういない。

池袋の公園で鈴の様子はおかしかった。体調でも悪いのではないかと、私はあとを追った。駅の改札を潜ると鈴はトイレに入り、二十分ほどでてこなかった。外で待っていた私は大丈夫かと訊ねた。鈴はぼーっとした顔で大丈夫と答えた。送っていくよと言うと、拒絶することはなく、黙って歩きだした。

車内では座席でうとうとして、とくに辛そうな顔を見せることはなかった。そして志村坂上の駅をでてからは、ずっと足取りが軽かった。

「由ちゃんが殺されたことは知ってる?」

空を見上げて歩く鈴に訊ねた。

鈴はちらっと私のほうに顔を向け、そのまま歩き続ける。

「知ってたんだね」

「ニュースで見て、驚きました」

しっかりした声で返ってきた。ショックを引きずっている様子はない。

「会ったとき、何か気になることは言ってなかった? 彼女、那月っていう裏垢をやっている女の子を捜していたようなんだけど、そんな話はしなかったかな」

鈴は首を横に振った。すぐに振り向いて、「しなかった。楽しい話をしただけ」と言った。思い出を壊されたとでも言うのか、怒ったような表情を見せた。私は頷いたが、鈴はそれを見ていなかった。すぐに正面に顔を戻し、ふわっと宙に浮かんだ。

そこに水溜まりはなかった。けれど、鈴にしか見えない何かを飛び越えたのだという気がした。

音もなく着地すると、鈴は足を止めた。道端の茂みのほうに目を向けている。

「どうかしたのか」

「なんでもないです」鈴は茂みに顔を向けたまま言った。

何があるのだろうと、私も茂みに視線をやった。先日目撃した鈴の不可解な行動を思いだしていた。

「この間、君はこのへんで立ち止まって何かをしていたよね。あれはなんだったんだ」

鈴は茂みに隠れるようにして、おかしな動きをしていた。それを窺っているときに真岡健一に襲われたのだ。

「さあ、何をしてたんだろう。私、時々、自分でもよくわからないことするんです」

鈴は笑みを浮かべ、こちらに顔を向けた。今日の鈴は表情が豊かな気がする。

「だったら、俺と似てる。俺も、わけがわからないことをよくするんだ」

仲間意識を押し売りしてみたが、心に触れるものはなかったようで、鈴は歩き始めた。

私もあとについて歩いた。

「探偵さん、私と似てるんですか」

公園をでたところで、鈴は立ち止まってそう訊ねた。

「似ているところがあると思ったんだ」

「だから私たち、息が合ったんだ。イメプ、いい感じで盛り上がりましたもんね」

「……ああ、あれね」私は鈴から目をそらし、無理に言葉を発した。「あれは、息が合っていたと言えるのかな」

「私と息が合ってもうれしくはないですよね」

「いや……」

私に気まずい思いをさせて喜んでいるだけだと思ったが、鈴は本気で残念がっているような表情だった。

「女子高生になりすましていたから、申し訳なく思っただけだ。なんにしても、いい感じだったなら、うれしいよ」

「なりすましでもなんでも、合わないひとは合わないですから。今度、探偵さんの素のアカウントで遊びにきてください。イメプしましょう。顔を知ってると、なんだか恥ずかしいけど」

もしかしたら、彼女にとってイメプは、性的な意味合いが薄いのかもしれない。ゲームでもやろうと誘っているような気軽さだった。

「まずは裏垢を作らないとならないな。ユーザー名に探偵と入ったアカウントがきたら、俺だと思ってくれ」

鈴が笑みを浮かべて頷いた。

鈴はどうして裏垢を始めたのだろう。やはり性的な好奇心だろうか。それとも、裸の写真や性的な言動で注目を集めたかっただけだろうか。そう考えていた私は、ふと気になった。由はどうだったのだろうかと。

由は那月に復讐しようとしていたのだと日野原から聞いて私は納得した。由が裏垢を始めたのは五月からで、友人が亡くなったあとだ。それを考え合わせると、由は復讐のために裏垢を始めた可能性がある。さほど由のことを知っているわけではないが、印象からいっても、趣味で裏垢をするタイプには思えなかった。もし由が那月を捜す目的で裏垢をやっていたのだとすれば、鈴と会ったのも、ただ裏垢仲間とリアルで話がしたかったという理由ではないはずだ。

「君は本当に那月って子を知らないのか。『那月@待ち合わせ垢』っていうんだけど」

「心当たりないです。知らない間にやりとりしていたことはあるかも、ですけど」

「由ちゃんと会ったときにはどうだった。具体的な名前はださなくても、他のアカウントのひとの話とかはしなかった？」

「由ちゃんのことばっかですね」鈴はそう言うと、視線を外した。

私と鈴の繋がりはそれしかないのだから当然のことだった。しかし、そんなことを言っていたら、探偵の仕事は勤まらない。話を訊きだすためには回り道も必要だった。

歩きだした鈴のあとを追った。

「鈴ちゃんは高校二年生だよね、十七歳？」

私はわざとらしさもかまわず、鈴に興味を示してみた。

「まだ、誕生日がきてないから十六です」

「そうか、十六歳か。十六歳の夏は大切にしたほうがいい。そこから人生がかわってしまうこともある」

人生が終わることも——。本来、あってはならないことだ。

「そんなのわかってます。大切にしてますよ。誰よりも大事にこの夏を過ごしてますから」

頑なな言い方だった。ユミポヨに復讐したいと言ったときの由を思いだした。

私は何も言わず、ただあとをついて歩いた。

真岡の部屋まで送った。鈴と一緒に玄関に姿を見せると、真岡は敵対心を露《あら》わに私を睨んだ。

「体調が悪そうだったから、彼女を送ってきただけだ。すぐ帰るよ」

「体調が悪かったの？」

優しい顔をした男は、心配そうに鈴を見つめた。

部屋に上がった鈴は、無言で真岡の前を通り過ぎる。

「おい、大丈夫なのか」

「大丈夫、いつものあれだから」

鈴は立ち止まり、振り返った。顔にはこれまで見たこともない、冷たい笑みが浮かんでいた。

「ご主人様からのあれよ」

そう聞いた真岡は顔を強ばらせ、うつむいた。

「なんなんだい、ご主人様って」私はわけがわからず、訊ねてみた。

「あなた、まだいたんですか。帰ってくださいよ」

真岡が摑みかかってきそうな表情で声を荒らげる。

私は反射的に強くでようかと思ったが、ここは抑えた。次の機会がきっとある。

18

翌朝、最低の目覚めを味わった。インターフォンの音に飛び起き、誰がやってきたか確認しようとも思い浮かばず、そのままドアまでいって開いた。

目覚めに見るには最悪の顔が、そこにあった。岩淵が腕組みをして立っていた。

「いったい、こんな時間になんの用だ」

「こんな時間って、もう十時だ。ネットでここの営業時間をわざわざ調べてきたんだぞ」

岩淵は心外だとでも言いたげに顎を歪めた。

「それはご丁寧にどうも」私は顎を突きだし頭を下げる。

踵を返し、デスクのほうに向かった。ドアを閉めて、岩淵はついてきた。

「なんだ寝てたのか」

私はそれに答えず、タンクトップの上にポロシャツを重ねた。デスクに腰かけ、なんの用かと訊ねた。

「もちろん、調査の進み具合を訊きにきたんだよ」

「あれから、二十四時間もたっていないんだ。報告するような進展があるわけない。だいたい、そんなのは電話ですむ話だ」

「電話じゃ、適当にごまかすかもしれない。しっかり目を見て報告を聞きたいんだよ」

「報告するような進展はない」私は岩淵の目を覗き込むようにして繰り返した。

「いつも、事務所にいるとは限らない。電話で確認するのをお薦めするよ」

「俺の心配はいらない。いまは夏休みで時間がたっぷりあるんだ。また、くるぜ。それまでに、しっかり手がかりを摑んでおくんだ。それがお前の義務だからな」

脅さなければ、手を抜くとでも思っているのだろうか。岩淵は顔を近づけて言った。

私はわかりましたと言って大袈裟に頷く。額がごつっと鈍い音を立ててぶつかった。

岩淵は目を剝き、私の胸倉を摑んだ。

「まあいい」胸を突くようにして手を離した。

「あんたに礼を言うよう、義兄さんに頼まれてたんだ。ツイッターの画像を削除したのは、あんたなんだろ」

「ああ。携帯に保存してあった猥褻な画像もなんとかすべて削除できた」

私は黒川にそのことを報告していなかった。警察より先に犯人を見つけろというのだから、画像を警察に提出する必要はないものと判断していた。

「そうか、そいつは上出来だ。猥褻な画像っていうのは、由の写真以外もあったってことか」

「たいした数はなかったが、保存してあった。それらも削除してよかったんだよな」

「もちろんだ。ああいう写真がひと目に触れると由が傷つく。俺からも礼を言っておく」

岩淵は、ありがとなと言って私の肩を叩いた。

「あなたは由の写真を見たのか」

「見てねえよ。お前は見たのか」

当たり前の質問に私は答えない。岩淵は切りつけるような視線で私を見つめた。怒っているのに、それをごまかそうとしているように感じた。年頃の姪をもった叔父の複雑な心境、といったところなのだろうと私は解釈した。

「仕事に励めよ」と言って、岩淵はでていった。

言われなくても調査に励むつもりだ。ただし、正午にひとと会う約束をしていて、それまでは時間が半端で動けない。とりあえず、朝食を調達するため、コンビニにいくことにした。

私は朝刊にざっと目を通し、洗面所で顔を洗い、財布をもって事務所をでた。ドアを閉めようとしたとき、奥まったところにある階段の陰にひとの姿を見つけた。

「そんなところに隠れて、何してるんだ」

声をかけると男がでてきた。ヤニに汚れたすきっ歯を見せ、頭をかいている。

「隠れていたわけじゃない。市之瀬さんのところを訪ねようかどうしようか、考えていたところだったんだ。まさかでてきてくれるとは思わなかった」

そんな表情を向けられる謂《いわ》れはないが、親しみのこもった笑みを浮かべていた。自称経済ジャーナリスト、七沢洋だった。

「調査の依頼なら、ドアをお開けいたしましょう。そうじゃないんだったら、とっとと消えてくれないか。俺はこれからでかけるところだ」

「そう、つんけんしなさんな。情報交換したほうが互いの利益になるはずだ。あなたも微妙な立場に立たされているんだろ。黒川の娘の遺体を発見した探偵っていうのは、市之瀬さんだよな」

私は何も答えず、鍵を取りだした。

「さっき、このビルから岩淵がでてくるのを見かけたよ。あの男はばりばりのやくざだもんな。きっと、色々、無理なことを言われてるんだろ。私で力になれることがあると思うんだ」

鍵穴に鍵を差し込んだ。

「なあ、探偵なら、自分の部屋で殺された娘がどうして殺されたのか、理由を知りたいと思うだろ。娘が殺されたあと、永田町にもおかしな動きがあったんだ。娘が殺されたのは、黒川が東京にやってきた件と、何か関係があるんじゃないかと、私は睨んでる」

「おかしな動き？」私は七沢のほうに顔を向けた。

「ああ、娘が殺された日のその夜にだ。早いよな。それだけ、政治家にとっても関心の高いことだったんじゃないかと思うんだ」

七沢はしかつめらしい顔をして、私に頷きかけた。

私は鍵を抜き、ドアを開けた。

「入ってくれ。詳しく話を聞かせてもらおうか」

「聞くだけじゃなくて。そっちの話もしてくれよ」

そう言って七沢は入ってきた。

七沢にソファーを勧め、私はその正面に座った。七沢はスーツの上着を脱いで、冷房を効かせて欲しそうな顔をしたが、私は動かなかった。話の続きを目で促した。

「永田町の動きといっても、実際おきたのは軽井沢でのことでな」額の汗を拭うと、そう前置きした。「黒川の娘が殺された夜、軽井沢で休暇中の代議士ふたりが消えた。番記者たちはその夜から翌日の夕方までふたりの所在を摑めなかったんだ。名前は言えないが、ふたりとも与党民自党の大物だ。たぶん、東京に戻って黒川と会ってたんじゃないかと思う」

「動きというのは、ふたりの所在が一時、摑めなくなっただけのことか」

「ああ、そうだ」七沢は大きく頷いた。

「それだけじゃ、娘の殺害と結びつけることはできないだろ。他に何か起きたのかもしれない」

「ねえ、市之瀬さん、黒川の娘の報道、やけに静かだと思わないか。きっと、代議士がマスコミに手を回したんだよ。消えたのはそれぐらいの力があるふたりなんだ」

それは確かに私も感じていたことだ。夏休み、家出中の女子高生が殺されたとなれば、普通は大きく報道されるはずだ。しかし、昨日の朝刊の第一報こそ、社会面でそれなりに大きく扱われていたが、夕刊の続報は大して意味のない小さな記事だった。先ほど目を通した朝刊には、由の事件に関する記事は見あたらなかった。昨晩、ネットで探したら、由の死亡推定時刻が正午ごろだったという記事を見つけた。大手マスコミは、あえて由の事件を報道しないようにしているのではと、ちらっとだが勘ぐった。

「なあ、そう言われれば、そんな気がするだろ。代議士が動いたんだよ」

私の顔色を読んだのか、七沢はそう言った。

「だとしても、政治家が事件に関心をもっているということにはならない。黒川に頼まれたから、東京に駆けつけ、マスコミに手を回しただけなんじゃないのか。普段、小遣いをやっているんだから、そのくらいのことを黒川が頼むことはできるだろ」

七沢はすきっ歯を見せてにやりと笑うと、首を横に振った。

「あなたは頭がいいね。確かにそうとも考えられる。ただね、早いんだよ。夕方に事件が起きて、その夜に東京に駆けつけるというのは、それだけのこととは思えない。黒川は、政商としては小物だ。大きな利権に絡み、莫大な金が動くような大物じゃない。そんな小物の頼みを受けて、大物代議士自ら、フットワークも軽く、早々に駆けつけるなんてありそうもない。代議士自身、あの事件に関心をもっている気がするんだ。なあ、あなたはどう思う。市之瀬さんの見知ったことから判断して、あの事件に何か政治家が興味をもつような要素があると思えるかい」

　七沢は、小さな瞳でじっと私を見つめる。

　私がこの事件に関して見知ったこと。そう言われて思い浮かぶのは、犯人はツイッターのなかにいると言った岩淵の言葉だ。由が犯人と裏垢を通じて知り合ったのなら、そこに政治家が関心をもつようなものがあるとは思えなかった。しかし、解せないのは、黒川や岩淵が犯行はツイッターに絡んだものとなぜ推測できたかだ。しかもそれを私に説明しようとはしない。黒川たちは、もともと何かを知っていた。秘密にしなければならないもの。それが政商という立場に関わるものであるなら、政治家が関心をもっても不思議ではない。

「わからない。ただ、政治家が関心をもつ可能性を排除することはできないと思う」

　私は正直に答えた。

「可能性を排除できない。いいね、思慮深い言葉だ」七沢は満足げな笑みを浮かべて言った。「そう思う理由を教えてくれるかい」

「調査に関わることは教えられない」

「まだ調査は続いているのかい」

「調査で見知ったことは、恒久的に守秘義務がある。それにまだ調査料を受け取っていないから、終わっていないとも言えるし」

「なるほど」と言って、七沢は目尻をかいた。

「とにかく、市之瀬さんが見知ったことからも、可能性を排除できないと思ったんだな。私も、代議士の動きとこの業界に長くいる勘からいって、可能性があると思った。ふたつ併《あわ》せたら、政治家が関心をもつような何かがあの事件にはあると、ほぼ断定してもいいんじゃないかな」

七沢は強引に自分の描いたストーリーに結論をもっていこうとする。それは単に自分の満足感のためだろうか。あるいは、私にその考えを植えつけようとしているのかもしれない。だとしたら、それは限りなく成功に近い。私も、政治家が関心をもつような何かがあるのではないかと疑い始めていた。ただし、それで犯人捜しの方向性が変わるわけではなかった。

「で、岩淵はなんの用だったんだ。なんだか、無茶なことをごり押しされたんじゃないのかい」

七沢はこれまでになく、楽しそうな顔でそう訊ねる。私はそれに付き合い、背中を丸めて、しょげた顔で頷いた。

「さっき話したろ。まだ調査料をもらってないって。黒川は娘が殺されたから、金は払わないって言うんだ。探偵は成功報酬じゃない。調査に失敗しようと娘が殺されようと、調査料はもらう。そう言って黒川に迫ったら、あの男がやってきた。調査料は諦めろと、さんざん脅されたよ」

七沢の顔に楽しそうな笑みが広がるかと思ったが違った。痛みでも走ったみたいに顔をしかめた。

「そいつはひでえな」

「ひどい話だろ」

「違うよ、あなたがひどいんだ。娘さんが殺されたのは、市之瀬さんの部屋だろ。娘さんの命を守ってやれなかったんだから、法律的なことは別にして、道義的に金はとれないだろう、普通」

七沢が意外にまともなことを言うので私は驚いた。

「そうか、とれないか。残念だな」

「なんだい、あなたはもう少しまともな探偵だと思っていたよ」

七沢はがっかりした顔で言った。

七沢にどう思われようと私は気にしない。

「とにかく、そういうことだったのか。私は、犯人を見つけだせとか、あなたに無理な注文をつけにきたんじゃないかと勘ぐっていたんだが」

その疑いを完全に捨てたわけでもないようで、窺うような目つきで、私の表情を観察していた。

「なあ、あの岩淵というのは、どういう男なんだ。本物のやくざなのか」

「そうだよ。もともとはただのチンピラみたいなもんだったが、実の姉が黒川と結婚したことで、風向きが変わった。いい風に乗って、いまでは組の幹部だよ」

「つまり、黒川の仕事に絡んでるってことか」

「仕事というか、政商としての活動だな。政界でやくざ絡みのトラブルがあれば、黒川が窓口となって、岩淵に処理を頼むんだ。政治家の息子が女とトラブルになってやくざに脅迫されたとかね、そんなことがあったら岩淵や岩淵の組の人間がでていってトラブルを穏便に処理する。岩淵が籍を置くのは谷保津組でね、なかなかやくざ業界では顔がきく。谷保津組、知ってるだろ」

「いや、聞いたこともないな」

七沢は膝にのせていた肘を滑らせ、ずっこける真似をした。

「なんだい、探偵なのに、そんなことも知らないのか」

「探偵を始めて、まだ日が浅いんだ」

七沢は探偵の仕事を勘違いしているようだが、それを糺す気はなかった。

「谷保津組は、指定暴力団、甲統会の三次団体だが、谷保津組長は、甲統会会長の出身母体である祥壬会の若頭を務めているから、もともとそれなりに力がある。政界とのパイプを得て、ますます力をつけているようだ」

話を聞いても相関図を頭に描くことはできなかった。とにかく力のある組織であることはわかった。

「黒川が東京にやってきたのは、もともと岩淵に何かをやらせるためだったとも考えられるんだよ。どうだい、そのへんのところ、何か心当たりはないかい」

「さあね。俺は脅されただけだから」

「まあそうだよな、谷保津組を知らなかったくらいだもんな」

どうでもいいことだが、繰り返されると苛つくものだった。

「黒川と岩淵の関係はどうなんだ。黒川が義兄として完全に仕切っているのか。それともやくざらしく、岩淵が裏で操っていたりするんだろうか」

「私もそこまでくわしいことはわからないが、岩淵は三十過ぎまでチンピラをやっていたようなやつだから、政商を裏で操るような才覚はないだろう」

なるほど、と私は納得した。自分の目で見た岩淵も、確かにそんな才覚があるような印象はない。それで話を流そうと思ったとき、ふとおかしなことに気づいた。

「岩淵はいったいいくつなんだ」

「奥さんより年下だから……、三十六、七、といったところかね。見た目からいってもそんな感じだろ」

自分と同年齢くらいに見えるから、そのくらいだと私も思っていた。

「じゃあ、姉が黒川と結婚して、ずいぶんたってから、黒川の仕事をするようになったのか」

三十過ぎまでチンピラをやっていたというなら、そういうことになる。

「いや、そんなことはない。谷保津組が政界関係のトラブルに首を突っ込むようになったのは、黒川が結婚してから間もなくだった記憶がある」

私は眉をひそめて、首を捻った。どういうことか混乱したが、ほどなく当たり前の答えを導きだした。

「黒川の奥さんは後妻なのか。由の本当の母親ではないんだな」

「ほんと、大丈夫かよ。そんなことも知らないで、娘を捜していたのか」

誰も教えてはくれなかった。家出娘を捜すのに必要な知識でもない。渋谷のホテルで母親に会ったとき若く感じてはいたが、由の母親として、さほど違和感のある年齢とも感じなかった。

「前の奥さんは、確か病気で亡くなったはずだ。再婚したのは六年前だよ」

由が十歳のときだ。

奥さんが後妻であるのはかまわなかった。気になるのは、岩淵が血の繋がった叔父ではないことだ。

岩渕は、犯人を自分たちの手で捜しだそうと黒川に進言したと言っていた。たった六年の付き合いだし、東京と愛知では頻繁に会っていたはずもない。そんな血の繋がりのない姪のために、犯人への報復を考えるものだろうか。しかし、私の事務所にやってきたときの怒りは本物に見えた。

19

携帯に保存してあった由の写真を見せると、おかっぱ頭のお洒落な大学生は手を合わせて拝んだ。

「やっぱり、まゆこちゃんは美人だったんだな。許せない、こんなかわいい裏垢姫をこの世から消してしまうなんて。犯人捜し、手伝わせてください。見つけて、罪を償わせてやりましょう」

裏垢のブリーダー、倉元は、目を赤くしながら何度も頷いた。

「たいした報酬はだせないがいいか。アカウントに払ったのと同程度だが」

私はアイスコーヒーをテーブルに置いて言った。

「いいですよ。どうせ暇だし」

「調査上、知ったことは絶対に口外しない。守れるか」

「大丈夫。俺は商売もやってるから、自分の信用にも関わってくる。絶対に守りますよ」

私はツイッターのアプリを開き、『那月@待ち合わせ垢』のアカウントを画面に表示した。

倉元に協力を求めるため、神山町《かみやまちょう》にあるカフェで落ち合った。倉元は由が殺害された事件は知っていたが、私が捜していた女の子だとは気づいていなかった。話をすると、殺された子がどんな顔をしているか知りたいというので写真を見せた。そして、協力を約束してくれた。

「まゆこちゃん——由ちゃんは、この那月に復讐しようと考えていたようなんだ」

私は由の友達が自殺した経緯を話して聞かせた。

「俺が見た限り、由が那月に接触した形跡はない。フォローすらしていないんだ。倉元君にはなんとか、ふたりの繋がりを見つけて欲しいんだ。あとは、なんでもいいから、由の殺害事件に結びつくようなものを探して欲しい」

我ながらざっくりした依頼だったが、しかたがない。ツイッターからどんな情報を引きだせるのか、依頼する私自身がわかっていないのだから。

倉元は「了解っす、やってみます」と細かいことは訊かずに即答した。

私も昨晩、那月のツイートを読み込んでみた。日野原が言っていたように東武東上線沿線に自宅か通う高校があるようだった。休みの日も沿線で活動していることが多いから、たぶん自宅のほうだろうと私はみていた。

痴漢をしてもらうための待ち合わせ垢といっても、どこの駅から何時に電車に乗るとかまでは明かしていない。そこはＤＭで直接やりとりしているはずだ。ただ、置き下着をするときは、下着の隠し場所に繋がるヒントをツイートしていた。男たちが下着を探してうろうろするところを、那月は隠れて見ている気がした。隠し場所を探しだせば、那月に接触できる可能性もあった。ただし、さすがに那月も用心していて、簡単に割りだせるようなヒントではない。〇月〇日の隠し場所の近くにあるコンビニのトイレに隠した、といったヒントがあって、その日付にだしたヒントを探してみるのだが、ツイートが削除されていたりするのだ。以前から熱心にフォローしているフォロワーのみがわかるようになっている。

プライベートを語るツイートはほとんどなく、由の友人を自殺に追い込むような攻撃性があるのかは判然としなかった。

「由ちゃんの写真は全部削除されちゃったんですね。残念だな」

倉元は、『まゆこ.jk裏垢』のアカウントを見ているようだった。グラスを片手に、つまらなさそうに携帯の画面を指でスクロールしている。

「写真は保存してある。必要があるなら、倉元君の携帯に送ってもいいが――」

「でも路美男さん、あまりひとに見られたくないんでしょ、由ちゃんの裸」

私はいつから心が読まれやすい人間になってしまったのだろう。口は開かず、ただ曖《あい》昧《まい》に首を揺らした。

「いまはいいです。本当に必要になったら連絡します」

「そうだ。ひとつだけ、彼女の裸以外の写真を公開していたんだが、覚えてるか」

「そんなのありましたっけ。覚えてないな」

「ちょっとおかしな感じでね、ほら、っていうツイートと一緒に写真を添付してたんだが、それに繋がるやりとりが見あたらないんだ。誰かに提示しているようだが、相手は見えない」

私は倉元の携帯を取り上げ、まゆこのアカウントをスクロールした。

「ここなんだ」

画像は削除しているため、〈ほら〉という言葉だけがぽつんとある、七月十五日のツイートを指し示した。

「ほんとですね」

倉元はツイートを遡って見ていった。

「この写真なんだ」

私は自分の携帯を取りだし、保存していた写真を見せた。

「おお、これは見事なものですね」

倉元は思わず、といった感じで、大きな声をだした。

「俺も最初に見たとき、そう思った。こういうものに詳しくはないが、虎の佇まいにただならぬものを感じたんだ」

写真はベッドの上で男と女が交わっているところを撮ったものだった。女の上になった男の背中一面に、虎の入れ墨が彫られていた。

男は白髪まじりの頭で恰幅《かっぷく》がいい。仰向けになった女は、少し顔が見えていて若そうだった。

「誰か第三者が撮影しているから、プライベート写真っていう感じじゃないですね。AVとかから抜きだしたものかな」

「なんにしても、ネットで出回っている写真を貼りつけたんだろう。とくに写真が気になるわけじゃないが、いったいなんでこれを公開していたのか不思議に思ってね」

「確かに、DMでやりとりしていたなら、直に写真を送ればいいわけだし、その前のやりとりが見つからないのは不思議ですね。わかりました、これも調べておきます」

倉元はそう言って、手にしていた私の携帯を差しだした。私がそれに手を伸ばそうとしたら、ひょいと引っ込める。画面に顔を近づけた。

「どうかしたか」

倉元は写真を拡大しながら、食いつくように見る。

「このふたりの、別の角度から写した写真なんてもってないですよね」

「それがあるんだ」

倉元から携帯を受け取り、由が写真管理アプリに保存していたもう一枚を表示した。

倉元に渡すと、また食い入るように見る。指で拡大していた。ふっと息を吐きだすと、顔を上げた。口をぽかんと開けた、おかしな表情をしている。

「路美男さん、これネットで出回っている写真じゃないですよ」

「どうして、そんなことがわかるんだ」

「ここに写っている女の子、グラビアアイドルの能瀬《のせ》ひかるですよ。こんな写真がネットに出回っていたら、大騒ぎになるはずだけど、そんな話、聞いたことないすもん」

「間違いないのか」私は半信半疑で訊ねた。

「まず間違いない。ほくろの位置とか確認すれば、はっきりすると思う。俺たち、やばい写真、見つけちゃったかもしれない」

倉元は目を見開いて言った。

「いや、違う。由がやばい写真をもっていたんだ」

20

また朝から雨が降っていた。これほど雨の多い夏も珍しかった。しかも気温が上がらない。

依頼人に会うわけでもないのに、私はサマージャケットを着込んでいた。キャンバス地のコンバースに雨が染み込み、ソックスが冷たくなってきた。事務所からたいした距離を歩いたわけでもないが、タクシーに乗ればよかったと後悔した。

青山通りを外れて街路を少し進むと、壁面を蔦《つた》が覆う喫茶店があった。私は傘を閉じて傘立てに入れた。ドアを開けると、鈴の音が鳴った。

まだきていないだろうと思いながらも、店内を見回す。窓際に座る男と目が合った。硬い表情をしているのがそれらしいと思い、私は足を向けた。

紺のサマージャケットにチェックのシャツを着ていた。私は紺のポロシャツの上にグレーのサマージャケット。並んでみると同じような人種に映るかもしれないが、まったく別もののはずだ。

テーブルの横に立ち、「上杉《うえすぎ》さんですか」と声をかけると、男は立ち上がって「市之瀬さん?」と訊いてきた。

「お時間をいただいて、ありがとうございます。市之瀬です」

私は名刺を差しだした。男も名刺を差しだす。硬い表情に変化はなかった。

上杉康晴《やすはる》。肩書きは株式会社リトルステップ営業管理課統括マネージャー。グラビアアイドル、能瀬ひかるが所属する芸能事務所の社員だった。

ぎこちない挨拶をすませ、席についた。天気の話題などをもちだすのもはばかられるくらい、上杉は仏頂面《ぶっちょうづら》をしていた。

「電話でも話しましたが、私は脅したり、金銭を要求したりする気はない。ただ、調査の過程で見つけた写真の確認をお願いしたいのと、調査に必要な質問をいくつかしたいだけです。誤解されてなければいいんですが」

私は努めて明るく言ったが、上杉の表情が緩むことはなかった。

昨日、倉元と一緒に、能瀬のプライベート写真が流出していないかネットで調べてみたが、どこをつついてもそんな噂はでてこなかった。能瀬のグラビア写真と比較してみると、顔はもちろん、ほくろの位置や鎖骨の形まで一致した。

由がツイッターで公開していた写真は、顔がはっきり写っておらず、能瀬とは特定できないものだった。由はこの写真の女が能瀬だと気づいていて、あえて顔がわからないほうを公開していたのかもしれない。もう一枚ある写真をよく見ると、奥にあるベッドの上に、女のものと思われる足が見えていた。写真を撮った者を含め、部屋には最低でも四人の人間がいたことになる。

いったい由がどうしてこんな写真をもっていたのか。それを知るには、この写真がどういう経緯で撮られたものか、能瀬本人に訊いてみるしかなかった。私は事務所に電話し、写真のことを伝えたうえで、能瀬に面会を申し込んだが、すんなり希望が通るわけはない。私は何度かかけ直し、脅すような言葉もつかい、ようやくマネージャーと会う約束を取りつけた。

写真は家出した少女がもっていたものだと説明していたとき、私が注文したコーヒーが運ばれてきた。ウェイターが立ち去ると、上杉は口を開いた。

「とにかく、その写真を見せてください」

私は携帯を取りだし、顔がよくわかるほうを表示して上杉に渡した。

上杉は顔をいっそうしかめて画面を見つめた。

「似てますけど、別人ですよ」

「どうしてそう言い切れるんです。首もとにあるほくろの位置、能瀬さんとまったく一緒だ」

私は携帯を取り上げ、画面を上杉に向けた。

「そんなのはペンで書くこともできる」

「肩の付け根の鎖骨のでっぱり具合も一緒です。なんにしても、これだけ顔が似ていて本人じゃないと言い切れますか。だから、能瀬さん本人と話をしたいんだ」

上杉にこれが本物だと認めさせたいわけではなかった。私は能瀬から話が聞きたいだけだ。これがどういう経緯で撮られたか、どうして由の手に渡ったか。そして、由の殺害に関係しているのかどうかを推察したい。まさかとは思うが、上杉の事務所が殺害に関わっているのなら、それもいい。でかたを窺うまでだ。

口をつぐんでいた上杉が立ち上がった。

「ちょっとトイレに――」

五分ほどして上杉は戻ってきた。小便なら時間がかかりすぎだ。どこかに電話をかけていたのかもしれない。

「能瀬さんに会わせてください」

上杉が席につくと私は言った。

「無理だね。こんなことでいちいちタレントと直接話をさせるわけないだろ」

「こういうことがしょっちゅうあるのか」

皮肉ではなく、私は本気で驚いて訊ねた。

「しょっちゅうではない。ただ、写真ばかりじゃなく、あれこれ言いがかりをつけてくる人間は案外多いんだ」

「こっちは、言いがかりにならないよう真偽を確認したいだけなんですよ」

上杉は疑るような視線を向けて、腕を組む。口は開かない。

「あえて言いませんでしたが、この写真をもっていた少女は殺された。このままだとこの写真を警察に渡すことになる。それでもかまいませんか」

「なんでさっさと警察に渡さないんだ。渡す気があるなら最初からそうするんじゃないのか」

「能瀬さんからまず話を聞きたい。それがだめなら、警察にでも週刊誌にでも写真をもっていく。いいか」

「脅しか」

上杉はそう言って蔑むように目を細めた。

私は口をつぐんだ。上杉も口を開かない。この男はこれまでも自分から口を開くことはなかった。私の言葉を受け流すだけだ。適当にやり過ごせば諦めると思っているのだろうか。いずれにしても、上杉は写真に写った女は能瀬である可能性が高いと思ってる。あるいは確信している。でなければ、さっさと席を立って帰るだろう。

「能瀬さんは、写真の件についてなんと言ってるんです」

私は沈黙を破り、静かに訊ねた。

上杉は小さく口を開いて息を吸った。不意を突かれたような顔をしていた。

「何も言っていない」

「言い訳もしなかったってことですか。となると、写真を撮られたと認めたも同然じゃありませんか」

「違う。ひかるに写真のことは話してないということだ」

「どうして。訊いてみたら、あっさり認めるかもしれない。何もわからないまま、私のようなうさん臭い人間と対するのは、危険だと思うんですが」

能瀬ひかるは、質問をするのもためらわれるほどの大物ではない。私は名前も聞いたことがなかった。倉元にいわせると、知らなくてもなんの支障もない、かけだしのタレントだそうだ。

「いま電話をかけて訊いてみませんか」

まただんまりを決め込む上杉に言った。どこか上杉の態度がおかしいと私は思い始めていた。

「どうしても会わせられないというなら、電話で話すだけでもいい。それを能瀬さんが拒否するというなら、ひとまず私は諦める。これなら呑めますよね。かなりの譲歩だ」

コーヒーを飲んでいた上杉はカップをテーブルに戻すと、首を横に振った。

「どうして。彼女が話したくないなら諦めて帰ると言ってるんですよ。拒否する理由はないと思うんですが」

上杉は視線を揺らし、口を歪めていた。ふーっと大きく息を吐きだすと、私を睨んだ。

「拒否してるわけじゃない。できないんだよ。ひかるとは連絡がとれない」やけに静かな声で言った。「どこにいるかもわからないし、携帯も繋がらない。こっちのほうが話をさせて欲しいよ」

「……行方がわからないのか」私は胸騒ぎに言葉をつまらせた。

「――いや、そういうことじゃない。捜せばきっとわかるんだろうが、そこまではしていない。とにかくそういうことだ」

どういうことか、さっぱりわからない。

「おかしいだろ。そんな状態で仕事ができるのか」

「ひかるは、いまは仕事をしていない。二週間くらい前に、突然、辞めると言いだしたんだ。まだ契約は残っているが、本人がもう仕事にいかないって頑なに言うもんだからどうにもならない。いちおう、いまは休業扱いにしてる」

「辞める理由はなんだったんだ」

「この業界にいやけがさしたんだろう。だから、すぐに引っ越しして、携帯もかえた。それだけのことだ」

「誰にも引っ越し先や新しい携帯番号は伝えていないのか」

「ああ、そうだ」

「それは、引っ越したんじゃなくて逃げたんだ。身を隠したんだよ」

私にとっては馴染みのある行為だった。身を隠した人間を捜すこともあるし、身を隠す手伝いをすることもある。

「そんなわけないでしょ」

上杉は気楽な声をだした。わざとらしくも感じた。

「心配じゃないのか」

上杉は答えず、腕時計を見ていた。大きく伸びをすると、そのまま立ち上がった。

「すみません、ひとと会う約束があるんですよ。これで失礼させてもらいます」

「ちょっと待て。どうして、彼女とは連絡がとれないと、先に言わなかったんだ。そうすれば、会わせろとしつこく迫ることもなかった」

「そんなこと、みだりに外部の人間に話せることじゃないでしょ」

「しかし、結局、私に話した」

上杉は肩をすくめると、財布を取りだした。

「すみません、会計をお願いします。ほんとに時間がないもので」

テーブルに千円札を置いた。

「ここは私がもつから、金はいい」

テーブルの札を押し戻したが、上杉はそそくさと店のドアへと向かう。鈴の音が響き、上杉はでていった。

私はコーヒーをひといきに飲み干すと、レジに向かった。

胸の鼓動は平常のリズムを刻んでいたけれど、あと少し何かが加われば、鼓動を速めそうな気配があった。

会計の間も、写真のことを考えていた。あれをもっていたため由は殺されたのではないか。能瀬ひかるが姿を消した事実が、その疑念へと私を引きずり込んだ。

鈴の音に送りだされた私は、傘を差して、青山通りに向かった。歩きだしてすぐに背後を窺ったのは、念のためだ。鬱陶しい雨を傘で受け、足早に進んだ。

路肩に止まったベンツのSクラスの横を通り過ぎたとき、背後で音がした。車のドアが開く音だと認識し、振り向こうとしたときだった。後頭部を何か固いものが襲った。前によろけながらも、私は必死の抵抗で傘を振り回すが、開いた傘は思ったような軌道を描かない。人生最高のもどかしさを感じたのは一瞬だった。

がたいのいい男ふたりを相手にしていることはわかったが、どう攻撃されているのかも認識できなかった。頭がぐらつく。体のいたるところに痛みが走った。

強い力で体を振り回された。足が追いつかない。もう倒れる、と思ったとき、助けとなる何かに触れた。私はしがみつくようにして、バランスを保つ。

攻撃が収まったと思ったのもつかの間、体の上に重みがのしかかった。

ドアが閉まる音を聞いて、私は車のなかにいるのだとわかった。シートにしがみついていた。

「いけっ」という声が聞こえて、車が動きだした。頬に当たる冷たいものの正体を探ろうとしたがだめだった。目を何かが覆って暗転した。

頭の揺れが大きく、激しくなった。

21

「あそこだ。あの建物の陰に回りこめ」

大物の声が前方から聞こえた。

小物A——運転手が「はい」と「へい」の中間で答えた。私をはさんで座る小物BとCは、ずっと押し黙っている。ただ、私の右隣の小物Bが、私の腕を掴む手に、力を込めた。

車は徐行で進んでいく。砂利を踏みしめる音が耳に届く。

やがて車は止まった。ドアが開閉される音と空気の揺らぎ。突然、金属を叩くような激しい音が響き、私は首をすくめた。

また、ゆっくりと車は動きだしたが、すぐに止まる。金属を叩くような音が響き渡った。目隠しをされた私の視界がいっそう暗くなった。

「降りるぞ」

小物ＢかＣが言った。

Ｂに腕を引かれ、車を降りた。後ろに回された手に細い結束バンドが食い込み、意識の半分がそちらにとられる。私は、怖々と、足を繰りだした。

「そこでいい。正座して座れ」

十歩もいかないうちに、大物の声が聞こえた。唯一、命令を下す男。声にはそれなりの威厳が備わっていた。

「俺に言ったのか」

私が言うと、「当たりめえだろ」と横から声が飛んだ。膝の裏を蹴られた。私は膝から崩れ落ち、前のめりになった。後ろから強い力で引き戻されると、正座になっていた。

目隠しが取り払われ、視界が開けた。

「よう探偵さん、手間かけんなよ」

目の前に立つ、スーツ姿の男が、腰を屈めて言った。

厚い唇。眠たげにも見える垂れた目。味わいのある顔をしていた。無闇にひとに怒りを向けないところに、大物らしさが表れていた。

私は男から目をそらし、薄暗い屋内を見回した。コンクリートの床、鉄骨の柱と梁、何かの工場跡だろうか。一面の開口部はシャッターで塞《ふさ》がれている。機械類などはなく、古びたホースやバケツ、紙くずなどが散乱しているだけだった。

もはや小物BかCか特定できそうにないふたりが、傍らに並んでいた。ひとりはスカルや十字架が描かれた黒いTシャツを着ていた。長めの髪をぺったり後ろになでつけている。無駄な肉がつきすぎているが、プロレスラー風とも言える風貌だった。もうひとりは短髪で田舎くさい顔をしており、柔道選手といった感じか。夏だというのにブルーの長袖シャツを着ているのは、入れ墨を隠すためだろう。裾をしっかりズボンの中に入れ、ブランドロゴ入りのバックルを見せびらかしている。

「さて、ここなら落ち着いて話ができるだろう。写真について聞かせてもらおうか」

車のなかでも訊かれたが、ぼんやりしているうちに、殴られて終わった。ここでは、黙っていればすむわけはないだろう。

「どうして探偵があんなものをもっているんだ」

「上杉から聞いていないのか」

私は、捜索を依頼された家出少女がもっていたものだとマネージャーの上杉に伝えた。上杉はそのあとトイレに立っている。この連中と連絡を取ったはずだ。

「手間かけんなと言ったはずだ」

大物は言うだけ。傍らにいた黒いTシャツの男が近づき、腹に回し蹴りを入れる。私はとっさに体を捻り、脇腹に受けた。そのまま、床に倒れ込んだ。

ふたりの小物に無理矢理引き起こされ、また正座をさせられる。丸まった背中を、私は徐々に伸ばした。

「写真は依頼人から預かったものだ」

「依頼人はなんてやつだ。何者なんだ」

「依頼人は渡辺隆《わたなべたかし》、五十一歳。世田谷区に住む会社重役だ。娘が家出して捜索を依頼されたんだが、写真はその娘がもっていた。娘の名前は桜《さくら》。十七歳。高校を一年で退学して、いまは遊びに夢中だ。友達からは、チェリーとかチェリオとか呼ばれているようだ」

大物はズボンに手を突っ込み、聞いていたが、最後は眉をひそめ、問いかけるような視線を手下に投げかける。私のほうに目を向けた。

「探偵がべらべら喋っていいのか。依頼人が泣くぜ」

「探偵に変な期待をされても困る。やくざに脅されても、守秘義務を全うするなんて、誓約をした覚えはない」

「誰がやくざと言った」

「やくざは世の中のくずだ、と言ったら、激怒しそうな顔をしている」

私は手下のほうに目を向けた。怒りに顔を歪め、足を踏みだした。

「いいね。俺も何か頼むなら、あんたみたいな、ウィットにとんだ探偵に頼みたいよ」

さすがに大物は安っぽい怒りを見せたりはしない。幹部なのだろうか。まさか、組長がこんなところに、でてきはしないだろう。男は四十代前半くらい。金の指輪をふたつはめている。

「あんたみたいなやつは、やくざを屁とも思ってないんだよ。ちょっと小突かれたぐらいでべらべら喋るわけがない」

「かいかぶらないで欲しい」

私は充分に恐ろしいと感じている。この連中がいったいどこまでやる気なのか読めないからだ。

あの写真の価値がわからなくなっていた。グラビアアイドルのスキャンダル写真というだけなら、すでにこの連中はやりすぎている。能瀬ひかるの上にのっていた男は立派な入れ墨を背負っていた。あれはやくざ絡みの何か大きな火種を抱えた代物なのだろうか。私は能瀬ひかるの安否が気になった。

「めんどくさいんだよな、あんたみたいなのは」

大物は私の腹に爪先を蹴り込んだ。さっきのよりもきいた。私は床に転がり、胃を鷲摑みにされたような痛みに、体をくねらせた。痛みも引かないうちに、また同じところを蹴られた。思わず手で腹を押さえようとして結束バンドが手首に食い込んだ。しかし、その痛みは感じない。腹に斧でも突き刺さっているのではないかと思えるほどの痛みから、どうにか逃れようと、体を丸めて唸った。死を感じた。

「……やめろ、死ぬ」

「だったら、死ぬ前に話せよ。あの写真をどこから手に入れた。お前の背後に誰がいるんだ」

「背後なんてない。あれはほんとに女子高生がもってたものだ」

いっそ、岩淵の名をだそうかと私は思った。やくざ同士で話し合いをさせたらいいのではないか。そのほうが、由が殺された真相に近づけるのではないかと。しかし、探偵である立場が邪魔をする。いや、名前が邪魔をしているのだろうか。

「死ぬまでかっこつけてろ」大物はそう言うと、私から離れていく。

「おい、腹ばいにして、こいつの足をしっかり押さえておけ」

乱暴に肩を押され、腹ばいにさせられた。腿の上にBかCか、どちらかが腰を下ろす。手を使えないから、それだけで完全に身動きがとれなくなった。

大物はベンツに近寄ると、運転席に座る小物Aに言った。

「ゆっくりとでいい。あいつをひいてくれ」

「ばかな」私は思わず声を上げた。

「そんなことをしたら、それこそ俺は何も喋れなくなる」

「俺はキレてるわけでもないし、はったりをかましてるわけでもない。人間は頑丈にできてる。一回や二回、タイヤの下敷きになったぐらいじゃ、潰れやしない。せいぜいあばらが折れるぐらいのもんだろう。なっ、頼むから潰れる前に話してくれよ」

エンジンがかかった。大物が誘導するように手を振りながら、こちらに向かってくる。ベンツがゆっくりと動きだした。

「よせ！」

上体を反らして揺すってみたものの、腿の上の男はびくともしない。背中を踏まれて、床にぺったり張りついた。

「手首のあたりにのるように、真っ直ぐ入ってこい」

大物が私の傍らに立って誘導している。運転手は窓から顔をだし、ハンドルを操作する。

ベンツが近づいてくる。タイヤがありえないくらいに大きく見えた。早く止めろ、どうせ脅しだろ、と私は自分に言い聞かせる。

「おい、斜めになってるぞ」

大物の声が飛ぶと、タイヤは方向をかえ、バックを始める。

「さがんなくていい」

離れていったタイヤが止まった。

「こっちの方向をかえたほうが早い。タイヤを真っ直ぐにしろ」

タイヤが真っ直ぐに戻ると、それに合わせて私の体の位置を修正する。

「どうだ、痛い思いをしないうちに話さないか」

しゃがみ込んだ大物が訊いてくる。私への拷問を楽しんでいる様子はなかった。ただ、やるべきことをやるだけ、といった態度が、本気度を物語っているようで恐ろしかった。

それでも私は口をつぐんでいた。大物がじっと私を見つめる。

「羽裟間組か」

静かな声で、ぽつりと言った。

「なんだって。そんなのは聞いたこともない」

暴力団の名前なのだろうが、私は知らない。またそれを咎められるのだろうか。

大物は膝に手を置き、大儀そうに立ち上がる。

「さあこい。そのまま真っ直ぐくれば、片輪が乗り上げる」運転手に指示を飛ばした。

「待て。本当に知らないんだ」

私は顔を上げて言ったが、大物はこちらに目も向けない。

タイヤとの距離は二メートルほど。一回転もすれば私の上に達する。私はやがてくる痛みに備え、体に力を入れた。

「おい、どうした」

タイヤがなかなか動かなかった。大物が声をかけても返事がない。

しばらく間を置いて、運転手が言った。

「すみません。電話がきて――。あの……、至急、話をしたいことがあるそうなんですけど」

大物が車に向かった。ベンツの窓から手が伸びてきて、携帯電話を受け取る。

「はいよ」

そう言って電話にでると、声を低くした。とりあえず、これで私への拷問はしばらく中断される。私は冷たい床に頬をつけ、目をつむった。

こんこんと車体を叩くような音が響いて、目を開ける。私は首を捻り、視線を上げた。目を向けても最初は認識できなかった。しかしすぐに、本当にゆっくりとだが、タイヤが動いているのがわかった。

大物はシャッターのところまでいき、携帯で話をしている。全くこちらに意識を向けていなかった。大物は私の痛みになど関心がないのだ。

タイヤが間近に迫る。私の上で、「オーライオーライ、真っ直ぐ」と、のんきな声が響いた。

「やめろ」と叫んでみたが、無駄なのはわかっていた。

私は少しでも離れようと体を捻ったが、下半身をがっちり押さえられていて、いくらも動けない。肩が床から浮いたぐらいのものだった。

バンパーが私の上に覆い被さってきた。タイヤが腕に当たった。大物が想定していたよりも、体の上のほうにきていたが、手下どもは気にしない。肩胛骨《けんこうこつ》を寄せて体を捻る。少しだけ腕が離れたが、すぐにタイヤが追ってきた。タイヤに巻き込まれるように、腕が、肩が下がっていく。ぴったり床に接地して、タイヤの重みを感じ始める。

何かが鳴っていた。またあの音。車体を叩く音だ。腕が潰れる。

「止めろ止めろ」

大物の声。腕に重みが加わる。

「止めろ。バックしろ」

タイヤが止まった。車が後退する。頭上を覆うバンパーが消えた。私は息を吐きだし、床に伸びた。

「状況がかわった。こいつはいったん、俺たちの手から離れる」

大物の声に特別な感情はなかった。答えた手下どもの声にも、残念がるような響きは聞き取れなかった。

「迎えがくるまで、しばらく待機だ」

腿の上から、重しが消えた。ばらばらと足音が聞こえる。車のドアが開いて閉じた。

エンジン音が聞こえなくなった。すっかり静まり返ったと感じたが、すぐに雨音が耳につきだす。いままでまったく気づかなかったのが不思議なくらい、雨だれが賑やかに音を鳴らしていた。

まだ危機が去ったわけではない。私はいったい誰の手に引き継がれるのだ。誰が私に関心をもっているのだ。さらに深刻な事態に陥る気がしたが、それも気にせず私は目を閉じた。


三十分ほどして、シャッターが開く音が聞こえた。薄暗い屋内が、いくらか明るくなった。

黒いTシャツの男に、乱暴に腕を引かれて私は立ち上がった。

「もうすぐ、車がくる」大物が煙草を口にくわえながら言った。

「後ろを向け」

私は素直に後ろを向いた。

「あつっ」

手に火柱でも当てられたような痛みを感じて、思わず声を発した。背後を振り返ると、大物が手にライターを持っていた。

「動くな。結束バンドを切るだけだ」

「なんで」

私の自由を奪わなくてもいいのか。

「いやならそのままでいけ」

私はまた背を向けた。

「煙草を吸うか」

結束バンドが切断されると、大物は外国煙草のパッケージを差しだす。

「いや、いい。自分のがある」

ジャケットのポケットから煙草を取りだし、口にくわえた。大物がカチッと音をさせ、高級なライターで火をつけてくれた。

「なんで」私はまた訊ねた。

「これが最後の煙草になるかどうか気にしてるのか」

口の端を歪めて作った笑みが、板についていた。私は、この男の内心を探るような無駄なことはせず、外に目を向けた。

敷地内に錆びついたサイロがあった。かつては生コンの工場だったようだ。この建物の角を曲がって進めば、ここの出入り口がある。たぶん一分もかからないだろう。周辺にはマンションも見えるから、それほどへんぴな場所でもないはずだ。

シャッターが上がった開口部に、小物B、Cが佇んでいた。煙草を吸いながら、にやにやと何やら話し込んでいる。緊張感はまるでなく、あれなら、突っ切ろうと思えばできそうだ。

「逃げようと思ってるのか」

言い当てられ、私は慌てて振り返ってしまった。

「無駄なことだ。しかし、試してみても面白かったかもな。残念ながら、もう遅い。迎えがきた」

私は外に目を向けた。

ゆっくりと角を曲がったベンツが、こちらに向かってきた。もう無理だ、とは言い切れないが、試してみる気はなかった。

小物たちが車に向かった。雨はもう小降りのようだ。停止したベンツのドアを、うやうやしく開ける。どんな大物がでてくるかと思ったら、Gパンに白い長袖シャツを合わせた、ちんけな男だった。

小物ふたりを従えてやってくるのは、力のある義兄がいなければ、小物であったに違いない男、岩淵だった。

「すみません、荻島《おぎしま》さん。私が使っている探偵のことを伝えておけばよかったですね。面倒をおかけしました」

岩淵はなかに入ってきて、頭を下げた。

「岩淵よ、頼むぜ。タイム・イズ・マネー。無駄な時間を使うのが、俺はいちばん嫌いなんだ」

「すみません。この穴埋めはいつか必ず」

荻島は本当の大物のようだ。岩淵は神妙な顔をして言った。

「じゃあ、いくぞ」

筋違いにも、岩淵は私に怒りの目を向けてきた。私も、岩淵に感謝などしない。現れたのが岩淵で、ほっとはしているが、この男に助けられたと考えたくはない。

「おい探偵、忘れ物だ」

荻島が私の携帯電話を差しだした。私はそれを受け取り、ポケットにしまった。

「何か調べて欲しいことができたら、ほんとにあんたみたいな探偵にお願いしたいと思うぜ」

「だから恨むな、ってことか」

私は踏みだした足を止めて言った。

「違う。俺に逆らうようなまねはするなってことだ。ウィットは、ほどほどにな」

岩淵に腕を引かれて歩きだした。

「結局は、あんたの仲間に小突き回されたのか」

「そういうことだ。荻島さんはうちの理事長補佐だ」

岩淵はまだ硬い顔をしていた。

「いったい、どうなってるんだ」

「なんで、昨日の朝、写真のことを話さなかった。話していればこんなことにはならなかった」

「昨日の朝の時点では、グラビアアイドルが写っているなんてわからなかった」

岩淵は後部ドアに手をかけ、何か言いたそうな顔を向けたが、私は反対側のドアに向かった。

「あの芸能事務所は、あなたのところが関係しているのか」

後部座席に収まり私は訊ねた。

運転席に座る男がちらりと顔を向けた。先日、うちの事務所で私を小突いた、小さいほうだ。

「まあそういうことになる」

黒川かこの岩淵を経由して、由はあの写真を手に入れたのだろう。

「いったいあの写真はなんなんだ。ただのタレントのスキャンダル写真じゃないだろ」

「何ぐずぐずしてる。早く車をだせよ」

岩淵が言うと、運転手は「へい」と言って、車を出発させた。

「携帯を見せてみろ」

「なんでだ」

「写真を削除しろ。あれは由の携帯からとったものだろ」

私は携帯を取りだし、写真管理のアプリを開いた。

「いいか、この写真のことは忘れろ。お前が首を突っ込むことじゃない」

「しかし、由さんはこの写真をもっていた」

「ばからしいぜ。これをもっていたから殺されたなんてことはない」

「間違いないんだな」

「間違いない。犯人を捕まえたいのは俺も同じだ。何度も言わせるな」

岩淵は血走った目で私を見つめる。

私は岩淵に携帯画面を見せた。保存してある能瀬ひかるの写真を、目の前で削除した。

「彼女はどこにいるんだ」

「ひかるは俺たちの指示で身を隠しているだけだ。心配なら電話で話をさせてやってもいい」

「話したって、もともとの声を知らないんだから意味がない」

岩淵は肩をすくめてみせた。

「事務所にも知らせず身を隠す必要があるということはよくわかった」

「何度も言うが、それはこっちの問題だ。お前が首を突っ込むことじゃないからな」

私は頷いた。もちろん、納得したわけではない。谷保津組が大きな関心を寄せる写真を由はもっていた。そして家出をした。それは、身を隠した能瀬ひかると同じではないのか。

——そうだ、あの写真に関心をもっていたのは、谷保津組だけではないのかもしれない。

岩淵が煙草をくわえた。煙草の先端をライターに近づける。

「羽裟間組」

私は言った。

岩淵はこちらに顔を向けた。目を剝き、口を開く。膝に煙草が落ちた。

「なんでそれを知ってるんだ」

岩淵の手が伸びてきたが、私は両手で押さえた。

「あの荻島っていうひとが口にしたんだ。なんなのかなと思ってね」

私は顔を近づけ、嫌みたらしく言った。

岩淵は手を引き抜き、正面に顔を戻した。

「それこそ、忘れろ。あんたの身の安全を考えての忠告だ」

脅しのつもりかもしれないが、まったく効果はない。岩淵は股の間に落ちた煙草を拾いもせず、正面をじっと見ていた。

22

新宿で岩淵のベンツを降りた。携帯に倉元からの不在着信があったのでかけてみたが、でなかった。

私は同業者に一本電話をかけた。やくざにくわしいその女性は、今晩ワインをご馳走してくれるなら、羽裟間組についてレクチャーしてあげると、少し鼻息を荒くして言った。体がぼろぼろで乗り気ではないが、早く知りたかったので約束をした。

西口のユニクロの店内から地下街に下りた。JRの改札を目指して階段を上がっているとき、携帯が鳴った。倉元からだった。

午後四時の新宿駅は、みな、何かに追われているように急ぎ足だった。私は階段を上がりきり、柱の陰に逃れて、通話ボタンを押した。

「市之瀬だ。電話、もらっていたみたいだな」

「ええ、ひとつ発見をしたんですよ。もしかしたら、大発見になるかもしれない」

「那月のことで、何かわかったのか」

私は勢い込んで訊ねた。

「違います。由ちゃんのほうです。彼女の別のアカウントを見つけたんですよ。それを調べれば、彼女の家出中の行動が、すべて把握できるかもしれない」

高田馬場《たかだのばば》にいるという倉元と、新宿の地下駐車場入り口にある、コーヒーショップで待ち合わせをした。

「路美男さん、大丈夫ですか。なんか、ぼろぼろの感じですよ」

アイス抹茶ラテを買って戻ってきた倉元が、しげしげと私を見ながら言った。

釣り銭を受け取ると、私はジーンズのポケットにしまった。椅子にもたれかかっていた体を起こし、テーブルに肘を突いた。

「心配するな。心配されると、よけいに悪くなる」

ひとの優しさは、やせがまんの邪魔になるだけだ。それでなくとも、座っているのがやっとだった。

見た目もひどいが、中身はもっとひどかった。倉元と電話で話したくらいまではまだよかったが、時間がたつにつれて怠《だる》さが増してきた。痛みは小康状態だ。

「いや、でも、辛くなったら言ってください。無理することないすよ」

「わかった。ちゃんと言うから、俺の体調についてはもう触れないでくれ」

最近の若者はみな優しい。軽薄そうに見える倉元でさえこうだ。いったい誰の目を気にしているんだというくらいに、うわべを綺麗に整えている。私は、まゆこのツイートにずらりと並んだ紳士的なリプライを思い浮かべた。

「それより、由の別のアカウントについて話してくれ。それは、確実なのか」

「ほぼ間違いない、という感じですかね。そのへんは、あとで路美男さんが写真を確認すればはっきりすると思います。彼女の裸を比べれば」

「そっちでも裸を公開してるのか」

「別垢といっても、やはり裏垢ですからね」

まあ、見てくださいと、倉元は携帯を私のほうに差しだした。

アカウント名は『ゆずちゃん』、プロフィールを見ると、〈四月からjcブランド返上、jkになるおー〉とあるから、年齢は一緒のようだ。公開されている写真を見ると、確かに似ている。

「どうやって見つけたんだ」

「まゆこのアカウントで、唐突に〈ほら〉って呟いて写真を公開していたじゃないですか。あれでね、由ちゃんは別垢をもってるんじゃないかと思ったんです。別のアカウントでツイートするはずだったのを、あのアカウントでしたから唐突に見えるんじゃないかって。複数のアカウントをもっているひとは、けっこう間違うんですよ。本垢と間違ったりするとかなりやばい。最悪なのは、裏垢の世界で身バレすること。本名や通ってる学校がばれちゃうんですから。それで慌ててアカウントを閉鎖したひと、何人か知ってる」

私自身も複数のアカウントを使用している。仕事用とプライベート用。さらにいまは、ネカマの裏垢、杏ちゃんもあった。アカウントの切り替え自体は簡単だが、ひとのツイートを眺めていて、それにリプライするとき、現在ログインしているアカウントを勘違いすることは、大いにあり得た。

「それで、別のアカウントと間違ってツイートやリプライしているものはないか、遡って見ていったんですよ。そうしたら六月にありました、おかしなリプライが。まゆこが唐突に、〈さすがネコまるくん〉ってリプライしていて、そのネコまるくんから、はてなマークのリプライがきていたんです。それに対してまゆこは、〈ごめん間違った〉とリプライしてる。ネコまるくんのアカウントを確認したら、その前日、ゆずちゃんと二股交際についてやりとりしていた。最後がネコまるくんの〈俺はひとりとしかつき合わないよ〉というツイートだから、〈さすがネコまるくん〉に繋がるんです」

「なるほど、ぴったり合うな」

「実際は、ゆずちゃん以外ともやりとりしてて、〈さすがネコまるくん〉に繋がりそうなものもあったんですよ。片っ端からアカウントを見ていった結果、ゆずちゃんがまゆことぴったり重なったというわけです。愛知県に住んでいて、高一で、体つきも似てる。何より、夏休みに東京に遊びにきていて、ここしばらく、ツイートがないんです」

倉元は表情に翳《かげ》りを見せてそう言った。

ゆずちゃんの最後のツイートは、〈渋谷で見つけたTシャツかわいい、欲しい〉だった。死の前日、つまり私が見つけだした日だ。

「由ちゃんとしては、こっちがメインの裏垢だったような気がするな。ツイート数も多いし、まゆこに比べると、ずいぶん長くやってる」

「いつからなんだ」

「去年の十月からです」

「そんな前——。じゃあ、友達が自殺する前からやっていたことになる」

「そう。このアカウントは、復讐とは関係なく、もともとやっていたみたいです」

わずかな時間ながら、会って話した感じでは、由は黙っていてもひとから注目されそうな子で、裸を晒してちやほやされたいとか、寂しさを紛らわせたいとか、そういうタイプには見えなかった。だから、友達の復讐のために裏垢を始めたのではないかと想像していたが、違ったようだ。

「中三からやってたんですよね。いまより、少しふっくらしててかわいいんですよ。ほんと天使みたいだったな」

由にいまはない、と思ったが、何も言わなかった。

「でも、由ちゃんのアカウントはこれだけなのかな。フォローやフォロワーを調べてみたら、那月のアカウントはなかった。女の子のアカウントをけっこうフォローしているんですけどね。まだ他にも別垢もってるような気がする」

『まゆこjk裏垢』でも那月をフォローしていなかった。

「逆に、那月もあのアカウントだけではない気がするんです。あれは、待ち合わせ垢っていう特殊なものだし、もっと普通のエロトークをするようなアカウントがあっても不思議じゃない。むしろ、あったほうが普通かな。もしかしたら、まゆこやゆずちゃんは、そっちの別垢をフォローしていた可能性もあるんですよね」

「そのへんも調べてくれるか」

「もうやってます。まゆことゆずちゃんみたいに、何か共通点がでてくるはずです。あるなら、必ず見つけだしますんで」

倉元は店内の喧噪に負けないように、力強い声で言った。

コーヒーショップは満席だった。席が空くのを待って、コーヒーを片手に佇むひともいる。その居心地の悪さが、怠さが増した原因かもしれない。私は、胃に優しそうだと思って選んだ、抹茶ラテに口をつけた。

「ツイートを見てみましょうか。フォロワーとかはじっくり見ていってるんですけど、ツイートはまだざっと流して見ただけで。路美男さんと一緒に確認しようと思って」

私は倉元に携帯を返し、自分の携帯で由の別垢『ゆずちゃん』を開いた。

ゆずちゃんのツイート数は八千以上あると表示されていた。それらを全部見るのは、ざっとでも大変だった。私は由が東京にやってくるあたりの日付から見始めた。

ゆずちゃんは上京前から東京にいくことをツイートしていた。当然のように、関東在住の男どもが、案内してあげるよと大挙してリプライを送ってきていた。ゆずちゃんも、遊びに連れてってって、どこか面白いところある？　と自然な感じでリプライしている。東京にきてからのツイートを見ても、ゆずちゃんは、家出については何も触れていなかった。ただ、東京に滞在中の行動については、まゆこよりも詳しく呟いている。家族でホテルのレストランにいったとか、お母さんに伊勢丹でサンダルを買ってもらったとか、エロ垢らしく、親と部屋が一緒だからオナできないとか。もしかしたら、『ゆずちゃん』は素の呟きなのかもしれない。もともとこのアカウントは、友達が自殺する前からやっていたわけで、復讐がらみのものは、『まゆこ.jk裏垢』ですべてやっていた可能性もある。だとしたら、このアカウントは、那月に迫る手がかりにはならない。

それでもひとつひとつツイートやリプライを見ていく。気になったものだけ、クリックし、それに対するリプライを確認した。まゆこと違ってゆずちゃんは、ひとと接触しようと試みることはないから、気になるものはあまりなかった。

そのリプライをクリックしたのは、ほんの偶然だった。わかってますと打とうとしたところを、由は、〈わかってまし〉と誤ってしまったようだ。ただの間違いだと思いながらも、もしかしたら何か意味があるのだろうかと勘ぐり、これをクリックした。

『その男タトゥーあり』というアカウントに対するリプライだった。〈わかってまし〉の前に表示された、その男タトゥーありのリプライを見て、肌が粟立った。

「倉元君、ちょっとこれを見てくれ」

私は倉元に自分の携帯を差しだした。

受け取って見た倉元は、「うへっ」と変な声を漏らした。

「路美男さん、これって殺人の予告ですか」

「そうともとれる」

〈このままいくと、来週あたり、お前の死体を観ることになるかもしれない。やめておけ〉

それが、その男タトゥーありのリプライだった。

これが発信されたのは由が殺された前の週だった。リプライどおり、翌週に由は死体となった。

リプライは、これと、由の〈わかってまし〉だけで、その前後にやりとりがないため、どういうつもりで言っているのかはっきりしなかった。殺されるかもしれないからやめておけと、親切に忠告しているともとれる。特別な意図はないのかもしれないが、死体を「見る」ではなく「観る」になっているのが、不気味ではあった。

「この、その男タトゥーありって、その前にもやりとりしていますね」

「そうなのか。俺は見ていない」私がそう言うと、倉元は自分の携帯を取り上げ、こちらに差しだした。「これです」

それは、その男タトゥーありのツイートから始まっていた。〈俺のケツの穴の周りには、かわいいビリケンさんが彫られている、かもしれない〉とあって、それに由が、〈本当なら、絶対、見たい〉とリプライしていた。タトゥーありは、〈見せてやるから、会おう。DMちょうだい〉と返し、それで終わっていた。

「これだけ見たら、どうせビリケンさんは嘘だろうし、会うことはないなと思ったんですけど、あとのあれを考えると、由ちゃん、会ったのかもしれないですね。殺人予告っぽいあれは、会ったときの会話をふまえて言っているのかもしれない」

あり得るなと思った。私は自分の携帯に表示されている、その男タトゥーありのリプライを飾るアイコンをクリックした。

タトゥーありのアカウントが表示された。アイコンは鯉《こい》の入れ墨が施された男の背中。その背景になるヘッダー画像も、ぼやかした入れ墨の絵柄だった。

公開されている写真を見ると、やはり多くがタトゥーや入れ墨に関するものだ。ツイートも同じ。ざっと見た感じだと、半分がタトゥー関係、残りがセックス関係だった。

「なんか、裏垢には珍しい感じですね。ツイートを見てると荒っぽい、乱暴な感じがする。そういうタイプの男を見ないわけじゃないけど、実際に会ったらひ弱そうなんだろうなというのが、だいたい透けて見えるもんです。でもこの男は、ほんとに暴力の臭いがする」

「そういうものか」

珍しいのかどうかはわからないが、私も同じように感じた。ツイートを見た印象でいうと教養は高くなく、粗野で刹那的。年齢はあまり若くなく、三十代の半ばぐらいではないかと想像した。女の子にとって危険が多い裏垢の世界でも、いちばん会ってはいけないタイプである気がした。

「この男に会わないとならない」

あのリプライはどういう意味なのか、由の死に関係しているのか確認する必要がある。由の殺害とは関係がないのだとしても気になることがあった。この男は入れ墨に執着している。そして由がもっていたあの写真には、見事な入れ墨をした男が写っている。偶然とは思えなかった。

「路美男さん、杏ちゃんで接触するんですか」

「ああ。なかなか手強そうだけどな」

この手の男は疑い深い。ネカマの女子高生にうまく引っかかってくれればいいが。

「俺がやりましょうか。なんか調べものばかりで、ちょっとは動きたいなと思ってたんですよ。会うのはやばそうだから、誘いだすくらいがちょうどいいかなって」

「ちょうどいいってなんだ。探偵の仕事はどこを切り取って見ても、困難だらけだ。いつでも全力であたらないと――」

私は言葉を止め、大きく息を吐きだした。ぐったり椅子にもたれかかった。

いったい、何を言ってるんだ。倉元の申し出に飛びつきたいのに――。私は疲れている。いや、疲れていなくても、私がやるより倉元のほうがうまくやってくれるはずだ。

「頼む、うまく誘いだしてくれ。そのあとは俺にまかせろ」

23

ホテルの部屋に入った。壁のホルダーにカードキーを差し込むと、明かりが灯る。ベッドが見えた。アンバー照明に照らされ、私を誘っていた。

ホテルにいかない？　と言ったのは、五十二歳の女探偵だった。ホテルにいけばベッドで寝られると考えた私は、もう少しで首を縦に振るところだった。しかし考えてみれば、ふたりでいかなければホテルに泊まれないわけではない。いったところで、相手が相手だし、自分の状態を考えてみても何もできるはずはない。私は彼女の誘いを丁重に断り、ひとりでビジネスホテルに泊まることにした。

渋谷界隈はビジネスホテルが少なく、平日は埋まっていることが多い。それでも運良く、並木橋《なみきばし》近くのビジネスホテルに空きが見つかった。

私は誘われるまま、ベッドに向かい、腰を下ろした。コンバースを脱ぎ捨て、ジャケット、ポロシャツを椅子の背もたれにかけた。

知り合いの女探偵、山岸香代子《やまぎしかよこ》とワインを飲んだ。私の奢《おご》りだと思って三本も開けるのはかまわない。ひとりで勝手に飲んで潰れてくれればいいが、私にも同等以上の飲酒を強要するのは勘弁して欲しかった。酒で疲れが麻痺するならいいが、ますます体が重くなった。

羽裟間組について聞くことはできた。埼玉の上尾《あげお》を本拠にする羽裟間組は、産廃や車の解体など、実業を主な生業とする暴力団だったが、近年は実業のほうで食えなくなってきているのか、危険ドラッグの売買や振り込め詐欺などにも手をだしているらしかった。ドラッグの売買では池袋など東京の盛り場にも進出してきていて、そこをシマにする組織とぶつかることも多く、共存を重んじる関東のやくざとしては異色の存在のようだ。とはいえ、谷保津組とのトラブルは聞いたことがないそうだ。

山岸香代子は、自分が男だったらやくざになりたかったというくらいの極道好きで、やくざの世界に通じていた。そのくせ、自分の旦那は暴力団から足抜けさせ、一家の大黒柱として探偵業を営んでいる。なかなか豪快で人望もあるが、借りを作るとあとあと面倒なことになるのは、やはりやくざ体質といえるのかもしれない。

風呂に入って疲れをとってから寝たほうがいいと思うのだが、なかなかベッドから腰を上げられなかった。それどころか、ベッドに足をのせ、ヘッドボードにもたれて携帯をいじり始めた。

由の別垢『ゆずちゃん』を見ていた。春休みごろのツイートを確認してみた。自殺した友人について何か呟いていないかと思ったが、何もなかった。何もないというのは、ツイート自体がないということだ。それまでは頻繁に呟いていたのに、三月の二十八日から四月の十一日までが空白になっていた。友人の自殺に関係していると思われるツイートは四月二十五日にあった。

〈私は死なないから。絶対に生きるから〉と唐突に宣言していた。どうしたの、大丈夫、というフォロワーからのリプライに、〈大丈夫。もう病み期、終わったから〉と答えている。

私は死なないから、というのは、裏を返せば死にたくなるような何かがあるということだろう。安直に捉えれば、友人の死が悲しくて死にたくなったということになりそうだが、違う気がした。由は何か他に死にたくなるようなことを抱えていた。あなたは死を選んだかもしれないけれど、私は死なないからと宣言しているように思えてならないのだ。もしかしたら、由は生きるために、那月に復讐しようと考えたのかもしれない。

私は死なないから。生きるから。それは、復讐を始めるにあたっての決意表明であったのではないだろうか。それから一週間ほどして、『まゆこ.jk裏垢』のアカウントを作っている。アカウントを消したユミポヨを探し、ようやく那月を見つけだしたのが一週間後だったのかもしれない。

私は犯人を許せない。もともと、許せる余地などなかったが、警察が先に捕まえるならそれでもいいと考えるような、甘えた気持ちは失せた。この手で捕まえる。死にたいのに生きようと思った由。その命を奪ったやつを許さない。

私は目をつむった。風呂など入らなくてもいいと思った。眠るのがいちばんだ。長く眠ればそれだけ犯人に迫れるような気がしてきた。痛みも怠さもそこで消える。夢は見ない。

24

喫煙所からもくもくと煙が上がっていた。煙草を吸いたくはあったが、近寄りたくないほど煙たかった。せっかく、ホテルでたっぷり睡眠をとり、健康的な一日をスタートさせたのに、すべてが帳消しになりそうな気がした。

間もなく午後二時。西武新宿ぺぺの広場前は、待ち合わせのひとたちでごった返していた。私は駅へ上がる階段を通り過ぎ、ひとのあまりいないところに佇んだ。携帯電話を取りだし、画面に目を向けたとたん、大きなあくびがでた。

目をこすり、通話履歴を開こうとしたとき、着信音が鳴った。倉元からだった。

「ついさっき着いたばかりだ。もう連絡があったのか」

自宅からかけているという倉元にそう言った。

「ええ、もうすぐ着くと言ってありますんで、慌てることはないですよ」

「特徴は伝えてきたのか」

「紺のパンツに赤と青と黄色の縦縞シャツを着ているそうです。ジャイアンツの野球帽を被っているので見つけやすいだろうと言ってました」

信号色のストライプシャツだけでも充分目印になるだろう。

「了解。しばらくは、電話にすぐでられるように待機していてくれ」

倉元のわかってますよという声を聞いて、電話を切った。

昨日、倉元は、早速女子高生のアカウントを使って、『その男タトゥーあり』に接触を試みた。DMでのエロトークに引き込み、夜中の三時まで相手をして、今日の約束を見事に取りつけた。タトゥーありからの連絡は、DMで倉元の携帯にくるため、倉元の中継が必要だった。

階段下の広場で、ぐるりと見回した。ここでの待ち合わせは倉元が指定したそうだが、ある意味センスがいい。ここは歌舞伎町に近く、崩れた風体の男も多かった。入れ墨に執着する粗野な男が待ち合わせするならこんな場所だろうと、イメージするものに限りなく近い。

見つけた。信号カラーのストライプシャツ。痩せ形で野球帽を被っている。広場と歩道の境目に立ち、煙草をふかしていた。

私は背後から近づき、いったん正面にでて前を通り過ぎた。男は思ったより年がいっていた。四十代の後半ぐらい。教養がなさそうで粗野な感じはするが、忙しなく視線を動かす様子はどこかおどおどしていて、暴力的な印象はなかった。私は近づき、タトゥーさんと声をかけた。

見事に無視をされた。男は煙草をふかし、あたりをきょろきょろし続ける。タトゥーありさんと、再び声をかけたら、ちらっとこちらを見た。

「山森きのこちゃんはこないよ」

それが倉元が使ったアカウントのユーザー名だ。今度は大きな反応を見せると思ったが、男はまたちらっと視線を向けただけ。二、三歩、私から離れた。

そうは見えないが、よっぽど腹が据わっているのかもしれない。待ち合わせの子の名が知らない男の口からでたら、普通、驚きの表情を見せるだろう。

「山森きのこちゃんと待ち合わせをしただろ。そのことで、ちょっと話をしたい」

「勘弁してよ。俺に話しかけないでよ。からかうなら他にもいるだろ」

「からかっていない。本当に山森きのこちゃんはこない。あれは俺の知り合いの男がなりすましていたんだ」

「頼むから、その変な名前言うのやめてくれよ。とにかく、俺はそんなひと知らないからさ、ここで待ち合わせしてるんだよ」

男は目を合わせないようにか、そっぽを向いた。

「ひとつだけ頼みを聞いてくれ。携帯を見せて欲しい。すぐに終わるから」

それですむならと思ったのか、男は慌ててズボンのポケットに手を突っ込み、携帯電話を引っぱりだした。

「そのままもっていてくれ」

私は倉元に電話をかけ、『その男タトゥーあり』に、あなたが見つからないとDMを送るように言った。送ったらすぐに連絡するようにと。

男に、もうしばらくそのままでと言って待っていると、携帯が鳴った。

「送ったのか」私は電話にでると訊いた。

「ええ、送りました」

男の携帯はDMの着信を知らせなかった。画面に変化もない。本当に『その男タトゥーあり』ではなかったのだ。

「会えないんですか」倉元が心配そうに言った。

「ああ。どうやら、かなりの恥ずかしがり屋のようだ」

タトゥーありから返信があったら、すぐに知らせるよう頼み、電話を切った。

「すみませんでした。人違いをしたようだ」

携帯を片手にもった男は、こちらに目を向けず、小さく首を振った。

私はあたりを窺う。この場に留まることも考えたが、動くことを選択した。

JRの大ガードを潜り、新宿駅西口を目指して坂を上っていく。私は時折振り返った。立ち止まってみたりもした。人通りが多いとはいえ、何度も繰り返せば、私の動きに反応する者を捉えることができると思ったが、判別することができなかった。

先日と同じく、ユニクロから地下に下りた。小田急ハルクの横から西口の高層ビル街へと伸びる通路に入っていく。ここはいつも人通りが疎《まば》らだった。新宿の真空地帯といっていい場所だ。私は二百メートルほど進んで足を止めた。振り返る。

私のあとからやってくるのは四人。ショッピングバッグを両手にもった中年女、重いブリーフケースが煩《わずら》わしそうな小太りのサラリーマン、数メートル歩くごとに咳払いをする老人、社名入りの茶封筒で胸を隠すOL。立ち止まる私の横を通り過ぎていった。どれも違う。私を追ってきた者ではない。私を意識しているなら、視線や歩き方でわかるはずだった。こっちはプロで向こうは素人なのだから。

最初からつけてきていなかったのだろうか。待ち合わせ場所に留まっていたほうがよかったかもしれないと後悔が湧いた。また誘いだすのは難しいだろう。

通路を引き返し始めて、すぐに足を止めた。通路の奥のほうを振り返った。そちらからやってくる者はいない。遠くの突き当たりを、私は目を凝らして見た。角から人影がちらっと覗いたようにも見えた。私はまた、奥のほう――高層ビル街のほうへ足を踏みだした。

いったいプロは私だけだと誰が決めたのだ。まさか、という思いを残しながら、早足で進んだ。

突き当たりは左に通路が折れていて、地上に通じる階段がある。足音が聞こえてきて速度を緩めた。角からひとが現れた。耳にイヤホンを挿《さ》した若者だった。若者とすれ違い、私はゆっくりと角へ近づいていく。

角を曲がった。すぐに足を止めた。

いた。壁にもたれて男が立っていた。先ほど通り過ぎていった、小太りのサラリーマンがゆっくりとこちらに顔を向ける。口の端を曲げ、照れたような笑みを浮かべた。

「同業者なんだろ」

私は男に声をかけた。

「どうやらそのようだな。尾行に気づいているプロのあとつけるのは、どうやったって無理だ。よくわかったよ」

「入れ墨に興味はあるのか」

「もちろんそんなものに興味ない。仕事でやってるだけさ」

女子高生にばけていた私と一緒だ。

「誰かと接触をするためにか」

「そういうことだ。世の中、入れ墨好きが多いのかね。関係ないのばっかりが釣れる」

男は咎めるような目を向けて言った。「せっかく、待ち合わせしてたんだから、情報交換といきますか」

それは私の望むところでもあった。

25

地下街にある純喫茶に入り、同業の男と名刺を交換した。

男の名は苅谷《かりや》達彦《たつひこ》。池袋にあるあすなろ探偵社の調査員だった。

苅谷はゆずちゃんと会ったことを認めた。本名は名乗らなかったというが、容姿を聞く限りは、由で間違いないようだ。私は、依頼を受けて家出した少女を捜しており、それがゆずちゃんである可能性が高いのだと伝えた。

「なるほど、家出少女ね。それが、俺が会ったあの子というわけか。夏休みだし、ありがちな依頼だな」苅谷は、小ばかにしたように言うと、ストローでアイスコーヒーをすすった。「俺のほうはちょっと厄介な案件でね、二年前に起きた未解決の殺人事件に絡んだ調査だ」

向かいに座る私は、殺人事件と聞いて眉をひそめた。苅谷はにやりと口の端を歪めた。

「具体的に言うと、あるツイッターをやっている少女の身元を突き止めるのが俺の任務だ。依頼人はその少女が殺された男の娘と同一人物かどうかをはっきりさせたいんだ」

「その調査は、事件に関わることなのか」

依頼の意図がよくわからず、私は訊ねた。

「そうだ。依頼人はもちろん娘を知ってる。たまたま娘がやっているのではないかと疑われる裏垢を見つけてね、そのなかに、私はひとをふたり殺しているというツイートを見つけたんだ。それで、その裏垢が殺害された男の娘のものなのかはっきりさせたいというわけさ」

「つまり娘が犯人、父親を殺した可能性を疑っているということか」

「まあそんなとこだ。もともと依頼人は疑っていたようだ。それで、そのツイートを見つけて、いっきに盛り上がったんだろう」

苅谷は目を細め、面白がるように言った。

「ツイッターで殺したと呟いたからって、即、犯人とはならないと思うがな」

「もちろんそうだ。たぶん、依頼人以外は、あのツイートを見ても本気にしないだろう。だいたい、ふたり殺したというのはやり過ぎだ。信憑性が薄れる。まあ、こっちとしては、なんとか、その裏垢の子と接触して、娘と同一人物かどうかを依頼人に報告すれば終わりなんだが、なかなか引っかかってくれなくてね」

それを苦にする様子は見せず、苅谷は気楽な表情を浮かべている。椅子にもたれて、煙草をくわえた。

「その男タトゥーありは、その子をおびきだすためのものだったんだろ。どうしてゆずちゃんと会ったんだ」

「もちろん仕事のためさ。ゆずって子は、俺のターゲットの子とリプライをやりとりしていた。もしかしたら、何か知っているかもしれないと思って会ってみようと思った。それに、積極的に俺に会おうとするのもちょっと引っかかってね。何か魂胆があるなら、それを探ろうとも思った。――今日と同じだよ」

苅谷は、ネカマと見破っていたわけではないが、倉元がなりすます山森きのことのやりとりを通じて、どことなく違和感を覚えたそうだ。積極的に会いたがるのもおかしいと思い、待ち合わせのときに策を講じたのだと、ここへくるまでに語っていた。

「まあ、女子高生は嫌いじゃないしな」

苅谷は肉付きのいい丸顔に、好色そうな笑みを浮かべた。

「で、会って何を話したんだ」

「俺の読みは当たってたよ。あの子には魂胆があったんだ。彼女も俺のターゲットの子に会いたかったようだ。俺がその子とよく絡んでいるのを見て、何か知ってるかもしれないと、俺に接触したようだ」

「じゃあ、苅谷さんがマークしていたのは、那月なのか」

「誰だ、それ」

とぼけている様子はなかった。

訊く必要もないことだった。そんなはずはないと、私も最初からわかっていたのだ。那月のツイートにひとを殺したなどという告白はなかった。

ゆずちゃんのアカウントは、もともと復讐とは関係なしに始めたものだ。由は、友人の自殺とは関係なしに会いたかった人物がいたということだろうか。

いや、違う。私は別の可能性に思い至った。

「なあ、苅谷さんが追っている子のアカウントを教えてくれ。俺がマークしていた那月というアカウントと、同一人物である可能性があるんだ」

苅谷のターゲットはひとをふたり殺していると告白している。ひとりが父親だとして、もうひとりは由の友人のことではないか。自殺に追い込んだひとを、自分が殺したと捉えるのは、珍しいことではないはずだ。

「――そうなのか。那月ね。覚えておくよ。だけど、悪いが、こっちの情報は教えない。教えられるわけないだろ。調査内容に直接関わることとなんだから」

「じゃあ、年齢だけでも教えてくれないか。その娘は高校二年生か」

「それだってなあ――。まあ、高校生だってことは認めてやるよ」

サービスだぜ、と言わんばかりに、苅谷は片目をつぶった。

この男はプロだとは思うが、探偵としての規範を堅守するタイプには感じられなかった。押せばなんとかなりそうな気もしたが、ここはひとまず引いておこうと話をかえた。

「ゆずちゃんはその子についてどう言っていたんだ。俺が考えているとおりの子であるなら、彼女に恨みがあって捜しだしたいと思っていたはずなんだが、そんなことは言っていたかい。それぐらいは教えられるだろ。頼むよ」

「細かいことまでは聞いてない。ただ、私もその子を捜してる、会いたいって言ってたよ」

「私も、ってことは、ゆずちゃんに自分の素性を明かしたのか。そのアカウントの子を調査していると」

「ゆずちゃんから信頼を得るために、言っておいたほうがいいと思ったのさ」

この男から信頼という言葉を聞くと、嘘くさく感じた。

「信頼を得て、何か知ることはできたのかい」

「とくに、何も」苅谷は肩をすくめた。

「ゆずちゃんには、何か教えてやったのか」

そう訊ねると、苅谷はすました顔をして目をそらした。すぐに視線を戻し、何かを思いだしたように、にやりと笑う。黒ずんだ歯茎が見えた。

「──まあ、教えてやったことになるのかな」

「何を」

変な間を空ける苅谷に訊ねた。

「裏垢とか言って、裸を見せてちやほやされて喜んでる。そんなばかな小娘にさ、人生の厳しさを教えてやったんだ」苅谷は眉間に皺を寄せ、厳《いか》めしい顔をしたが、すぐに表情を崩した。「やらせてくれたら教えてやるって言ったら、ホテルにのこのこついてきたよ。たっぷり楽しませてもらったけど、教えられることなんて何もない。俺みたいなまともな人間だったからいいが、ネットで知り合った男なんかについていくとひどい目に遭うかもしれないんだぞと、さんざん説教をして別れたわ」

苅谷はウィンクを寄越し、肩を揺すって笑い始めた。

「ゆずちゃんはばかな小娘だったのか」

「んっ？」と言って、苅谷はこちらに目を向けた。

「ああ、市之瀬さんは、あの子に会ったことがないんだよな。——いや、見た感じはばかって雰囲気じゃないんだよ。まだガキだけど、なかなかいい女でさ、裏垢で裸を晒してるのはブスばかりだと思ってたけど、あれは超Aランクだな。恥ずかしながら、一回戦は十分ももたなかった。そのまま二回戦突入で大満足だ。もちろん処女じゃなかったけど、まだ初々しくてさ——」

苅谷は話し続ける。別に悪気があるわけではなく、男ならみんなこんな話が好きだろうと思っているのが、時折送ってくる親しげな目配せでわかった。

楽しくはないが、私にとってはどうでもいい話だ。復讐相手の情報が得られるなら、寝てもいいと由は決断した。苅谷が騙すことは充分予測できたはずで、それは由の自己責任だった。

ただ、この小太りの中年男が由の体に触れたのだと思うと無性に腹が立った。この男が若くてスレンダーだったらかまわない。黒ずんだ歯茎を見せ、品のない笑みを浮かべるこの男だから許せない。

「ゆずちゃんに、来週あたり、お前の死体を観るかもしれないと、あとでリプライを送っているだろ。あれはどういう意味だったんだ」

苅谷が口を閉じ、にやにや笑いが顔から完全に消えたとき、私は訊ねた。

「ああ、あれか」苅谷は驚いたように目を瞬かせた。「俺のターゲットの子が、ツイートしたんだ。私、三人目を殺すかもしれないって。だから、このまま彼女に接触しようと試みるなら殺されるかもしれないぞ、と警告してやったんだ。——ほとんど冗談のつもりだけどさ」

「そのツイートはいつだったんだ」私は勢い込んで訊ねた。「ゆずちゃんにリプライを送るすぐ前なのか」

「——そうだ。ツイートがあって、すぐその日にリプライした」

苅谷の警告は役に立たなかった。三人目、が由なのか。

「本当にそれだけか。お前を殺すと脅しているようにも受け取れるが」

「何、くだらないこと言ってるんだよ。俺が殺すわけないだろ」

「じゃあ、誰が殺したんだ。彼女は殺された。俺の部屋で」

私はテーブルに肘を突き、声をひそめて言った。

「冗談はよせよ」

にやけかけた苅谷の顔が強ばった。「——まさか、あれか。探偵の部屋で、家出中の女子高生が殺されたって……」

「大きな声をだすな」私はそう言って、あたりを窺った。「そうだ、あれだ。早く気づけよ」

苅谷は表情を消し、視線を落ち着きなく動かした。

「俺も苅谷さんが殺したとは考えていない。ただ念のため、あなたのリプライのことは警察に話さなきゃならない。たぶんすぐに疑いは晴れるだろうが、家出中の女子高生と関係をもったのは問題にされるかもな」

「よしてくれ。俺が殺《や》るわけねえだろ」苅谷は凄むように、語気を強めた。

「だからそれはわかってる。警察にいって、ちょっと、不愉快な思いをするだけだ。――いや、長引くこともあるのかな」

「めんどうなことは勘弁してくれよ。俺も忙しいんだ。俺が犯人じゃないとわかってるなら、警察の手を煩わせることもないだろ」

「だったら、教えてくれないか。苅谷さんがマークしているアカウントを。そのツイートを見れば、嘘を言ってないとわかるから、警察に言う必要もない。あと、殺された男の娘についても教えてくれ」

苅谷は目を剝き、「えっ」と声を上げた。即座に「だめだ」と言った。

「アカウントのほうはまだいい。どうせ身元がわからないんだから。だけど、娘のほうはまずい。俺も探偵だ。依頼内容の核心は教えられない」

かっこよく言ったが、そんなことではないと思う。娘について教えろと言ったとき、苅谷が見せた表情は、驚きでもためらいでもなく、怯《おび》えだった。いったい何に怯えてるのだ。

「俺に教えないなら警察の聴取を受けることになる。そうしたら、結局依頼内容を話さなきゃならなくなるから、同じじゃないのか」

苅谷は口を閉じたまま考えている。私はじっとその様子を見つめた。

やがて苅谷は強く首を振り、口を開いた。「勝手にしろ」

「警察に話してもいいんだな」

腹を決めたのか、腕組みをしてだんまりを決め込む。

「わかった、アカウントだけでいい。それで手を打とう」

こちらに顔を向けた苅谷は、一度目を伏せ、上目遣いで私を見た。

「じゃあ、金をいくらかくれないか。情報を提供するんだから、それぐらい当然だろ」

「たいして持ち合わせがない。一万円でいいか」

「なんだよ。探偵なら、現金で十万ぐらいはいつも携行してなきゃ、だめだろ」苅谷は本気で驚いた顔をして言った。

きっとどこかの探偵学校ではそう教えているのだろう。

「一万円でいいか」

「いいぜ」

私は財布から札を取りだし、渡した。苅谷はそれをしまうと、ふんと鼻で笑った。

「そういえばあの子、終わったあとに金をやろうかと言ったら、なんだかむくれてたよ。

親切で言ったのにな」

「自分は金を払わなければ相手をしてもらえない人間だという自覚はあるんだな」

「なんだ、ここへきて、喧嘩を売るのか」

苅谷が眉をひそめて睨む。なかなか悪そうな顔になった。

「どうして入れ墨を売りものにしたアカウントにしたんだ。それじゃあ、女の子はあまり寄ってこないだろ」

「別に出会いを求めてやしないぜ。タトゥー系のアカウントにしたのは、もちろん、ましろがタトゥーに興味があるからだ。接触しやすいと思ってな。――ああ、ましろっていうのは、俺がターゲットにしているアカウントさ」

「なるほど」

聞いてみれば当たり前のことで、私は納得した。しかし、納得したのはそれだけではない。すぐに、別の入れ墨のことが頭に浮かんだ。

「そういうことか」

思わず、口にだした。

能瀬ひかるの写った写真。あれには立派な入れ墨をした男も写っていた。由も苅谷と同じ発想をした。ましろを誘いだすための餌としてあの写真を使った。写真を添付して、ほらっとツイートしたのは、ましろに向けたものだったのではないか。

苅谷が携帯を取りだし、画面をタッチしている。

私も携帯を取りだした。入れ墨好きの少女のアカウントが早く見たかった。


ましろのアカウントを教えてもらった。プロフィールには女子高生としか書いていなかったが、苅谷によればどこかに高二と書かれたリプライがあるそうだ。ざっと見ただけではっきりしたことは何も言えないが、那月と同一人物とみていいだろう。

〈うち、ひとをふたり殺してるよ〉というツイートは確かにあった。前後の脈絡はなく、唐突な言葉。まさに呟きだった。〈うち、そろそろ三人目を殺すかも〉というのも似たようなものだ。由が殺される前の週にツイートされたそれは唐突だった。〈ふー〉と溜息を表すツイートがそのあとに続いているだけだ。

父親を殺し、由の友人を自殺に追い込み、由を殺した。三人のピースを綺麗にはめ込むことができる。偶然とは思えず、由を殺した犯人だと断定したくなる。

しかし、殺す理由がわからない。由と接触し、自分に復讐を考えているのだと知ったとしても、果たして殺すだろうか。いや、面と向かい合い、汚い言葉でも浴びせかけられたら、感情的になって殺すことはあり得るだろう。それは、友人を自殺に追い込んだ経緯をふまえれば、容易に想像がつく。しかし、あらかじめ殺意をもって、ツイッターで殺すかもしれないと呟くシチュエーションは、由との関係性からいって、どうにも想像ができなかった。

そもそも、本当に父親を殺したとは思っていなかった。二年前といえば、ましろは中学三年生だ。警察にばれることもなくやり遂げられたとは考えにくい。

茹谷の依頼人についても気になっていた。殺人事件の被害者の娘を疑い、探偵を雇う、という依頼人像が、その仕事に携わるプロとして頭に描けないのだ。これが娘ではなく他人による犯行であるなら容易に浮かぶ。二年も犯人を捕まえられない警察を見限った家族が、探偵を雇うのはあり得ることだ。しかし、被害者の娘を疑うとなると、そうはいかない。本人に問い質すか、警察に相談するか、見ないふりをするか、外部に頼ろうとはしないはずだ。父親の親しい友人などが娘を疑っていたとしても、高い調査料を払ってまで依頼する者はいない。万が一いたとしても、友人の娘が関わっていそうな裏垢に、たまたま辿り着くことなどできるだろうか。

由が追っていた那月——ましろが由を殺害したのではないかという疑いは、心に色濃く残っていた。ただ、脇目もふらず、その方向に向かって走ることはできない。

私はふいに意識を取り戻したように、通りの向こうのビルを見上げた。すぐに視線をエントランスに下ろす。大丈夫、誰もでてきていなかった。

手にした携帯に視線を戻した。『ましろ』のアカウントが画面に表示されている。ビルを監視しながらだから、あまり集中して見ることはできなかった。古びた雑居ビルの四階の窓に、あすなろ探偵社の文字が貼りつけてあった。苅谷が所属する探偵社だ。

新宿の喫茶店で別れてから、私は苅谷のあとをつけた。尾行に気づいているプロのあとをつけるのは無理でも、なんの警戒もしていないプロならどうにかなった。普段の倍ぐらい神経が疲れたが、池袋にある雑居ビルに入っていくのをしっかり確認した。

ガードレールに腰を下ろし、監視を続けた。苅谷がでてきたのは、監視を始めて二時間ほどたったころだ。私は立ち上がり、通りの向こうの歩道を進む苅谷のあとを追った。

交差する大通りのだいぶ手前で足を止めた。苅谷は駅に向かうため、こちら側に渡ってくるだろうと予測した。しかし、苅谷はまっすぐ進む。マルイの前を通り過ぎ、大通りを渡りだした。私も慌てて横断歩道を渡った。

苅谷はパチンコ屋や飲み屋などが建て込んだ歓楽街を駅のほうに進み、ひと通りの少ない寂《さび》れた街路に入った。夏の日は長く、五時を過ぎてもまだ明るかった。振り向かれたら、確実に私は目に入る。ぎりぎりまで距離をおいてあとを追った。

しかしその距離があだとなってしまった。苅谷の姿が路地にふいと消えた。私は慌てて足を速めた。靴音を殺し路地に向かったが、苅谷の姿はなかった。

店などない路地だった。入ってすぐが昔からありそうな安宿で、あとは小さな戸建てか古いアパートだった。安宿はロビーや飲食施設があるわけでもなく、宿泊客以外が入っていけるようなものではない。路地を抜け、向こう側の通りにでるほどの時間はなかったはずだ。どこに消えたかはわからないが、このへんにいるのは間違いなく、慌てる必要はない。

路地の奥に進み、安宿から二十メートルほどのところに立って監視をした。頭に浮かぶのは、由が殺された事件のことではなかった。私は探偵について、自分自身について考えていた。

探偵は法に触れない限り、誰からの依頼も受ける。たとえ強姦魔だろうと殺人犯だろうと、そんなことをいちいち確認していられないのは、他の仕事と一緒だ。ただ、探偵の場合、調査の結果により、善良な人間を苦しめる可能性がある。だからプロフェッショナルな探偵は、調査に関わる人間に対して、特別の感情を抱かないように努める。愛着を覚えることはないし、怒りを向けることもない。そして、巡り巡って、自分の調査結果が誰かを傷つけたとしても、ことさら罪の意識を感じたりはしないものだ。

正直に言えば、私は心の弱い探偵だ。感情を抑えることが難しい。誰かを傷つけてしまえば気が動転するし、ときには怒りを抑えられないこともある。人間的だ、といえないこともないが、探偵としてそれで得することなど何もありはしない。いまもそうだ。仕事を放って、何時間も無駄な時間を過ごしている。誰のためにも、自分のためにすらならないことがわかっているのに。

苅谷を見失ってから一時間ほどがたったとき、路上に人影が現れた。でてきたのは、たぶん安宿からだ。六時を過ぎて、あたりは薄暗くなっていた。小太りの体形から、苅谷だろうと当たりをつけた。人影がこちらに向かって歩きだす。私も人影に向かう。近づいてきて苅谷であることがはっきりした。向こうからも、こちらの顔が見えるはずだが、まだ気づいていないようだ。

五メートルほどまで近づいたとき、苅谷は私に目を向け、驚きの表情を浮かべた。

「――どうして」立ち止まり、怪訝な顔を向ける。

私は笑みを浮かべて進む。拳を振り上げ、殴りかかった。

苅谷は意外にも反射神経がよかった。腕を上げ、体を捻り、拳をかわした。ただ、動きは鈍い。私は狙いすまして、左の拳を苅谷の鼻に叩き込んだ。

動きが止まった苅谷に、拳を浴びせる。脂肪に覆われた体は手応えがなく、効いているのかいないのかわからなかった。しかし、やがて、喉の奥からいやな音を響かせ、腹を押さえて倒れ込んだ。

私は馬乗りになって拳を振るった。ガードする腕の隙間から、一発一発、怒りをのせて顔面に振り下ろす。怒りは効率よく吐きだされ、すぐに薄まっていく。それをつまらなく思いながら、惜しむように、丁寧に狙いをつけてパンチを放った。

「もうやめてくれ。金なら返すから」

開いた口から、血のついた歯が見えた。

「金はもっていてくれたほうがありがたい」

私は空っぽの財布を思いながら、拳を繰りだした。苅谷のうめき声が上がった。

「少し痩せるんだな。あんたが精悍《せいかん》な顔をしていれば、怒りは湧かなかった」

「……んなこと、いま言われてもよ」

腕が下がり、困惑した目が見えた。

「そのとおりだ。いまさら何を言っても、何をしても遅いんだ」

拳を振り上げると、苅谷の腕のガードがさっと上がった。痛みに備えるように、顔が強ばる。私は腕を下ろし、立ち上がった。

苅谷がガードを下げ、こちらを窺う。体を起こそうとするので、肩を蹴飛ばしてやった。

「おい、何、やってんだ」

男の声が響いた。目を向けると、宿の前に男がふたり立っていた。

「苅谷さんか」

「木村《きむら》さん!」助けを求めるように、苅谷は声を上げた。

男たちがこちらに向かってくる。がらの悪いふたりだった。

私は路地の奥に向かって歩き始めた。不要な争いは好まない。それを楽しめるような怒りはもう残っていなかった。

男たちが追ってくる気配はなかった。振り返ると、ふたりは路上にしゃがみ込んで、苅谷を助け起こしていた。

「大丈夫です。いいんですよ」

仕返しを望まないというのか、苅谷がそんなことを言っていた。

ひとりがガンを飛ばすように、口元を歪めてこちらを見ていた。たぶん、木村と呼ばれたほうだ。それほど若くはないが、いきがったガキのようだった。私は正面に顔を戻し、足を速めた。

すぐに、足が止まった。記憶が盛んに警告を発していた。いま見た顔を知っていると。それが、どこで見たのか、誰と一緒だったのか思いだせないが、それほど古い記憶でないことはわかる。私は振り返った。

男はもうこちらを見ていなかった。立ち上がった苅谷の肩を叩いている。ガンを飛ばしていなくても、険の目立つ顔だった。パーツ全体が尖った印象のある顔。

思いだした。あれは雨の日、この池袋で――。

花村鈴に、公園でからんでいたあの男だった。

26

呼び鈴を押しても反応はなかった。帰ろうと思ったとき、なかから物音が聞こえた。ドアが開き、真岡健一が顔を見せた。

「なんだ、またあなたか」

「寝てたのか」

「こんな時間に、まさか。トイレに入っていただけです。鈴ちゃんならきてませんよ」

真岡は露骨に迷惑そうな顔をした。

「そうか。きてないならいいんだ」

彼女に会いたくてきたわけではない。鈴と会うのは、もう少し頭を整理してからにしようと考えていた。

池袋から、直接真岡のアパートにやってきた。木村と呼ばれた男に、お前は何者だとは訊ねなかった。あの男は、私と先日公園で会っていることに気づいていないようだった。ならば、このまま知られないでおいたほうがいいと思えた。

鈴と一緒にいた男が、由の復讐相手かもしれない娘を調査する苅谷とも知り合いだった。これは偶然ではないはずだ。鈴と木村の関係はわからないし、苅谷と木村の関係もわからない。とにかく、これまで以上に鈴に目を向けなければならないことは間違いなかった。

「なんでうちにくるんですか。ここに彼女がいようといまいと、俺はあなたと何も関係がない。部屋に入れる仲じゃないし、玄関で立ち話はだるいし、なんだか苛々すんですよ」

「俺を探偵だと思うからだ。死者の代理人だと思ってくれればいい。捜していた女の子が殺されたと、鈴ちゃんから聞かなかったか」

「聞きましたよ」少しばかり声から勢いが削がれた。

「死んだ彼女の代わりに、俺が話を聞きにきた。そう思えば少しは寛容になれるんじゃないか」

真岡は、探るような目で私をじろじろ見てから、首を横に振った。

「そう思えればいいですけど、思えません」

「ありがとう。思おうと努力する君の姿勢に、心をうたれた」

愛想はないが、素直な若者だと思う。

「俺はなんか損した気分がする。もう、めんどくさいから、上がってください。訊きたいことがあるなら訊いて、さっさと帰ってください」

私は真岡のあとについて部屋に上がった。相変わらず、じめっとしていて、暑苦しい。

「俺に訊きたいことなんて、あんですか。死んだ女の子のことなんて、何も知りませんよ」床に腰を下ろすと真岡は言った。

「彼女のことが知りたいわけじゃない。彼女の代わりにきたと言ったろ」言い続ければ現実になるものかもしれない。私は、本当に由の代理できているような気になってきた。

「鈴ちゃんのことを知りたいんだ。純粋に知りたいと思ってる」

「あなたが知りたいんですか。死んだ彼女が知りたいんですか」

真岡は自分で口にしながらめんどくさそうだった。私は苦笑して、「両方だ」と答えた。私は本当に鈴のことを知りたいと思っているし、由も私以上にそう思っていた可能性がある。

最初から鈴に注目するべきだったのだ。むーちゃんこと鈴は、由とツイッター上で絡み、実際にも会っている。由が鈴を疑っていた可能性は充分考えられた。日野原から、由が追っていたのは那月だと聞き、むーちゃんは関係がないと無意識に切り捨ててしまったが、那月の別垢である可能性を考えるべきだったのだ。

「君は鈴ちゃんがツイッターをやっているのを知ってる？　由ちゃんとはそれで知り合ったようなんだけど」

「もちろん知ってる。それが裏垢だということも」

真岡は挑むような目をしていた。私が口を開こうとしたら、真岡は遮るように言った。

「俺も彼女とツイッターで知り合ったんです。裏垢で」

「そうだったのか」

驚くほどのことではない。裏垢の画面の向こうには、こういう純朴そうな青年がひしめいている気がした。

「いつ頃、会うようになったんだ」

「こっちにでてきてすぐだから、去年の春ごろ」

「彼女ではないんだよね」

以前に自分でそう言ったはずだが、真岡は驚いたように目を見開き、言い淀んだ。

「……そうだよ。彼女じゃない」

「でも、友達でもない」

真岡は首を傾げてから、小さく頷いた。「友達じゃない。たぶん、彼女に友達はいないと思う」

「そうなのか」

「きっと、友達付き合いをしていても、相手のことを友達だとは思わない気がする」

「ひとと壁を作るということか」

「ひととじゃなくて、友達と。たぶん友達に裏切られたとか、そういうトラウマがあるんだと思う。はっきりと聞いてないけど」

「人間不信ではなく、友達不信か。あるいは、人間不信だったけれど、裏垢でずいぶん解消されて、友達不信だけが残ったのかもしれない」

「勝手な想像はやめてくれよ」

「だったら、すべて話してくれ」

私はそう言ってしまってから、よくない癖がでていると自分を戒めた。気持ちよく話してもらうためには、必要のない言葉だった。

「鈴ちゃんがツイッターをやっているのをどう思う。辛くないか。彼女の裸をいろんなひとが見てる。恋人ではなくても、親しい者として、がまんできる？」

「そんなのは最初からわかってることだから、気にしてない」

真岡はあぐらをかいて、前後に体を揺らした。床に視線を落とし、時折こちらに目を向ける。

「彼女は、君以外にも、ネットで知り合ったひとと会ったりしてるのかな」

「さあね」顔を背けるように玄関のほうを見た。「会ってるんでしょうね。それだって俺は気にしない。彼女は俺のものじゃないし、ツイッターは彼女にとって必要なものだし……」

「なんだか自分に言い聞かせているみたいだ」

唇を尖らせ、私を睨んだ。その表情に幼さを感じた。

「俺のことも、勝手に想像すんなよ」

「そう感じたというだけだ。違うならそれでいい。——ところで、いま、ツイッターは彼女に必要なものだと言ったけど、それはどういう意味」

「別にどういう意味でもない。彼女はツイッターが好きだってだけのことですよ。ネット依存症とかそういうことを想像してるんだったら、まったく違う」

そういう想像がないわけではないが、彼女がネット依存症かどうか関心はなかった。それより気になるのは、ネットを介してのひととの繋がりだ。もしかしたら、あの木村とも、裏垢で知り合ったのではないだろうか。

「鈴ちゃんの知り合いで、木村って男を知らないか。年は俺と同じくらいで、けっこういい年だけど、いきがったガキみたいなやつなんだ」

「知らない。彼女の知り合いで会ったことがあるのは、あなたぐらいですよ」

「じゃあ、家族はどう。知ってる?」

「会ったことない」

「お父さんがいないみたいだけど、離婚したのかな、亡くなったのかな」

「亡くなったって聞いてますけど」

「病気でかな、それとも事故?」

真岡はこちらに視線を向けて、「さあ」と言った。

「じゃあ亡くなったのはいつだ。最近か、もっと小さいころ?」

「なんでそんな細かいこと訊くんです? 訊いてどうするんです」

「別にどうもしない。知りたいだけだ。俺も父親がいなかったから、なんとなく気になるんだと思う。言えないことでもあるのか」

「別にないですよ。いつ死んだかなんて、知らない」語気を強めて言った。

「そうかな。亡くなったことは知ってるんだろ。そういう話をするときは、いつ亡くなったかもセットで言うはずだ。思いだしてみてくれ。きっと聞いてるはずなんだ」

親が健在で当たり前の年代の子なら、まず言うはずだ。それを覚えているかはまた別だが。また知らないと即答するかと思ったが、真岡はあぐらをかいた足首を摑み、何か考えている様子だった。非協力的な態度であっても、素直さが窺えた。

「確か、中学のときだって言ってた気がする」

真岡の答えに、私は頷いた。

苅谷の言っていた話と符合する。少女の父親が殺されたのは、二年前だ。

「お父さんについて何か話していたことはあるか。好きだったとか、嫌いだったとか。彼女はお父さんをどう思っていたんだろう」

「そんなの、本人に訊いてよ。だいたい、なんでそんな、根掘り葉掘り訊くんだよ。鈴ちゃんが何かしたと疑ってるのか。まさか、家出した子の事件に関わってると思ってるのか」

ようやく訊いた。もっと早く、怒りとともに口にするのではないかと思っていた。

「殺された由ちゃんが東京にきてから会った人間は、みな彼女の死になんらかの関わりがあった気がする。俺もそうだ。間接的に、君もそうかもしれない」

「よしてくれ。もう話は終わり。帰ってください」

真岡は手を払い、ぞんざいに言った。

「帰るよ。だけど、最後にひとつだけ、簡単な質問をさせてくれ。鈴ちゃんと知り合ったとき、彼女のツイッターのユーザー名はなんだった？」

「……なんでそんなこと」真岡は息を呑むような間を空け、言った。「そんなの、あなたが知ってるものと一緒でしょ」

「そうとは限らない。彼女はアカウントを使いわけているかもしれない。答えてくれ。これを聞くまでは帰らないよ」

「なんでそんなことにこだわるんだよ」

「なんで、言うのをためらうんだ。さあ、早く答えろ」

むーちゃんか、那月か、ましろか、あるいは、ユミポヨか。

「はるか@裏垢だよ」真岡は息を吐きだすようにして言った。

「そうか。俺が知ったのは、むーちゃんだった」

落胆から、当てつけるような硬い言い方になった。

「いまはそんなアカウント名なんだ。最近、裏垢は見てないから。まあ、裏垢だと、ひとつのアカウントで長く続けるひとはあまりいないから、当たり前か」

「そんなものなのか」

「俺が裏垢にはまってたとき、半年もするとフォローしてたアカウントの三分の二くらいは、やめたり消えたりしてた。身バレや親バレしそうになったり、ネットストーカーみたいなやつに絡まれたりとかで、アカウントをかえるのもよくある」

ユミポヨは由の友人を自殺に追い込み、アカウントを消した。そのとき、別垢をやっていたとしたら、それらも消したのだろうか。むーちゃんやましろがいつから始まったものか、確認していなかった。

「飽きるひとも多いんだろうな。とにかく、理由はなんであれ、案外、長続きしないもんです」

「だけど、鈴ちゃんは、アカウントをかえることはあるにしても、ずっと続けるんだろ。彼女にとって必要なものだから」

私の嫌味な言い方に、真岡はあからさまな反発の色を目に浮かべた。

私は立ち上がった。「邪魔をしたな」と言って、玄関に向かった。

27

真岡の部屋をでて三十分後には、また別の部屋のインターフォンを押した。すぐに部屋のなかで、どたどたと足音が聞こえてきたのだが、なかなかドアが開かなかった。

もう一度ボタンを押すと、足音が大きくなった。ドアが開いた。

その顔を見て、私は言葉を失った。なんと言ったらいいのかわからない。どう考えればいいのかも——。

私は日野原の部屋を訪ねた。夜の八時。いるかどうか確認もせず、いきなり訪ねてみたのだが、なかから現れたのは、セーラー服を着た女の子だった。身長が百七十センチ以上あるのも驚きだが、眼鏡をかけた顔が日野原なのには驚愕する。しかし、女の子なのだ。女の子の質感というべきものをもっていた。だから私の頭は混乱する。かけるべき言葉が見つからない。

「なんだ、あなたですか」

セーラー服の女の子が、日野原の声で言った。

「君は、日野原さんか」

「当たり前でしょ。ここは僕の部屋だ」

自分がどんなかっこうをしているのかわかっているだろうに、本気で憤慨《ふんがい》したような顔をした。

ようやく目にしているものと、頭のなかでの認知が一致した。これは日野原が女装しているだけ。女の子ではない。かわいい女の子に見せかけた、ただの男。

たぶん女性が見ても、こんなには驚かないのだろう。男に女の質感を嗅ぎ取ってしまったやましさや拒否感から、脳がパニックになりかけた気がする。

「なんか用ですか」

「ちょっと、聞きたいことがあったんだ」

明確に用事があったわけではない。半分は、突然押しかけるのが目的の、いやがらせみたいなものだった。

「まだ、由ちゃんのこと調べてるんですか」

「暇でね。探偵の性分で、何か調べていないと気がすまないんだ」

ツインテールのカツラを被り、薄化粧をした日野原は男っぽく――というか、普通に男らしく顔をしかめ、小さく頷いた。

「上がってください。ちょっと、ちらかってますけど」

日野原のあとについて部屋に上がった。スカートから伸びる、ムダ毛のない足に目がいき、慌ててそらした。

日野原が口にしたとおり、床には女性ものの洋服が散乱していた。しかし目立っていたのはそれではなく、部屋の中央に立てられた三脚と、それに取りつけられたビデオカメラだった。

「その格好をして、よく誰がきたかも確かめずに、ドアを開けられるな」

「宅配だと思ったんですよ」

そう思ったのなら、でないのが普通の感覚だろう。

「僕は、別に女装趣味があるわけじゃないですよ。性倒錯者でもない」

日野原は床に正座をすると、スカートの裾の乱れを直した。私はその斜め横に腰を下ろした。

「それぞれ区別がつきにくいが、なんとなくわかるよ。そういうの、一部ではやってるんだろ。ビデオに撮ったやつ、ユーチューブとかで公開するんだよな」

男がどれだけかわいい女の子になれるか。ネットで公開して、話題になるのを喜んでいる。かわいくなければ相手にされないだろうから、だれでもできる趣味ではなかった。日野原の場合、たぶん趣味として成立しているだろう。

「これはいってみればコミュニケーションの手段なんです。べつに自分が変わるのがうれしいわけじゃないし、見られることそのものに意味があるわけじゃない。見られて、そこに起こる、ノイズや反響から始まるコミュニケーションを僕は楽しんでいるんです」

普段と変わらぬクールな表情だったが、言っていることはよくわからない。

要は注目を集めたいということなのだろう。裏垢の女の子たちと一緒だ。

「もしかしたら、それ用のツイッターとかフェイスブックとかやってるのか」

「もちろんですよ。『まさお@ビューティー』っていうアカウントです。よかったら覗いてください。フォロワー、八千人を超えてます」

クールでも自慢げなのがわかった。「必ず見るよ」と言ったら、まさおは雅に夫だと教えてくれた。

「由ちゃんが追っていた那月も、別のアカウントをもっていた」

日野原はほんとですか、と言って眼鏡をひとさし指でつっと上げた。

「ましろっていうんだが、由ちゃんはなんか言ってなかったか」

「どういう字を書くんですか」

「平仮名でましろだ」

「へえー、いい名前ですね。たぶん、真っ白からとった名なんだろうな」

声は男だが、夢見るような表情が妙に少女っぽくて、私は目を伏せた。

「聞いたことはあるか?」

「ないですね。でも、見つけだそうとしている子が、別垢をやっているような話はしていた気もする」

「それはどんな話?」

「捜している子はもしかしたら多重人格かもしれないって。人格ごとにアカウントをもっているんじゃないかって言ってたんですよ。とくに具体的なアカウントの話はでなかったから、少女らしい妄想だろうと思って聞き流していたんですけどね。もしかしたら、そう思う根拠が本当にあったのかもしれないですね」

「だとすると、もっと他にも、那月のアカウントが存在するということになるな。それを由ちゃんは見つけていた」

「そういうことになりますね。ふたつくらいじゃ、多重人格とは考えないでしょうから」

鈴のむーちゃんを入れればみっつ。まだ、他にもあるような気がする。

「むーちゃん、というのはどう? これは那月と同一人物と確定したわけじゃないが、聞いたことはあるか」

「あまりかわいくない名ですね。聞いてないな」

あとはとくに訊くようなことはなかった。念のため、中学生くらいの子供がいそうな男が、二年前にこの沿線で殺された事件を知らないか訊ねてみた。

日野原は、呆れた顔で、この沿線でどれだけ殺人事件がおきるか知らないんですかと、言った。

それはかなり大袈裟な話だろう。二、三駅離れたくらいの街で事件がおきればきっと覚えているはずなのだが、心当たりがないものはしかたがない。私は礼を言って玄関に向かった。

紐を結んだままのコンバースに足を押し込めているとき、日野原はがまんできなくなったのか、カメラの前に立った。唇をすぼめ、上目遣いでカメラを見る。時折、横目でパソコンのモニターに映しだされる自分の姿を窺う。初めて日野原に会ったとき、裏垢で出会う男にしてはずいぶんまともだと思ったが、そうでもないのかもしれない。

金は稼いでいるのだろうが、社会と接点をもって働いているとはいいがたいし、アパートの住人とは関係をもっているし、そして、少女になって注目を浴びたがっている。こういう男もまた、裏垢の世界にはたくさんいるのだろう。

28

〈誰か殺したいひとがいたら、手を挙げよ。うちが殺してあげる。そのかわり、殺しに成功したら、うちを殺してよね。約束破ったら、ぶっ殺しにいくから〉

ふたりのひとを殺しているとカミングアウトする前のツイートだから、誰も本気にしないだろう。いや、カミングアウトしたあとだとしても本気にはしないか。

親を殺してくれ、担任教師を殺してくれ、あほな総理大臣を殺してくれと、冗談半分のリプライが並ぶ。俺を殺して。でも、そうすると君を殺せない。でも約束破っても、もう死んでるから怖くないや、と気が利いているんだかいないんだかわからないリプライもあった。

ツイートした本人も、本気でそんな申し出があるとは思っていないだろう。けれど、こんなツイートをするのは、何かしら心に思うところがあるからだ。殺して欲しいと思ってるのだろうか。あるいは、誰かを殺したいと切実に思い悩むひとを、助けたいと願っているのかもしれない。

〈濡れてるからって気持ちよがってると思うなよ。死ね〉

セックスのパートナーに対して呟いているのだろうと最初は思ったが、痴漢などに遭って怒りをぶちまけているとも考えられた。リプライはおきまりのように、俺が気持ちよくしてあげるよ、というような言葉がずらっと並んでいた。

〈ローターって何って訊いてくる女、死ね。そんなやつ、裏垢くんな。一生ぶっちょでオナってろ〉

また死ねだ。

〈ヘイトスピーチやろう。カラコンしてるデブスにやろう。ニーハイのブスは許してあ

げて。ただのヘタレなんだから〉

これは特定のひとを指しているのだろうか。いずれにしても、ニーハイのブスというのは自分のことだろう。そういえば、鈴もニーハイのソックスをはいていたなと思いだした。

〈首しめられた。あたしもあいつも死ねばよかった〉

どんなシチュエーションか想像できなかった。友達とじゃれ合っていて冗談で首を絞められたわけではないだろう。あいつに首を絞められたのだろうか。それとも、あたしとあいつが揃って首を絞められたのだろうか。

私は椅子にもたれて背筋をのばした。目を瞼《まぶた》の上からもんだ。

もう午前三時を過ぎていた。眠くなったらそのまま椅子で寝てしまおうと思ったが、たえがたいほどの眠気は訪れず、事務所のパソコンでずっとツイッターを眺めていた。

見ていたのは、ましろのアカウントだった。遡っていったら、今年の四月の終わりに初ツイートをしていた。だいたい、由が『まゆこ.jk裏垢』を始めたのと同じころだ。

那月のアカウントは痴漢プレイの待ち合わせが主な用途だったが、ましろのアカウントに特別な役目はなさそうだった。ただ、悪態や愚痴っぽい呟きが多く、ユーザー本人としては、そういう負の気持ちを吐きだすためのアカウントとして位置づけているのかもしれない。もちろん裏垢だから、性的な呟きも多い。ましろは積極的にDMに誘ってイメプをしたり、リアルで会っている形跡もあった。

苅谷が言っていたように、ましろは入れ墨に関心をもっていた。入れ墨の写真をアップしているし、背中に入れ墨してるひとがセックスしてるところを見たいと、そんなようなツイートを三回ほどしている。そのうちのひとつに、うちも好き、とゆずちゃん――由がリプライをしていた。DMでのやりとりに移ったのか、その後のやりとりはなかった。

鈴のアカウント、むーちゃんも、あらためてじっくりと見ていった。由の友達が自殺する前、昨年の十二月から始めており、こちらもエロ関係以外に普通の呟きも多い。ただ、ましろと違って、心情を吐露するようなことはなく、今日はアキバにいってきたとか、ひとカラに始めて挑戦したとか、その日のできごとを報告するぐらいで、穏やかなアカウントといえた。

ましろとむーちゃんのアカウントには、ひとつ大きな違いがあった。上半身だけだが、むーちゃんは裸の写真を公開していた。いっぽう、ましろは、アカウント内ではいっさい自分の写真を公開していない。ただし、写真共有アプリに写真や動画をアップロードしているのが、ツイートやリプライから察せられた。寄せられたリプライによればなかなか過激な内容のようだが、画像を見るためのパスワードを、ましろはその都度削除しているらしく、時間がたつと見られない。見逃したひとたちの、再アップを希望するリプライや次を期待するリプライがびっしり並んでいて人気のほどが窺える。フォロワー数も八千を超えていて、むーちゃんや那月と比べて飛び抜けて多かった。

那月は写真を公開しているが使用済みの下着写真が多く、裸は風呂に入ったものが数枚あるだけで、体の線が不鮮明だった。むーちゃんの体とつぶさに比較するのは難しい。ただ、三人とも、由が殺されたあとも、ツイートをしており、とくに変わった様子は見られなかった。

ましろとむーちゃんを読み比べてみても、多重人格と呼べるほどの差異はなかった。かといって同一人物とするほどの共通点も見つからない。

ただ、いっきに読んでいて、ひとつ似ているところを見つけた。両者とも、誰かの目を意識してツイートしているように感じるのだ。それはフォロワーとかではなく、もっと誰か特定のひとの目だ。とくに、ぽつんと心情などを呟いているときではなく、フォロワーと絡んでいるときにそう感じる。少しテンションを上げ、自分でないものを演じ、誰かに褒められたがっているような気がしてしまう。

鈴をイメージするからそう感じるだけかもしれないと思ったが、翌日会った倉元も同じような感想をもった。

「彼女たちはうまくやろうと、必死な感じがするんですよね。たかが、ツイッターなのに、見ているのは、顔も知らないようなひとたちばかりなのに」

倉元は酒臭い息を吐きながらそう言った。

朝方まで友達と酒を飲んでいた倉元は二日酔い気味だった。昨晩は捕まらず、今朝、ほとんど寝ていない倉元に電話で昨日の話をした。むーちゃん、那月、ましろは同一人物のアカウントなのかふたりで検証しようということで、倉元は私の事務所にやってきた。

倉元と一緒に、むーちゃんとましろのアカウントを熟読した。結果的には、鈴が那月やましろである確証は得られなかった。しかし、否定する材料も見つからなかった。鈴が埼玉に住んでいることはわかっているが、那月も埼玉在住の可能性が高いし、ましろは関東在住だ。三人とも高校二年生で、性について奔放だ。いっぽうが不鮮明だが、公開された写真から確認できる範囲でいうと、那月とむーちゃんの体形に違いはない。あとひとつでも共通点が見つけられれば、私は確定してもいいような気がした。

検証が終わり、寝不足であろう目をしょぼつかせながら、必死な感じがすると、倉元は感想を言った。

「俺も読んだときに同じように感じた。誰か特定の人間の目を気にしてるんじゃないかと」

私が昨晩の感想を伝えると、倉元は頷いた。

「そうすね、確かに目を気にしてるんですよね」

「誰の目なんだろうな」

倉元は咎めるような目を私に向けた。

「そんなの決まってるじゃないですか。自分の目ですよ」

「自分の目？」

「私はうまくやってるよ、自分に言い寄ってくる男たちをうまくさばいてしっかりコミュニケーションをとってるよって、自分自身にアピールしてるんだと思うな」

「なるほど」

それが本当なら、褒められたがってると感じたのも間違いではないのだろう。

「裏垢やってる子たちのなかには、現実の生活で、男の子とまともに話もできない、コミュニケーションが苦手な子がけっこう多い。でもネットではちゃんとできるじゃんって、自分に証明しなければならないんです」

「しなければならないのか」

倉元はやけに深刻な顔をして、ゆっくり頷いた。

「これは、彼女たちの戦いなんです」

「何と戦ってるんだ」

「そりゃあ、いろんなものですよ」

ごまかした感じだが、歯切れは悪くなかった。

「裏垢を初めて見ると、普通の子たちがこんなことを——って、驚くと思うんですよね」

「まあ、そうだな。俺も世界を見る目が変わるほど驚いた」

「でもね、やっぱり彼女たちは普通の子じゃないんですよ。私立の中高一貫の女子校に通ってる子とか、一見、何不自由なく暮らして幸せそうなんだけど、時折、親への強烈な反発心が見えたりする。普通といえば普通だけど、容姿に恵まれなかったり、いじめをうけた子も多い。意外にいるのが、性的な虐待や暴力を受けた子。そういうのって、性に対して臆病になりそうな気がするけど、逆のパターンもあるんだなって、裏垢見ていて知りましたよ。あとは貧困家庭の子も。みんな何か問題を抱えていて、女としてのプライドを傷つけられてるんですよ」

倉元がじっと私の目を見る。私は理解したことを示すために頷いた。

「でも、傷つけられて、ただ、へこんでいるだけじゃないのが彼女たちなんです。私にだって女としての魅力がある、あるいは、他がだめでも、私には何千人もの男たちの目を引きつける力があるってことを、体を張って証明しようとしてるんです。すごいですよね。まだ中学生や高校生なのに、そこまでして女のプライドを守ろうと、戦いに挑むんですから」

倉元は爽やかな笑みを浮かべていた。

「何が言いたいかというと、男はだめだってことですよ。容姿に恵まれずもてなかったり、力が弱くていじめられたりすると、男は部屋に閉じこもってゲームをする。あるいは、パソコンに向かって、せいぜい強がって、掲示板荒しをするぐらいのもんです。体を張って戦おうとはしないんだから、だめっすよね」

「だめだよな」と返すしかなかった。

軽やかに生きていそうに見えるが、倉元自身、それに近い経験があるのかもしれない。

「だから俺は裏垢が好きなんです。エロだけだったら、とっくに飽きてますよ。彼女たちを見てると、もっとやれって応援したくなるんです」

「それは無責任な考えだろ。他に鬱屈を解消できる方法があれば、それにこしたことはないと思うがな」

「もちろんそうですけど、もう彼女たちは戦いを始めてるんです」

由はまちがいなく、戦っていた。たぶん、倉元が言うように、単に友達の復讐だけではなく、他にも何か戦う理由があったのだと思う。由の死は、その戦いに敗れた結果なのだろうか。

私はふと、昨日会った日野原を思いだした。社会から一歩身を引いたあの男も、いってみれば引きこもりみたいなものだ。しかし、少女の姿をし、ネットの世界で注目を集めようとしていた。あれも体を張って戦っていると言えるのだろうか。

ツインテール姿の日野原が頭に浮かび、私は強く首を横に振った。

29

午後四時にホテル長峰にチェックインした。

電話で予約を入れていたのでフロントの対応はあっさりしたものだった。宿泊カードに名前と住所を記入したら、すぐに鍵を渡された。名前も住所もでたらめだったが、身分証の提示はもとめられなかった。宿泊料は前金制で、四千八百円を払った。いつでも退散できるので、こちらとしてもそのほうがありがたい。

「外にでかけるときは、鍵は預けたほうがいいのかな」

私はフロントのスタッフ——たぶん、この宿の主人と思われる、愛想のない老人に訊ねた。

「もちろんですよ。外でなくされたら困るから」

黄ばんだレンズの奥の目を細め、ぶっきらぼうに答えた。

「知り合いを、ここに連れてきてもかまわない？」

老人はふっと嫌味な溜息をついた。「ひとりでいっぱいの部屋に連れてきてもしょうがないでしょ。外で話してくださいよ」

「訪ねてきても、通してはくれない？」

「外で話してくださいよ」と、面倒くさそうに同じ言葉で応じた。

苅谷は特別だったのだろうか。あるいは、フロントの目を盗んで、部屋に入り込んだのか。

ホテル長峰は、昨日、苅谷が木村を訪ねた安宿だった。木村はもうひとりの男と一緒だったが、ここに宿泊しているのだろうか。鈴と一緒にいるところを見かけたのは五日前のことだ。それからずっとここに宿泊しているのだとしても不思議ではないが、どうも違う気がしていた。木村の素性を含め、ここで何が行われているのかつきとめようとやってきた。

礼を言ってカウンターを離れた。ロビーと呼べるような広さもなく、ドリンクと洗面用具の自動販売機があるだけのフロントから、奥に伸びる廊下に入った。

すぐに客室が続いていた。突き当たりには共同の浴場があると説明を受けていた。エレベーターはなく、中央にある階段を上っていく。私の部屋は二階だった。できれば裏ではなく正面側の部屋がいいと電話で伝えてあったが、そのとおりに前の道に面した部屋が用意されていた。

ベッドが部屋のほとんどを占め、あとはひとひとりがやっと通れるスペースがあるだけだった。確かに、こんな狭い部屋に複数の人間が集ったりしたら、息がつまるだろう。

今日も曇り空でさほど暑さを感じないものの、閉め切った部屋ではさすがに蒸し暑い。私はベッドにブリーフケースを置き、窓を押し開いた。落下防止のために十センチほどしか開かなかったが、それで充分だった。磨《す》りガラスに額を押しつけ、隙間から外を覗くと、前の道路——ホテルのエントランスあたりが見渡せる。ひとの出入りを監視するのに不自由はなかった。

出入りは意外なほど多かった。一時間ほどの間に、ひとりがでていき、ふたりが入ってきた。ラフな格好をした男ばかりだ。年齢も二十代から三十代あたりで案外若い。本当に宿泊客なのだろうか。三人ともこの街の臭いがした。

日が落ち、薄暗くなってきたとき、男の声がどこかから聞こえていることに気づいた。ふたりから三人で話をしている。たぶん、上階の部屋からだ。

私は窓から離れてドアを開けた。廊下にでて、階段のところまでいった。やはり上のほうで声がする。いったん部屋に戻り、ブリーフケースをもって階段に向かった。

三階まで上がって、耳を澄ました。声がややはっきりしたが、この階ではない。最上階である四階に上がると、客室のドアがふたつ開いていた。声はそこから漏れているようだ。この時間に部屋を清掃しているわけはない。宿泊客だとしたら、ずいぶんマナーが悪い。

足音を忍ばせ、ドアが開いている、手前のほうの部屋に近づいていく。

ドアの横にしゃがみ込んで、そっとなかを覗き込んだ。ひとはいなかった。驚いたのは、ベッドがないことだ。その代わりに、段ボール箱が積み上げられ、机と椅子が置かれている。机の上にはパソコンがあった。

私は立ち上がった。目にしたものである程度の満足感を覚え、いまはこれ以上の深追いをする必要はないと判断した。ひと部屋間に挟んだ、向こうの開いたドアから、品のない男たちの高笑いが響いた。部屋に戻ろうと、階段へ引き返す。

下から上がってくる靴音がした。階段の前で、進むべきか退くべきか判断に迷った。ここで目にしたものがなんなのか、実際のところよくわかっていない。

私は振り返った。あれは見てはまずいものだったのか。それとも、どうでもいいものだからドアを開けているのか。階段に目を戻すと、男が上がってくるのが見えた。スーツを着ている。私はまた開いたドアのほうを向いた。

ひとまず、ひとのいない、あの部屋に逃げ込もう。上がってくる男が話をしている男たちの仲間であるなら、声に誘われ、向こうの部屋に足を向けるはずだ。そう考えながら足を退いたときだった。踊り場を折り返した男がこちらを向いた。

私は瞬時に考えを変えて足を前に踏みだした。階段を下りる。三段、四段おりたところで足を止めた。男が私の進路を塞いだ。

「おい、ここで何してたんだ。四階の部屋は、宿泊客には使わせてないんだよ」

男は口元に薄い笑みを浮かべた。それでも、ありあまる凄みは消えない。年齢は四十代のなかばぐらい。ダブルのスーツの前を開け、突きでた腹を覗かせていた。短く刈り込んだ髪と狭い額の皺のセットで、好戦的な性格をアピールしているように見えた。

「階を間違えたようだ」

私はしおらしく、男から目をそらして答えた。

「この宿は下の階から部屋を埋めていくんだ。あんたの部屋はせいぜい二階だろ。間違っても四階まで上がってくるはずはないんだがな」

「そのとおり。実は、そっちの部屋で騒いでいる声が下まで聞こえましてね、うるさいから注意しようと思ってきたんですけど、きてみたらなんだか怖くなって、引き返すところだったんですよ」

私は、声のするほうに顎をしゃくって言った。

「たいしてうるさくもねえだろ」

「ときどき上がる笑い声が、どうも、がまんできなくて」

「だったら、耳を塞いでろ」

私はそうしますと言って、男の横を抜けようとする。が、男も体をずらして前を遮る。

「お前、全然、怯えてないだろ。すごすご逃げ帰るたまじゃないよな。――おい、ここで何してたんだ。いったい何もんだ」男は顔を近づけ、あからさまに凄んだ。

私は怯えた演技が苦手だ。実際に怯えているときでも、強がって平気な顔をしてしまうのだから始末が悪い。

「探ってたのか」

男の三白眼が不穏な光を放った。でかい顔が二回りほど大きく見えた。

「何か、あるのか、探られるようなことが」よせばいいのに、私はそう言った。なるようになれ、と投げやりな気持ちが広がっていく。

「どうしたんすか」

背後で声がした。振り返ると、開いたドア口に眉の薄い坊主頭が立っていた。小鼻に埋め込まれたネジの形のピアスが目を引く。

「どうも、こいつがな、俺たちのことを探っていたみたいだ」

そうなんすか、と大袈裟に驚く声が響く。同時に、靴音が聞こえてきた。階段のほうに目を戻すと、下から長髪の髭面が上がってくる。「どうしたんすか」と、やはり大袈裟な表情で訊く。

いざとなれば、男を蹴り飛ばして逃げるつもりでいたが、そうもいかなくなった。

「戻れ。上でじっくり話を聞かせてもらおうか」

ダブルのスーツは、有無を言わせぬ威圧的な声で言った。

上がれ、ともう一度言われて私は四階の廊下に戻った。

部屋から男たちがでてきた。そのなかに木村の姿もあった。他の男たちと同様、品定めするような目で私を見ていたが、ふいに痛みでも走ったように、眉間に皺を寄せた。

「お前、昨日のやつか」

木村は私の前にきて言った。

「知ってるのか」ダブルのスーツが訊いた。

「昨日、ここの前で、俺の知り合いをぼこぼこにしやがったんですよ」

「知り合い？」

「ええ、まあ、知ってるやつです。小坂《こさか》さんも知ってるかもしれない」

木村は変な間を空けて言った。私の耳を気にして、話をぼやかしたのだろう。どうやらこの男は、鈴と一緒のとき、公園で会っているのを覚えていないようだ。

「そいつが言うには、こいつは探偵だそうです。俺たちの商売にはなんにも関係がなさそうですが、とにかく、俺に任せてもらえますか、こいつの処理を」

「ああ、いい。雑魚《ざこ》になんてかまってらんねえんだよ。ぶっ殺すなりなんなり、好きにしろ」

木村は男に頭を下げると、私のポロシャツを掴んだ。「ついてこい」と言って引っぱった。

「金谷《かなや》も一緒にこい」

私は木村と坊主頭の若造に前後を挟まれ、階段を下りた。

「いったい、なんのご商売をされてるんですかね」

私は単に沈黙を破りたくてそう訊いた。

「黙ってろ。突き落とすぞ」

後ろから坊主頭の怒声が飛んできた。

木村の後ろを黙って歩いた。一階まで下り、廊下をフロントのほうに向かう。フロントのカウンター前まできて、木村は足を止めた。カウンターの奥にあるドアから老人がでてきたが、木村の姿を見ると、すぐに引っ込んだ。

「どこにいくんだ」

私がそう訊ねると、木村はばかにしたような笑みを浮かべた。

「さっさとでてけ。お前なんかに関わってる暇なんて、ほんとにないんだよ」

「――でていけばいいのか」

「失《う》せろ。またこのへんをうろうろしていたら、ただじゃおかないからな」

木村はそう言って、私の肩を押す。

私は肩すかしをくらった感じで、言われるまま外にでた。ふたりもあとからついてきた。

日の暮れた路地にひとの姿はなかった。

暴力沙汰を回避できてほっとしてはいる。しかし、押し問答のなかで、何か鈴との関係が見えてくるかもしれないと期待していたので、名残惜しくもあった。それに、鼻が曲がるくらい暴力の臭いがぷんぷんするこの男たちが、どうしてあっさり私を解放するのか不思議だった。ただ忙しいという理由だけではないはずだ。昨日の苅谷も同じだった。援軍がきたのに、私への報復を望まず、あっさり見送った。

「早くいけよ」とピアスの坊主頭が憎々しげな顔で言った。私は頷いた。木村に視線を移し、坊主頭に戻す。耳たぶにも小鼻と同じピアスをしているのだなと思いながら、口を開いた。

「羽裟間組」

すぐに坊主頭に反応があった。首を突きだし、怪訝な顔をする。

「なんだよ、だからどうしたって言うんだよ」

「羽裟間組は埼玉が地元じゃないのか」

「俺たちがここにいちゃ、悪いのか」

坊主頭はキレる一歩手前のような目をして、顎を上げ下げする。

「よせっ。よけいなこと言うな」木村が慌てて止めた。

もう遅い。私は満足して、男たちに背を向ける。足を踏みだした。

「お前、俺たちのことを知ってたのか」

「いや、よく知らなかった。当てずっぽうだ」

根拠など何もなかった。ここまできて、手ぶらでは帰りたくない探偵の執念だと思ってくれればいい。

振り返って見ると、木村は何か考えるような目をしてじっとこちらを見ていた。このまま帰していいものか、考えているのかもしれない。止めるならそれでもいいと思いながら、ゆっくりと歩いた。だが、しかし、結局は追ってこなかった。

すべて繋がっていく。鈴もこれで羽裟間組まで繋がった。

30

なぜ木村は私をあっさり解放したのか。なぜ苅谷は報復しなかったのか。私は電車に揺られながら考えていた。ほどなく、苅谷は意外にも誠実な探偵であるという結論に達した。

あのとき、苅谷は木村に私を追わなくていいというようなことを言っていた。当たり前といえば当たり前のことだが、探偵の行動の主な理由は依頼を遂行するため、あるいは依頼人の利益を守るためだ。木村は——あるいは羽裟間組は、苅谷の依頼人だと考えられた。木村を私に近づけると、問題がでると苅谷は判断したのだろう。

私が苅谷の依頼人と何か接点があるとしたら、ましろの件しかない。つまり、ましろが殺された男の娘と同一人物かを調査するよう依頼したのが木村、あるいは羽裟間組なのだ。私が木村と絡むと、そのことに気づく恐れがあった。

今日の木村の行動も一緒だ。私がましろに関心を寄せていることを、あのあと、苅谷から聞いたのだろう。あの安宿に潜入して何を見知ったのかわからないが、へたに絡むより、そのまま帰してしまったほうがリスクが少ないと判断した。

木村は鈴と面識がある。となると、殺された男の娘というのは、やはり鈴のことなのか。少なくとも、その可能性が一段と高まったことは確かだ。ましろが鈴である可能性も——。

しかし、木村が、鈴とましろが同一人物だと明らかにしようとする理由が想像できなかった。木村が鈴を父親殺しの犯人と疑っているとしても、その確証を得ることで、羽裟間組にどんな利益があるのだろう。

羽裟間組と鈴を結びつけたのは、あの写真、能瀬ひかるが写った写真なのかもしれない。由はあの写真をえさに、ましろと接触しようとしていた形跡があるし、羽裟間組があの写真に関心を寄せていることは、谷保津組の荻島がその名を口にしたことからわかる。ただし岩淵は、あの写真は由の殺害にはいっさい関係ないと明言した。それが本当なら、私は間違った方向に進んでいることになる。

ホテル長峰に潜入してひとつだけわかったことがある。あの安宿は、羽裟間組が携わる危険ドラッグビジネスの前線基地であろうということだ。

渋谷で東急東横線に乗り換え、祐天寺に向かった。目的は自宅マンションを訪ねるため——というのも変な話だ。しかし、帰ることはできないし、由が殺されて以来、立ち寄ってもいないので、訪ねるで間違いはないだろう。

相変わらず私の部屋の封鎖は解けていなかった。由が殺されてから、今日で六日目。犯人が特定されていない事件だから、慎重になっているのだろうか。それとも何か特殊な事情でもあるのか。捜査に非協力的だった私に対する嫌がらせの可能性もある。

ヤマガネパレスのエントランスを潜り、四階に上がった。私の部屋のドアには黄色の規制線が貼ってあった。二本をクロスさせていたようだが、いまは一本が廊下に垂れ下がっていた。

自分の部屋の前を通り過ぎ、右隣の部屋のインターフォンを押した。不在のようで、応答はなかった。まだ七時過ぎ。私はどこかで時間を潰してから出直すことにした。

エントランスをでて、表の通りを進み始めてすぐ、前からやってくる男に目を留めた。あれはもしや、と考えたのは、アイアン・メイデンのTシャツを着ていたからだ。短パンにサンダル姿。トロリーケースを引いている。近づいてきて、やはり、肩にタトゥーのある男を目撃した隣人――竹春《たけはる》であることがはっきりした。

「今晩は」

声をかけると、竹春は驚いたように顔を上げた。

「ああ、どうも」と力のない声で言って、そのまま歩き続ける。

「いまちょうど、竹春さんの部屋を訪ねたところだったんです」

私は横に並んで歩いた。竹春は関心なさそうに、「そうですか」と返した。

「旅行ですか」

「実家に帰ってたんです。隣でひとが殺されたと思うとなんだか寝られなくて。マスコミとかもやってきて落ち着かないし」

ナイーブな青年は、苛立ったように言った。

「そうか。それはすまなかったね」

「いや、市之瀬さんのせいじゃないです。すいません。自分の部屋で殺されたんだから、もっと大変ですよね。部屋に戻られたんですか」

「まだ警察の封鎖が解けないんだ」

「まだあの黄色いテープが貼ってあるんですね。まあ、しかたないですけど、あれを見ると、あの日のことを思いだしちゃうんですよ」

「悪いけど、あの日のことを思いだして欲しいんだ。ちょっと訊きたいことがあって」

「市之瀬さんは探偵なんですってね。やっぱり、そういうのを調べないと気がすまないんですか」

大まかに言ってしまえばそのとおりなのだが、ひとの口から言われると、とても安っぽいメンタリティーのような気がして否定したくなった。黙っていると、ナイーブな青年は、私の心情に理解を示すように数回頷いた。

「いいですよ。協力します。ただ、あまり時間は――。ちょっと疲れてるんで」

私は礼を言った。

エントランスのドアを開け、隣人を先に通した。竹春は郵便受けに向かい、郵便物を回収する。私もそれにならい、溜まっていた郵便物をブリーフケースにしまった。

「あの日、竹春さんは、何時に家をでたんだい」階段を上がりながら、私は訊ねた。

「警察にも訊かれて十時ごろと答えましたけど、あまり時間を気にせずに家をでるので、はっきりとはわからないんですよ。だいたい、十時から十時半の間ぐらい。もうちょっと早かった可能性もありますかね」

私が部屋をでたのが九時。それから一時間あれば、何が起こってもおかしくはない。

「とくに不審な物音とかは聞いていないんだよね」

「そうですね。とくに記憶にはないです」

「でかけるときに、女の子とすれ違ったりしなかった？　高校生くらいの子」

「えっ、女の子ですか」

竹春は目を見開いた。

「どうしてそんなに驚くんだい」

「いや、犯人は男だと思っていたから」

「竹春さんが見た男は、犯人ではない可能性が高いと警察が言っていた」

「それは警察の様子から、なんとなく僕もわかってました。事件直後はあの男のことばかり訊いてきたのに、そのあとは、あまり訊かなくなって、他に何か見たり聞いたりしていないかしつこく質問された。それでも、なんとなく犯人は男だと思いこんでたな」

「警察からも、女の子のことは訊かれなかったんだね」

竹春はそうだと頷いた。

「その女子高生、ふたりいたってことはないんですかね」

「どういうこと。何か見たのか」

「あの日の記憶なのか、その前の日くらいなのか、はっきりしないんですけど、少しいったあたりで女の子ふたりとすれ違ったんですよ。ひとりがすごくかわいくて、思わずじっと見ちゃって。それでやな顔されたんで、記憶に残ってる」

ふたり。由が駅まで迎えにいき、一緒にやってくる途中だったとも考えられる。ここでひとと会う約束をしたなら、ひとりでこさせるよりも、そのほうが自然だろう。

「パレスに入っていったのを見たわけではないんだよね」

「そうですね。ただ、しばらくいって振り返ると、姿が見えなくなってた。だから、うちに入っていった可能性もあるんですよね。手前のマンションかもしれないですけど」

「で、そのかわいい子は、由ちゃんじゃなかったのかな。彼女の顔は知ってるよね」

「いや、知らないんです。ネットとか見れば出回ってるんだと思いますけど、そういうのは見ないようにしてたんで」

「警察からは、見せられなかった？」

「次の日の夜には実家に帰っちゃったから。電話では、また色々訊かれましたけど」

四階に着いた。竹春はトロリーケースを廊下に置き、肩をもむと、私の部屋のほうに向かって手を合わせた。

「もうひとりの子はどんな感じだった。赤いフレームの眼鏡をかけていなかったかな」

私は携帯を取りだした。

「どうでしたかね。かわいい子のほうばかり見ていて覚えてないな。眼鏡はかけていた気もするんですけど。とにかく地味だった印象はあるな」

「ニーハイのソックスをはいてなかった？」

携帯を操作しながら訊ねた。「わっ」と驚いたような声が響き、竹春に顔を向けた。

「すごい。思いだせるもんですね。もうひとりの子、確かにニーハイのソックスをはいてました。白だったような気がするな」

眼鏡をかけていたかどうかすら覚えていないのに、ニーハイのソックスは覚えている。記憶というのはそんなものなのだろう。

「思いだしてくれてありがとう。助かるよ。――この写真を見てくれるかな。竹春さんが見たかわいい子というのは、この子かな」

携帯を差しだし、由の写真を見せた。竹春は画面に顔を近づけて、じっくり見る。

「うーん、ごめんなさい。意外に覚えてないもんだな。似てる気はするんですけど、はっきりそうだとは言えないな。ただ、まったく違えば、それはわかる。この子だった可能性はあります。年齢的にいっても、このくらいだった覚えがあるし」

振り向いたときはもういなかったということも考え合わせると、由だった可能性が高い。そして、それが本当に由なら、ここに女の子を連れてきていたことになる。ニーハイのソックスをはいていた女の子。

殺された子に会っていたのかもしれないのか、と呟きながら、竹春はまだ写真を見ていた。

「ありがとう、助かったよ。質問は以上だ」

私はそう言って、携帯を引っ込めようとした。そのとき、竹春ががっちり私の携帯を摑んだ。間を置かずに、「えーっ」と廊下に反響するほどの大声を上げた。

「どうした、大丈夫か」

「ここに……」

竹春は画面を指さした。大きく写った由のすぐ後ろに立つ男。

「それがどうした」

「一緒ですよ。僕があの日見たのと同じタトゥーがある。タンクトップも一緒。僕が見たのはこの男ですよ」

「ほんとか」私は食いつくように画面に顔を近づけた。

真横を向いて立つ、白いタンクトップを着た男。尻から上と肩のあたりまでしか、画面に入っていない。盛り上がった三角筋の後ろのほうに、尖った葉っぱのようなものが三本見える。

「これは影ではないのか」

「違いますよ。タトゥーは肩の裏側に入ってるんです。鳥だか、熱帯植物みたいな感じで、羽のようなものが、肩の横まで伸びてるんです。この写真で見えてるのはその先っぽなんですよ。僕は最初に横から見て、そのあと振り返って、後ろ側の全体を見ましたから間違いないです」

「なるほど。そういうことか」

肩にタトゥーと聞いて、三角筋の中央に小さく彫り込まれたものを想像した。出発点で間違ってしまったようだ。

タトゥーの男は由の身近にいた。

ようやく気づいたのね、とでも言いたげに、写真の由は笑っていた。


「いいかげんにして欲しい。なんのために私に、犯人を捜せと言ったんだ。隠し事をしていたら、警察の先を越すことなんて、できやしない」

私は電話に向かって大声で言った。

「そういう口の利き方は気に入らない。だいたい、私はその写真に写っているもののことなど、何も知らない」

黒川の苛立った声が携帯から聞こえた。

「そうですか。じゃあ、あれはなんなんですかね」

そんな答えで納得できるわけがない。

相変わらず黒川は捕まらず、事務所に戻ってきて、ようやく電話が繋がった。由の殺害についてだいぶ方向性が見えてきたのに、殺害現場にいた男が由の近くにいた人間であった可能性がでてきて、これまでのすべてが覆ってしまうのではないかという怖さを感じた。それが、黒川への怒りにも繋がっていた。

「あの写真を撮ったのは私でも家内でもない。あれは以前に由から家内の携帯に送られてきたものだ。家出して、ひとに由の容姿を伝える必要があるため、私の携帯に送ってもらった」

「そんな言い訳はいいです。では、どういうシチュエーションで撮られたものなんですか。いつ、どこで――。わかりますか」

あの写真は屋外で撮られたものだった。黒川夫妻が撮っていないというのは頷ける。誰が撮ったものでもないだろう。由の顔が大きく画面に写っているから、自分で腕を伸ばして撮影したと思われる。後ろに立っている男の写り方から考えて、由はどこかに腰をかけていたはずだ。男の後ろにはコンクリートの堤防のようなものが見えている。あとは一面の青い空。たぶん、海辺で撮った写真だろう。

「あの写真は今年の春休み、東京にいったときのものだ。由が友達に会いたいと言うんで、中学卒業のお祝いもかねて、初めてひとり旅をさせた。ホテルをとって送りだした」

「ちょっと待ってください。友達に会いにいったって、依頼されたときの面談で、由さんは東京に知り合いはいないと言いましたよね」

「そっちこそ、待て。最後まで聞け。由はその友達には会えなかったと、帰ってきてから言っていたそうだ。喧嘩別れになったのかなんなのか、もう会わない、会えないとも言っていたと家内から聞いている。それに、そのときは知らなかったが、その後にあの裏垢というのをやっているとわかった。どうも、その東京の友達というのも、裏垢で知り合ったようだ。裏垢の話はあなたにしているわけだから、もし今回の家出でその友達とコンタクトをとったとしても、調査の過程でそれはわかると思った」

「会いにいくとき、どういう友達か、細かく訊かなかったんですか」

「訊いていなかったようだ」

奥さん任せ。自分には知っておく義務がないと思っているのだろうか。

「いずれにしても、写真は東京にいったときのもので、背後の人間に心当たりはない。そういうことですね」

「ああ。ひとりで行動していたと思っていた。写真は自分で撮っているようだし」

親にそう見せかけようとしたのだろうか。だとしたら、本当に黒川は何も知らないということになる。

「ネットで知り合った男なのかもしれない」と黒川が言った。

「わかりました。とにかく、今後も全力で調査に当たります。それは約束します」

よろしくお願いします、犯人を早く見つけてください、と黒川は殊勝に言った。岩淵と同じく、その気持ちだけはブレがないようだ。

私もブレない。肩にタトゥーのある男が、殺害に関わっているのだとしても無視する。これまで裏垢を調べてきて、それらしい人間は浮上してこなかった。以前、会っているから、連絡はツイッターではなく、他の手段を使っていた可能性もあり、追うのは困難だ。無理にそこを掘っていっても、時間を無駄にするばかりだろう。だから、これまでと方向性を変えずに調査を進める。マークすべきは鈴だ。

電話を切ってから、ひとつ気づいたことがあった。

由は春休みに東京にきていた。友人が自殺したのも春休み。会うことができなかった友人というのは、自殺したりみだったのではないか。

東京にいる友人。それは引っ越ししていった同級生などではなく、黒川が言っていたように、裏垢で繋がった友人であった気がする。それを私に話さなかったのは、その程度の関係でしかない友人の復讐だとわかれば、私が協力しないと考えたからだろう。

知っていれば協力しなかったかどうかはともかく、ネットで知り合った、会ったこともない友人のために復讐を誓い、懸命に動き回った由を、やはり私は理解できない。だが同じく十六歳の夏を過ごしたことがある者として、その行為を愚かだと断じることはできなかった。そのときそうしなければならない何かが、由のなかにあったことは想像できるのだ。

私もそうだった。十六歳の夏、初めて会う腹違いの姉の頼み――というにはかなり高圧的な態度だったが――を聞き容れ、一度も会ったことのない父親の行方を捜した。端から見れば、私の行動は理解に苦しむものだったろう。たとえ私が、この名をつけた父親に恨みを抱いていたとしても、どうしてこの名をつけたか知りたいと望んでいたのだとしても、貴重な夏休みを使い、危険を冒してまで、顔も知らない父親を捜しださなければならない理由など見あたらないはずだ。それは私にとっても同じで、言葉にできる理由などなかった。実際、最初は捜す気などなかったのに、一歩踏みだしたら、わけもなく突き進んでいった。

うだるような暑い夏。スプレー缶をもって壁に向かうことが当時の私の日常だったが、ひとまず缶をポケットにしまって東京中を駆け抜けた。由と違ってひとの助けもずいぶんと借りた。それでも、十六歳の硬直な私的ルールに縛られていたから、ひどく面倒で困難なものになった。結局、父親に会うことはできなかったが、父親を殺した者を見つけることはできた。

父親を捜すことは、自分がこの世に生を受けた源流を知り、未来に続く流れを形作る行為だったのだと、もっともらしく意味づけをしたのはずいぶんあとになってからのことだ。あの当時はそんなことは考えもしない。後ろを向いても前を向いても固く閉ざされた闇のなかで、闇雲に何かにぶつかっていかずにはいられなかった。そして、はからずも事件と呼べるものに発展した父親捜しを終えたとき、私は探偵になったのだ。

31

久しぶりに、まるごと太陽が顔を覗かせた。雨雲に覆われているうちに盛夏の勢いをなくしていたが、それでも汗が噴きだすくらいの、夏の日差しだった。

この陽気で、繁華街はどこもひとでいっぱいだろう。新宿アルタ前の広場も、待ち合わせの人々で埋めつくされていた。

私は道を挟んだ家電量販店の前にいた。視線の先には鈴。携帯を片手に待ち合わせの相手を待っている。

携帯が鳴った。ポケットから取りだしてみると、むーちゃん——鈴からのDMだった。これまでも三件のDMがきていたが、私は無視していた。約束の時間からもう三十分が過ぎている。その場を離れず、それだけ待つのは、いまどきの子にしては珍しいだろう。

いいかげん、彼女を自由にしてやろうと、返信することにした。

鈴の待ち合わせ相手は私だ。木村が羽裘間組のやくざだとわかった日から、私は倉元とふたりで、鈴にDM攻勢をかけた。いくつものアカウントを使い分け、リアルで会いませんかと誘った。むーちゃんだけでなく、那月やましろにも送った。結局、二日かけて約束をとりつけたのは、私の新しいアカウント、『渋谷の探偵Z』だった。このために作ったアカウントで、最初から鈴も私のものだと承知していた。その上で鈴は誘いに応じた。

仕事が延び、会えなくなったと鈴に詫びのDMを送った。鈴がどんな表情をしているかは見えなかったが、お仕事大変ですね、がんばってくださいとすぐに返事がきた。恨み節のひとつもなく、心の弱い探偵は、後ろめたさを覚えずにはいられない。

これで鈴は動きだすだろうと、かまえていたが、広場から離れる気配はなかった。携帯をいじりながら、人混みのなかに佇み続ける。黒地に白いフリルのついた、メイド服みたいなワンピースを着ていた。今日はニーハイではなく、短めの白いソックスだった。

私はふいに思いついて、ツイッターを開いた。むーちゃん、那月と見ていき、ましろが十五分前にツイートしているのを見つけた。

〈ひまー、誰か遊んで〉というツイートをクリックすると、俺が遊んであげるよといったリプライがずらっと並んでいた。どこにいるのというリプライに〈池袋、新宿、渋谷あたりで遊べたらいいな〉とましろはリプライしている。鈴のいまの状況にぴたりと当てはまる。

私はもうひとつアカウントを確認した。新しいツイートはなかった。『ミサ奴隷垢』、倉元が見つけた、那月の別垢だった。

奴隷、性奴隷というような言葉は、裏垢のなかではよく使われるそうだ。いってみればSMプレイのM役の女性のことで、S役の飼い主とかご主人様と呼ばれる男性と対になっているのが一般的なようだ。ミサにもご主人様がいてプロフィールで公表している。『ミサ奴隷垢』は、ご主人様からお仕置きとして命令されたことをミサが実行し、それを報告するためのものだった。ノーパンで一日過ごせとか、ローターを挿入して街を歩けとか、お仕置きはもちろん性的なことだ。文章で報告しているだけだから、実際にやっているのかどうかはさだかではない。ただ、ときどきお仕置きとして、知らない男に抱かれるようにとか、街なかで触ってもらえだとか命令され、相手を募集することがあった。そのときは、相手の男のモザイク入りの写真を公開していた。そんな募集があるからか、人気の高いアカウントのようで、フォロワーは一万人を超えていた。

倉元はこれを、那月のフォロワーをひとりひとりチェックしているときに見つけた。フォロワーのなかにご主人様であるチャーリー・ブラウンがいて、その奴隷であるミサのアカウントを開いてみたら、那月といくつか写真が重複していた。ツイートを確認してみると、行動にも重複しているところがあり、それで、同一人物だとわかったそうだ。

昨日、それを電話で伝えてきたとき、倉元はこんなことを言っていた。

「由ちゃんが敵うはずはないですよね。だって相手は三万人もフォロワーがいるんですから」

確かに、那月、ましろ、ミサにむーちゃんを加えると、三万人を超えている。重複もしているだろうから、実際はもっと少なくなるだろうが、それでもかなりの数だ。

倉元は、三万人もいれば、なかには、ひとを殺してくれと頼まれれば実行してくれる人間もいるのではないかと、真剣な声で言った。

本気で疑っているのかどうかはわからないが、そんなことを口にしたくなる気持ちは私にもわかる。ひとりの高校生が関わる人数として、三万人というのは途方もない数だ。恐ろしささえ覚える。それが裏垢でのことだと考えると、悪い想像が膨らんでいく。

鈴はずっと広場に立っていた。忙しなくあたりを窺い、落ち着きはなかった。何かに怯えているように見えなくもない。

突然鈴が歩きだした。私も慌てて横断歩道へ移動する。信号は赤だった。車がきていなければ渡ってしまおうと車道に目をやる。

大丈夫だ。車道に足を踏みだしながら、広場に目を向け鈴の姿を探す。

一瞬、見失ったかと焦ったが、いた。野外ステージの前で男に声をかけていた。私は小走りで横断歩道を渡った。離れたところから様子を窺う。

Tシャツにジーンズ姿の男はがっしりした体形で、年齢は二十代後半から三十代前半ぐらい。短髪でサングラスをかけているからワルっぽく見えるが、たぶん、普通の勤め人だろう。

鈴は話しかけながら、手があっちこっちへ忙しなく動く。動きはまったく違うが、公園で水溜まりを飛び越したときと同じく、バレリーナを思い起こさせた。

男は腰に手を当て、反応が鈍かった。待ち合わせをしたのはいいが、会ってみたらタイプではなかったというところだろうか。

男が歩きだした。話は物別れに終わったのかと思ったが、鈴も歩きだす。足を速めて男の隣に並んだ。私はあとを追った。

連絡通路を通り、ふたりは西口に向かった。最初は距離があったが、徐々に男は近づいていき、鈴にぴったりくっついた。鈴は嫌がりはしないが、照れたようにうつむいた。そのうち、男の手が鈴の細い腰に回る。時折、いたずらな手は腰を外れて鈴の尻を鷲摑みにする。いやらしさよりも荒々しさを感じた。

ふたりは、ファストフード店に入っていった。私は外から店内を窺い、ふたりが二階に上がるのを見て、なかに入った。アイスコーヒーを買って、一階でふたりを待った。

暇つぶしにましろのアカウントを見た。〈遊んで〉という誘いにリプライを寄越した男たちのアカウントを、ひとつひとつ開いて見ていった。鈴と一緒にいるサングラスの男が見つかるのではないかと期待したのだが、写真を公開している者のなかに、それらしき男はいなかった。

鈴はなんで自分と会おうと思ったのだろう。探偵さん会いましょうとリプライがきてから、何度となく考えたことを、また繰り返した。

前に言ったように、私とは息が合うと思ったからだろうか。あるいは、真岡健一の部屋を訪ね、鈴のことを根掘り葉掘り訊いたから、何を探っているのか確かめようと思ったのかもしれない。木村の名までだしたのだ。健一からそれを聞いているなら、気になるはずだ。もし由を殺しているのだとしたら、いてもたってもいられないはずだ。

ふたりが二階から下りてきたのは、日が傾いてからだった。最初は乗り気に見えなかった男だが、気があったのかもしれない。ずいぶんと長いこと話し込んだようだ。いつの間にか厚い雲が空を覆い、五時前にしては薄暗かった。

店をでたふたりを追った。先日、探偵の苅谷につけられながら歩いた道を、今度は私があとをつけて逆方向に進む。

青梅《おうめ》街道の交差点を渡り、小滝橋《おたきばし》通りに入った。すぐに路地にそれ、JRの高架線沿いの裏道に入った。人通りはほとんどない。

しばらく進んだとき、男が何かを指さしているのが見えた。すぐにふたりは路地にそれ、姿が見えなくなった。私は足を速めてふたりが消えた路地に向かった。

いない。小滝橋通りまで見通せるが、ひとの姿はない。ラーメン店が目に入った。なかを覗いてみようと足を向けたとき、音が聞こえた。あたりを窺い、頭上を見上げた。

音は確かに上から聞こえていた。ガランガランと金属を打ち鳴らす音。

ビルから離れて見上げると、非常階段を上がるふたりの姿が見えた。階段のところに戻り、入り口を塞ぐ扉のノブに手をかけた。鍵がかかっていた。どうやらふたりはこれを乗り越えたようだ。今日は、鈴の自宅を探りだすのが第一の目的だから、あとを追って行動確認する必要はなかった。私は路地をでて、高架線を飾る植え込みの柵に腰を下ろした。

足音はまだ聞こえていた。屋上近くまでいっているようで、姿は見えなくなった。

私は携帯を手に時間を潰した。もちろん、画面に集中したりはしない。下りてくる足音を聞き逃さないよう、耳を澄ましていた。ただ、電車がひっきりなしに通るので、結局は顔を上げて時折確認することになる。

電車が立て続けに四本通り過ぎた。その残響が消えたとき、かすかな音を捉えた。力のない猫の鳴き声に似ていた。上からこぼれ落ちてくる。階段を見上げると、人影のようなものが見えた。だいぶ暗くなってきているので、はっきりしないが、手すりから乗りだしているようだ。

よく見える位置を探して、ビルから離れた。手前のビルの陰に隠れるぎりぎりのところで、見えた。屋上の踊り場にひとの姿が確認できた。距離もあるから、やはりはっきりとまではいかない。しかし、想像力が視覚を勝手に補い、何がどうなっているのかすっかり理解した。

屋上の踊り場で、鈴は手すりから身を乗りだし、背後から男に貫かれている。ふたりの影は小刻みに揺れていた。青白く見えるのは服を着ていないからだろう。距離があるから声は聞こえない、と思ったが、本当にかすかに耳に届いていた。

猫の鳴き声。甘えた声。

顔など見えやしないのに、眼鏡が鼻の下までずり落ちているのが見える気がした。私は引き返した。柵に腰かけ待機。電車がやってきて、それ以外の音をかき消した。

鈴は私があとをつけていることを知っているのではないか、とふと思えた。私の誘いに乗ったときから、探偵の計略を見抜いていた。

倉元は彼女たちは戦っていると言った。その通りなのだろう。鈴は戦っている。そして戦い方を知っている。鈴は私に牙を剝いた、と考えるのは自意識過剰だろうか。

十五分ほどしてふたりは下りてきた。鈴は扉を乗り越え、ぎくしゃくした動きで、男のあとを追うように歩いた。

もしかしたら、あの男が鈴のご主人様ではないか。ふと浮かんだ考えを、すぐに否定した。会って歩き始めたときの距離感は、初めて会った男女のものだった。その距離が縮まっていくのを私は見ていた。

ふたりは小滝橋通り、青梅街道を渡り、西口の高層ビル街に入っていった。都庁を過ぎるあたりで、ふたりの行き先に見当がついた。

思ったとおり、新宿中央公園に入っていった。いまにも降りだしそうな雲行きだったが、すっかり日は落ちても、ひとの姿は多い。ほとんどがカップルだった。

ふたりはまた交わった。茂みに隠れ、腰を振る男の影だけが見えた。鈴は大丈夫かと心配になったが、やがて影が見えた。服を着ているようだった。

ことが終わると、男だけが茂みからでてきて立ち去った。鈴は大丈夫かと心配になったが、やがて影が見えた。服を着ているようだった。

茂みからでてきた鈴は、重い足取りでベンチに向かい、体を投げだすように腰を下ろした。すぐにバッグから携帯を取りだして操作を始めた。私も離れたベンチに座り、鈴が動きだすのを待った。しかし、三十分が過ぎてもその気配はなかった。ベンチの上に体育座りし、相変わらず携帯をいじってる。

私はツイッターを開き、アカウントを見ていった。鈴のアカウント、むーちゃんに、〈あー、死ぬほど疲れた〉というツイートが三十分前にあった。

気持ちよかったでもなく、ドキドキしたでもなく、あれは死ぬほど疲れたというだけの行為だったのだろうか。私は、そのツイートのリプライボタンを押し、〈お疲れ様〉と打ち込む。しかし、キャンセルを押し、送信することはなかった。

ふと目をやると、鈴の姿がなかった。私は慌てて腰を上げた。目を凝らすと、ベンチに横たわる影が見えた。白いソックスが確認できる。私はほっと息をつき、腰を下ろした。

ほっとしたはいいが、このまま本格的に寝込まれても困る。早く自宅に導いて欲しい。アラーム設定をしているかどうかわからなかったが、私は鈴に向けてリプライを打ち込み始めた。お疲れ様だけでは味気ないと思い、〈こっちもやっと仕事が終わった。浮気調査の詳細を聞きたければＤＭで〉と打ってみた。送信する前に、何気なく鈴がいるベンチに目をやった。

ベンチの近くに人影がふたつあった。ふたつの影は互いに距離をおいている。ハイエナが湧いてでてきた、と私は瞬時に状況を理解した。

どこかから、鈴を見ていたのだろう。それこそハイエナと一緒で、弱って動けなくなるのをじっと待っていたのだ。夏の公園につきものの覗き魔だ。

私はリプライを送信した。鈴が起きれば問題がないのだ。覗きの連中は、ある程度の節度をもっている。痴漢ではないから、起きている女の子をどうこうしようとは思わないはずだ。

しかし、鈴は起きなかった。覗き魔はベンチに近づいていく。三人目も現れた。ひとりがスカートを持ち上げるのがわかった。もうひとりの手が伸びる。三人目がベンチに近づいていく。

私は立ち上がった。威嚇のつもりで、足音を立てて少し近づいてみたが、ハイエナどもが動じる気配はない。いって追い払うか。しかし、もみ合いにでもなれば、鈴は目を覚まし、私に気づくだろう。私はジレンマで苛立った。

まずい、四人目の人影が近づいている。人数が増えれば、群集心理で気が大きくなり、歯止めがかからなくなるかもしれない。私は大きく息をつき、足を踏みだした。

四人目がベンチを囲む男たちに合流した。私は小走りで向かう。声を上げようとしたとき、大きな声を聞いた。たぶん四人目の男だ。腕を振り回し、剣呑《けんのん》な声を上げている。鈴、と呼ぶのが聞こえた気がした。私は足を止めた。

鈴が起き上がり、ベンチに座った。「とっとと消えろ」と叫ぶ声をはっきりと聞いた。覗き魔の男たちは去っていく。

男の声に聞き覚えがあった。たぶんあれは真岡だ。鈴が迎えを頼んだに違いない。

私はベンチに戻り、ふたりに目を向けた。鈴は立ち上がっていた。真岡が鈴の体に腕を回し、支えるようにして歩きだした。鈴の足取りは重たく、なかなか先に進まない。

その足取りを見ていて、先日、池袋の公園で会ったときのことを思いだした。あのときも足取りは重かった。いや重いだけではなく、何かを堪えるような表情をして、立ち止まってしまうこともあった。そのときの表情を頭に浮かべた私は、性的な快感が突き上げたときの、苦悶にも似た表情を連想してしまった。今日は実際に二回も、そんな場面にでくわしたのだからしかたがない。自分に言い訳するように、そう考えた。

頭から鈴の表情を消し去った。しかし、すぐに意識的に、頭に浮かべる。表情だけでなく、からだ全体を——腰を曲げ、膝に手を置いた姿を思いだす。肩がぶるっと震えるのを見た。「うっ」と声が漏れるのを聞いた。私は細部まで思いだした。

あれはまさにそういうことだったのではないか。性的快感が突き上げ、堪らず足を止めた。

携帯を取りだした。『ミサ奴隷垢』を開き、最近の活動報告に目を走らせた。

これだ。八日前のツイート。

〈今日は、ご主人様からお仕置きをいただき、ローターを入れたまま、街におでかけしました。最悪なことに、知っている方にふたりも会ってしまい、こらえるのに必死でした。恥ずかしいやら、気持ちいいやら、頭がおかしくなりそうでした。がまんできずにトイレに駆け込み、二回もイッてしまいました〉

フォロワーからの卑猥なリプライが並び、ミサはひとつひとつ丁寧に答えている。

あれは、由が殺された翌日だから、ちょうど八日前だ。木村と私、ふたりに会っているし、駅でトイレに入り、長いことでてこなかった。まさにあの日のことを書いている。

鈴だ。間違いなく、『ミサ奴隷垢』は鈴のアカウントだ。ミサと那月は同一人物だとわかっている。つまり由が復讐の相手かもしれないと名指しした那月が鈴だということが確定する。

私は鈴と真岡に目を向けた。が、そこにあるのは闇だ。ふたりはすっかり闇に融け込み、見えなくなっていた。

私は慌てて駆けた。目を離してはいけない。もう、鈴だけ見ていればいいのだ。あとは何も見なくていい。フォロワーの数も気にする必要はない。

32

尾行は続く。ふたりは巣鴨から都営三田線に乗り、志村坂上で降りた。まだ鈴は自宅に案内してくれないようだ。

ふたりは公園を通って真岡のアパートに向かった。すでに私は鈴が那月である確証を得ていたが、ミサのアカウントと同じように那月と直接結びつけることのできる証拠を見つけた。初めて鈴に会ったとき、鈴はこの公園に入り、茂みに隠れるようにしておかしな動きをしていた。あれは、『那月@待ち合わせ垢』の活動だったのだ。下着を脱いで、茂みに隠した。

あれは十日ほど前のことで、ちょうどそのころ、〈七夕の日に隠したのと同じ公園に置き下着したよ〉と那月はツイートしていた。

ましろと他のアカウントとの繋がりは見つかっていない。由が追っていたのは間違いないし、木村との接点もある。今日のツイートを見ると、鈴の行動とかなりシンクロしていた。ふたりを殺し、三人目を殺すかもしれないと呟いた少女。自宅を突き止めれば、父親の死因もわかるだろうから、よりはっきりするはずだ。

ふたりがアパートに入ると、私は部屋の窓が見える場所に佇み、張り込みをした。部屋の明かりが消えたのは午前一時。私はしばらくその場から窓を見上げ、でかけることはないと確信がもてて、散歩にでかけた。

夜が明けるまでは、じっとしている必要はなかった。でかけるにしても、明かりがついてから最低でも五分はかかるだろうから、そのくらいの間隔でアパートに戻ってくればよかった。

窓に明かりが灯ることはなかった。空が白み始めて、私はアパートに張りついた。さんざんもったいつけたが、最後はあっさりと、スムーズに私を導いてくれた。鈴は六時過ぎに部屋をでてきた。まっすぐ駅に向かい、巣鴨を経由して池袋にでた。そこから東武東上線に乗り、埼玉の上福岡《かみふくおか》で降りた。

駅から十五分ほど歩いて入っていったのは、木造の古い一軒家だった。母親とふたりでアパートに暮らしているイメージを持っていたから少し意外だった。花村と書かれた表札を確認し、私は駅に引き返した。ちょうど八時。尾行を始めてから十八時間がたっていた。

インターフォンが鳴った。

あとになってみると、それがそれほど大事なことかと思うのだが、眠りについているときの意識では、世界でこれ以上の重大事はないと認識しているらしい。反射的に飛び起き、まだ目もまともに開かないのに、真っ直ぐドアに向かった。

それでも、途中、壁に掛けた時計が目に入ると、いくらかまともな思考ができるようになる。私は腹立ちを感じて足を止めた。まだ午前の十一時。二時間も寝ていなかった。私はデスクに向かった。また二回続けざまに鳴らされたが、椅子に腰を下ろした。インターフォンが一回鳴り、間を置かずに激しいノックの音が響いた。私はドアに向かった。怒りが勝手に体を運ぶ。

ドアを開けると、刑事が立っていた。また安原と丸顔のふたりだ。

「――なかでもの音がしたんでな。居留守を使うなら、もっと慎重に頼むよ。でてこないから、こっちも心配になる」

安原はそう言うと、変な形に上唇を歪めた。

「いいか、あんたたちがぼやぼやしているおかげで、俺の寝床はまだここだ。少しは気を遣え。話があるなら、夕方ごろにでなおしてくれ」

ドアを閉めようとしたが、安原が肩からぶつかるようにして、押し開けた。そのままの勢いで無理矢理部屋に足を踏み入れる。縮れ毛の丸顔も、あとから悠然と入ってきた。

「勝手に入るな」

「よしてください。そういうのが、税金の無駄なんです」丸顔が真剣に嫌そうな顔をして言った。「公務員の給料をあだこうだ言うひとがいますが、そんなことより、市民が私たちに協力を惜しまず、無駄な時間を使わせたりしなければ、ずっと税金を節約できるんですよ。文句を言う前に笑顔で協力。そんな標語を作って市民に周知させることはできないものですかね」

横で聞いている安原が大きく頷く。

「そんな話も時間の無駄、税金の無駄じゃないのか。——用件を言ってくれ。それで、さっさと仕事に戻ってくださいよ」

「これも仕事だ。あんたが仕事を増やしてくれたんだよ」

安原は怒りに目をぎらつかせながらも、悲しそうな表情を見せた。

「おい探偵、入れ墨の男の写真をもっているそうじゃないか。なんでそれを警察に伝えない」

私は目を剝き驚いた。しかしそれは勘違いによるものだった。

入れ墨の男の写真と聞いて、私は能瀬ひかるが写ったあの写真のことだと思った。あれに警察も注目しているのかと思ったが、すぐに勘違いだと気づいた。安原が言うのは、先日、隣人に見せた由の写真。肩にタトゥーの入った男が写っているもののことだ。

「あれにタトゥーの男が写っているとわかったのは、ほんの数日前なんだよ」

「ふざけるな。四日もあったんだからその気になれば、いくらでも情報提供できただろ。あんたは、最初から話す気はなかったんだ」

「まあ、そうだな、話す気はない。必要もない。あの写真は、もちろん依頼人の黒川さんからもらったものだ。タトゥーの男の話も黒川さんにしてある。てっきり黒川さんが警察に話すものだと思っていた。そういうことは、第三者の探偵がしゃしゃりでることじゃない。被害者家族から伝えるのが普通だと思うが」

「別に……、そういうことに普通とかそんなものはない。誰が伝えたっていいんだ」安原は急に勢いをなくしてそう言った。

「黒川さんに、いまと同じように文句を言うかどうかはそっちの勝手だが、俺に文句を言うのは筋違いだ」

私はふたりの刑事を交互に睨んだ。鼻の穴を広げ、息を吸い込むだけで言葉もでない、と思ったが、丸顔の刑事が口を開いた。苛つく手つきで眼鏡を押し上げ、「しかしねえ」と言った。

「あなたが私たちのじゃまをしていることに、かわりはない。この間、事件に首を突っ込むなと注意したはずだ。なのにあなたは調べてるそうじゃないですか。女子高生がどうも気になってるようですね。あなたがどの女子高生を追っているのか知りませんが、やめておきなさい、と忠告しておく。即刻手を引き、浮気調査でもやったほうがいい」

「どういうことだ。手を引けというのは、あなたたちの捜査のじゃまになるからか」

そういうことなのか。鈴はもう捜査線上に浮かんでいる。だから、周りをうろうろするなと言っているようにも聞こえた。

技術的なことはわからない。しかし事件発生から、もう十日近くたつ。DMなどのやりとりの解析が進んでいるならば、鈴の存在を警察は摑んでいる。もし事件当日、鈴が由と会う約束でもしていたら、警察は鈴の周辺を重点的に捜査しているはずだ。まさか、今朝、鈴の家にいったのを見られたのだろうか。それでここへきたのか。

「どういう意味もない。最初から言っていることを繰り返しているだけだ。捜査に首を突っ込むのはやめなさい。ばかな探偵にはならないでくださいとお願いしてるんです」

丸顔の刑事は安原に目を向けると頷いた。ふたりは踵を返し、ドアへと進む。

「大事なことを伝えるのを忘れていた」安原がこちらに顔を向けて言った。「もう自宅に戻っていいぞ。またあそこで生活するんだよな。どうもご不便、おかけしました」

安原は上唇を歪め、笑いながらでていった。

ここまで続いた封鎖を解くというのは、犯人の目星がついたということだろうか。

私はドアを閉めると、慌ててポロシャツを着、財布をポケットに突っ込んだ。

33

「あら、興信所のかたなの。なんのご用ですか？」

老婦人は名刺を見るとそう訊ねた。曲がった腰に手を当て、私を見上げる。奥まった目には好奇心は窺えない。かといって警戒する様子があるわけでもなかった。

いきなり探偵の名刺を見せられて、まったく顔色を変えないのは、この年代のひとたちぐらいだ。私以外はもっと警戒したほうがいい、といつも思う。

「お向かいのことでちょっとお伺いしたいことがあるのですが。このへんは近所付き合いとかありますか」

「お向かいというと、大西《おおにし》さんのことですかね」

「いえ花村さんです」

そう言うと、老婦人は「ああ」と大きく口を開けた。

「年をとるとだめだね。そう、花村さんね。薫《かおる》ちゃんは花村だものね」

ひとり納得した顔で頷く。私はなんのことかと眉をひそめたが、すぐに見当がついた。

「あそこは花村さんのご実家なんですね」

「そうなんですよ。ご主人はもうだいぶ前に亡くなってましたけど、奥さんも去年お亡くなりになりましてね」

老婦人は手にしていたじょうろを地面に置くと、エプロンで手を拭いた。

鈴の父親について探ろうと、近所で聞き込みをしていた。両隣は比較的新しい家で、お隣とは付き合いがないと、すぐに引っ込んでしまった。アパートの住人はあまり近所付き合いをしないものだと思いながらも、向かいのアパートの前で、花に水をやっていた老婦人に声をかけた。どうやらあたりのようだ。

老婦人はこのアパートの大家だそうだ。この土地に五十年暮らしていると言った。鈴の祖母とは長い付き合いだったらしく、心臓の病で突然の死だったと語ったとき、寂しげな表情を見せた。

「少し話を聞かせてもらえますか。実はその薫さんの娘、花村鈴さんの就職にからんだ、簡単な身元調査をしていまして。まあ、かたどおりのもので、何年暮らしているとか、事実関係だけ答えていただければけっこうです」

調査のことは内密に、と念を押すことを忘れなかった。

「あの子は、もうそんな年になるの。ついこの間、高校に入ったような気がしたのに」

「高校生の就職活動もずいぶん早まってきているようで」

私は適当にごまかした。老婦人は「そうなの」と素直に頷いた。

「花村さんは、こちらにどのくらい住んでいるんですか」

「薫ちゃんは子供のころから住んでましたけど、結婚して家をでて、戻ってきたのは、ついこの間ですね。あれは一昨年だったかしら」

「それは、鈴さんのお父さん、つまり薫さんのご主人が亡くなられたからですか」

「ええ。戻ってきたら今度はお母さんですからね。ほんと、薫ちゃんはかわいそう」

「鈴さんのお父さんがお亡くなりになったのは――」

思わずそんな訊き方をしたのは、答えを聞くのにためらいがあったからかもしれない。

「事故だったそうですよね」

「事故？」

私の声が大きかったのか、老婦人は怪訝な顔をした。

「交通事故だったと聞きましたよ」

「それは間違いないですか」

予想とは違う答えに、がっかりしているのか安堵しているのか、自分でもよくわからなかった。

「お向かいの奥さんから直接聞いたので、間違いないですよ。あれは事故のあった日だったのかしら。翌日だったのかもしれない。大西さんが血相を変えてやってきて話したんですよ。ひどいねって、憤ってた。ひき逃げだったというから、当たり前よね」

「ひき逃げか」

問いかけたつもりはなかったが、老婦人は頷いた。

「ひどいわよね。殺されたのとかわりませんよ」

私にとっては大きく違いがある。殺人とは言い切れないが殺人の可能性も残る。どっちつかずで、厄介だった。


ネットで調べてみた。

老婦人によれば、鈴は上福岡にくる前も、同じ埼玉の上尾《あげお》に住んでいたというので、一昨年の埼玉で起きたひき逃げ事件を検索した。するとそれらしい事件がうまく引っかかった。一昨年の十月、上尾市の県道で、花村達郎《たつろう》という三十九歳の男がひき逃げで死亡していた。事故を起こした車は、熊谷《くまがや》で見つかっており、盗難車だったそうだ。続報は見あたらず、犯人が捕まったかどうかはわからない。アパートの老婦人も、そのへんはあやふやだった。

盗難車となると事故ではなく計画的な殺人と疑うこともできる。

茹谷は、娘が犯人かどうか依頼人が疑っていると言っていたが、これなら、その前に、殺人かどうかを疑う必要がある。果たして、そこはクリアできているのだろうか。

ひとつ言えるのは、鈴が殺したのだとしたら、車を盗み、父親をひき殺した実行犯が別にいるということだ。鈴が父親を突き飛ばし、ひいた車が偶然盗難車だった、とは考えにくい。

私は先日の倉元の言葉を思いだしていた。鈴には三万人のフォロワーがいる。そのなかには、頼まれればひとを殺す者もいるかもしれない。

上福岡から東武東上線で池袋にでて、山手線に乗り換えた。巣鴨で女探偵の山岸香代子と待ち合わせをしていた。

山岸は目の覚めるような緑色をしたシルクのスーツで現れた。小料理屋に居合わせた客の目が、いっせいに山岸に向くのがわかった。先にきていた私も、最終的にはその視線を浴びることになり、居心地の悪さを感じた。

山岸の容貌は五十二歳という年齢を感じさせない。整った顔立ちで、かつてはたいそうな美人であったことはわかるのだが、その美しさも感じさせない圧倒的なセンスをもっていた。燃えるような赤い髪を頭半個分も高く盛り上げ、隈取りのようなアイメイクをしている。女子プロレスのヒール役といった感じだが、たぶん山岸が考える「極道の妻」のイメージを具現化したものなのだろう。あるいは女極道か。

私は再び山岸に情報をもらおうと思った。ひと晩つき合うくらいの覚悟で臨んだのだが、今回、山岸はホテルに誘うことはなく、金が欲しいと率直に言った。

私は羽裟間組の木村について情報が欲しかったのだが、山岸とて、暴力団員ひとりひとりを知っているわけではない。コネクションを使って調べてもらうことになるのだから、金銭的対価も当然だと思う。しかし、山岸が要求した五十万円はふっかけ過ぎだし、報酬を得られる予定もなく動いている私に払える額ではなかった。最終的には二十万まで下がった。それでも二の足を踏む額には違いない。依頼は保留とした。

「路美男ちゃん、気が変わったら、いつでも連絡ちょうだい。その男のけつの穴の色まで調べてあげるから」と言って私の腿に手をのせた。

山岸は早急にまとまった金が必要で、困っているようだ。極道をやめた旦那が、道楽のような商売をやっていて、その穴埋めに金がかかると以前に聞いたことがあった。甘やかし過ぎだと思うが、意識的にそれを仕事の糧としているところはあるだろう。

山岸は今日も浴びるほど酒を飲んだが、私にはさほど勧めない。山岸の目が半分塞がり、そろそろお開きというとき、私は、戦う女について、意見をもとめた。見た目も行動も、いかにも戦う女といった山岸は、男の戦いと女の戦いの違いを端的に語った。

男の戦いはたいてい外に向かっていってる。だけど女の戦いは外に向かっていっているように見えても、家族とか自分とか、内側を向いているもんなんだよと言った。

山岸が言う男とはやくざのことを指し、男全般に当てはまることではないのかもしれない。ただ、女の戦いについては、先日倉元が語った裏垢少女の考察と被っていて、興味深かった。

きっといまは内向きの時代なのだろう。だから戦う女が目立ってしまう。山岸の話を聞いて、私はもっともらしく結論づけてみた。いったい自分の戦いがどっちに向かっていっているのかは、考えないことにした。

34

部屋のなかは線香の匂いがした。

刑事たちは部屋に入る度に焚《た》いていたのだろう。寝室に入ったとたん、鼻を衝《つ》いた。警察というものはセンスがない。当然のことだが、あらためて思った。十六歳の少女の霊を慰めるのに線香はない。私は気が利くほうではないし、少女の気持ちなど理解できないが、それは間違いないと確信した。

私は絵理のアロマキャンドルに火をつけた。バニラの香りが寝室に漂いだす。殺人現場にバニラはないなと思ったが、それはおやじの感覚だ。これでいいのだと、おやじを封じ込め、甘ったるい匂いに耐えた。

思ったほど部屋のなかは散らかっていなかった。由が殺された日、部屋に入って散らかっているように感じたのは、由の私物が散乱していたからで、それらはすべて警察が押収していた。血を大量に吸い込んだシーツも押収されていて、目にどぎついものはなかった。それでもベッドマットには茶褐色の染みがあり、意識せずにいられない。いずれは買い換えることになるが、しばらくはそのままだ。寝床はリビングのソファーになるだろう。

リビングのテーブルの上に、エクレアの箱がそのままになっていた。チョコは溶け、カビが覆っていた。それでもゴミ箱に捨てる気にはならず、キッチンカウンターの上に置いた。私は自宅に戻ってから一本目の煙草に火をつけた。プライベート用のアカウントを開き、部屋に戻ってきたことをツイッターで宣言した。知り合いから、なんらかの反応があるだろう。いちばん最初にリプライを寄越すのは倉元あたりではないか。もしかしたら、絵里から連絡があるかもしれない。そんなことを考えていたが、最初に反応を見せたのは、意外な人物だった。

散らかってはいなくても、鑑識の痕跡は部屋中に残っていた。重い腰を上げ、それを拭い始めていくらもたたないうちに、インターフォンが鳴った。でてみると「七沢です」と声が聞こえた。訪ねるのはさも当然といった、自然な声音に腹が立った。追い返すだけだから、ドアを開ける必要はない。なのに玄関に向かった私はドアを開けた。七沢洋がすきっ歯を見せて、薄笑いを浮かべていた。

「何しにきた」

「オフィスのほうにいったんだが、こっちに戻ったってツイッターを見てさ」

探偵事務所のアカウントのフォロワーを辿り、私のプライベートのアカウントを見つけていたのだろう。だとしても、なんで――。

「どうして、俺の住んでるところがわかった」

「それは事件の現場だからさ、このへんまできて訊いたら、あそこのマンションだって教えてくれたよ」

「部屋番号まではわからないだろ」

七沢は気まずそうに、顔をしかめた。

「ほんとのことを言うと、さる筋から情報をもらったんだ。あなたは探偵だろ。探偵業の届け出を公安委員会にしてる。居住地もばっちり控えているから、そのへんをつければわかるんだ」

それも嘘だろう。警察関係に情報源があると見栄をはっているだけだ。きっと、これまでにも、ここを訪ねたことがあったのだろう。昨日までなら、ドアに規制線が貼ってあったから、どの部屋かもわかったはずだ。

「気安くひとの部屋にこないでくれ。俺はこれからでかける。話してる暇もない」

「じゃあ、歩きながらでかまわないから、ちょっと話をしよう。市之瀬さんにとっても、情報交換になっていいと思うんだ」

「俺はタクシーでいく。李禹煥《リーウーファン》の個展が最終日でね、急いでいかなければならないんだ」

「ああ、あれは観たほうがいい。だけど、会期はまだあったと思うが」

煙に巻こうと、適当なことを言っただけだった。よれよれのスーツを着たこの男が、まさか現代アートに興味があるとは思わなかった。

「一緒にタクシーでいこう。私も観ようと思ってたんだ。『もの派』が活動を始めたころから、李禹煥には注目していてね」

また見栄をはっている。「もの派」が生まれた六十年代の終わりは、この男も、まだ小学生だったはずだ。

「気が変わった。昼寝をする。邪魔をしないでくれ」

「ちょっとちょっと、待って」

ドアを閉めようとしたら、思いの外、強い力で押さえられた。

「写真っていうのはなんのことなんだろうな。市之瀬さんならわかるんじゃないか」

ノブを引いていた力が緩み、ドアが大きく開いた。

「写真がどうした」私は訊ねた。

「永田町界隈の噂だよ。やばい写真を撮ったとか撮られたとか――。やっぱり知ってるんでしょ。話してくれないかな」

「よくわからない。そっちの知っていることをすっかり話してくれないと、なんとも言えない」

七沢は、自分の広い額をぴしゃりと打った。「まいったね。市之瀬さんは、交渉がうまい。こりゃあ、全部話すしかないね」

うれしそうな顔をして、がっくりうなだれる。

「写真については、ほんとにそれしかわからないんだ。やばそうな話っていうだけで、黒川に関係していることなのかどうかもわからない。まあ、あの界隈にはよくあることだ。そろそろ大きな爆弾が落ちるかもしれない、とかね。内容も関係する人間もわからないまま、曖昧な噂だけが駆けめぐる。心当たりのある人間にプレッシャーを与えようと、誰かがリークしてるんだろう」

それが、あの写真のことなのだろうか。谷保津組と羽裟間組が関心を寄せる、グラビアアイドルの流出写真。政治家が絡むようなものだとは思えないが。

「その後、わかったことはないのか」

「この間会ったときは、事件が起きた日に、代議士ふたりが東京に戻ったという話をしたんだったよな。その後わかったことは、——とくに何もない」七沢は重々しくかぶりを振った。

「何もないなら、もったいつけずにそう言ってくれ」

「新しくわかったことは何もない。ただ前に大物代議士と言ったと思うが、ひとりは大臣クラスの本当の大物だとつけ加えさせてもらおうか」

胸を張った七沢に、「なるほど」と私は頷きかけた。

「何か心当たりがあるのか」

「いや、何もない」

七沢は大袈裟にずっこけるまねをした。

「市之瀬さん、腹を割って話しましょうよ。――いや、こっちが率直に訊いたほうがいいのかな。いくらなら話してくれる。耳よりな情報なら、それ相応の謝礼をする用意がある。どうだい」

「五百万、と言ったら?」

七沢は驚いたように眉を高く上げてから、うーっと唸り声を上げた。

「なんで俺につきまとうんだ。俺が何か知っているとどうして思うのかね」

この男は、本当にアングラジャーナリストとして取材しているだけなのだろうか。誰かの紐付きでは、と疑い始めている。

「それは、あなたしか攻めるところがないからさ。黒川本人に訊いたところで答えるわけがないし、岩淵だって同じだ。あなたは金で雇われただけの探偵だから、何か知っていれば話す可能性もあるだろ。娘を捜すにあたって、色々訊いているだろうし。もちろん、五百万はだせないが」

「二十万だったらどうだ。俺もその金であるひとから情報を買う。その情報が手に入ったあとに、話をするという条件がつくが、それでもいいなら」

「なんだよ、先払いかよ。何を話してくれるかもわからないのに二十万とはね」

「俺を信じてもらうしかない」

依頼人を裏切る探偵を信じるばかはいない。しかし七沢は、たいして考える素振りも見せずに、わかったと言った。

「あなたは得だよ。名前はうさん臭いが、見た目はなかなか誠実そうだからね。信じよう。その条件で手を打つとしましょう」

私を信じるばかがいた、と驚きはしなかった。

「じゃあ、そのへんで、金をおろしてくるよ」

七沢はそう言いながら、せっかちにドアを離れる。階段に向かいかけた七沢に、私は呼びかけた。

「七沢さん、あんたは誰のために動いているんだ」

七沢は足を止めて振り向いた。いつものことながら、大袈裟な笑みを浮かべている。

「私は根っからの一匹狼さ。組織にも属さないし、誰かのためにも働かない」

「二十万円をぽんとだせるほど、稼いでいるとも思えないが」

「心外だな。不安定な仕事だが、金が入るときは入るもんなんだよ」

摑んだネタをもとにゆすりやたかりのように金を引っぱってくるのが七沢の仕事だ。

確かに、どかんと入るときもあるだろう。それでも個人でやっていて、何を知っているかわからない探偵に、ぽんと二十万円を渡せるほど、いまどき稼げるとも思えない。

「羽裟間さんかい」私がそう口にすると、七沢は首を突きだし、「それ、なんのことだい」と本気で知りたそうな顔をした。違うようだ。

金をおろして七沢は戻ってきた。いつまでに連絡を寄越せとも言わず、信じてるぜ、とだけ言って去っていった。

信じてるは私にとって殺し文句にはならない。裏切るなよと言われたほうが、心に刺さる。ともあれ、私にとって重要なことは、七沢に何を語るかではなく、山岸が何を摑んでくれるかだった。さっそく山岸に連絡を取り、木村の情報を集めてくれるよう依頼した。

その夜、久しぶりに絵理のツイッターを見た。絵理は九州をでて、現在、鳥取にいるようだ。砂丘の写真がアップされていた。

いったい誰に向けたものだろう、砂の上に大きく書かれた、「バカ」という文字が目を引いた。

35

翌日は雨だった。早朝に部屋をでて、車で上福岡に向かった。

鈴の家を張り込んだ。早くにきた甲斐もなく、鈴にも母親にも動きはなかった。向かいのアパートの老婦人から聞いたところによると、鈴の母親は夜の商売をしているそうだ。

午後一時になってようやく鈴がでてきた。私は車から降り、あとをつけた。

東武東上線に乗り、二駅離れた川越《かわごえ》で降りた。鈴は駅に近いコーヒーショップに入っていった。広い店なので大丈夫だろうと、少し時間をおき、眼鏡で変装して、私もなかに入った。

鈴の姿を見失った。まだ注文のために並んでいると思ったその列にはいないし、席を見回しても姿はない。とりあえずアイスコーヒーを購入した。

席に座って十分ほどたったときだった。カウンターのなかにいるスタッフにぼんやり目をやっていたら、ふいにそれが鈴の顔をしているのに気づいて驚いた。制服の紫のポロシャツを着て、泡立ったコーヒーに何かを力いっぱい振りかけている。なんのことはない、鈴はここでバイトをしているのだ。ぎこちない笑顔で客にコーヒーを提供した。

鈴はプライベートについてはあまりツイートしないのだなとあらためて思った。裏垢でも、学校やバイトでのできごとをツイートするのは珍しくない。鈴はバイトをしていることすら、どのアカウントでも呟いていなかった。

三時を過ぎたころ、客が続々と入ってきた。レジ前に長い列ができた。

鈴は商品提供担当だった。そうとう焦っているのが端から見ていてもわかった。列が短くなっても、カウンターの前で商品が出てくるのを待つ客は消えない。たぶん、面倒な注文ばかりに当たってしまったのだろう。商品提供担当はもうひとりいるが、そちらは、アイスコーヒーやオレンジジュースなどをすいすい提供していた。

スタッフのひとりがやってきて、鈴と替わってドリンクを作り始めた。鈴は店長らしき男に呼ばれ、カウンターの隅で注意をうけていた。神妙な顔で何度も頷く。まだ、バイトを始めて間がないのかもしれない。もともと要領がよさそうにも見えなかった。

ホール担当になって、テーブルを拭いたり、食事を運んだり、忙しく店内を動き回り始めた。しかし、またもや受難が待っていた。

顔を紅潮させた初老の男に、鈴は怒鳴られた。どうやら、男が席を立っている間に、飲みかけのコーヒーを下げてしまったようだ。

運が悪いな、と思う。確かに不注意だが、怒鳴るほどのことでもない。新たなコーヒーをもってきてもらえばすむことだった。男の怒りが収まり、一緒に謝っていた店長と鈴はまたカウンターの隅に――。店長は苦り切った顔で、注意を与えた。

五時になって鈴の姿が消えた。休憩に入ったようだ。私は、むーちゃんや那月などのアカウントをチェックした。五時半を過ぎて、ツイートが見られ始めた。最初はむーちゃんだった。

〈誰かかまって、むらむらする〉

次はましろが怒りを表した。

〈あたしを誰だと思ってんの、ましろ様よ〉

那月は、明日、漫画喫茶で痴漢してくれるひとを募集した。

どれにも二分以内にリプライがあった。続々とリプライは増えていく。それぞれのアカウントの主もリプライにリプライをする。ひとりの人間がやっているとは思えない速さで新たな文章が追加された。

〈フォロワーさん、みんな大好き〉という那月のツイートが最後になった。俺も那月ちゃんが大好きというようなリプライが画面に並び始めたとき、那月が――鈴がカウンターに姿を現した。

布巾をもってフロアーにでてきた。休憩前より動きが滑らかになった気がする。テーブルを拭きながら、こちらのほうにやってきたので、私はうつむきかげんで彼女の横顔を窺った。

きつく口を結び、テーブルを拭いていた。何も声を発するはずはないのに、テーブルに向けた硬い表情を見ていたら、鈴の声が聞こえた気がした。

みんな大嫌い。

六時過ぎに店をでて、外で鈴のバイト終わりを待った。私服に着替えた鈴がでてきたのは九時過ぎだった。

鈴は駅へは向かわず、ハンバーガーショップに寄った。ポテトをつまみながら、ずっと携帯をいじっていた。が、どのアカウントもツイートは増えなかった。

店をでたのは十二時近くだった。駅のほうに歩いていく鈴を、距離をおいてつけた。もう、雨は上がっていた。鈴は腕に傘をぶら下げ、携帯を見ながらゆっくりと進む。そろそろ、今日、一日の仕上げをしようと私も携帯を取りだした。

ログインしたアカウントは変態おやじキャラの『千マスオ』——倉元から新たに譲ってもらったものだった。ましろをフォローしていて、これまで二度リプライをやりとりした。

駅へ向かっていく鈴を窺いながら、文章を打ち込み、ましろにリプライを送った。

〈いま、ましろちゃんのすぐ後ろを歩いているよ。ちょうど携帯を見てるね。ピンクのTシャツを着てデニムのショートパンツをはいてるでしょ〉

それが前をいく鈴の服装だった。

私は足を止めた。駅に直結するデッキの上で歩行者は多い。ピンクのTシャツを目印にして鈴を窺った。

とくに変化は見られず、歩き続けていた。リプライをすぐに確認する習慣がないのだろうか。鈴がましろでないなら反応がなくても当然だが――。

止まった。駅構内に入る手前で、鈴は足を止めた。振り返ってあたりを窺う。表情を確認することはできないが、首を巡らす様子から、慌てていることがわかる。

間違いない。鈴は私からのリプライを受け取った。彼女がましろだ。三人目を殺すかもしれないと呟いた少女。

たぶんそうだろうと思っていたので、特別な感慨は湧かない。あと何がわかれば、鈴を有罪と決めることができるのだろうかと、頭が先走る。

ただの探偵にすぎない私にはわからなかった。結局のところ、鈴に訊いてみる以外ないのではないかとうすうす気づいている。それにしても、もう少し確証が欲しかった。

鈴は捜すのを諦めたようで、駅に入っていった。すぐさま私もあとを追った。

鈴は東武東上線に乗り、上福岡で降りた。家のほうに向かうのを見て、私はいったん尾行を中止した。駅前で二十分ほど時間を潰し、鈴の家に向かった。

歩き始めてすぐ、山岸香代子から電話があった。木村についてわかったことを報告してくれた。

もともと、二十万円も払って、いったいこの調査に何を期待しているのか自分でもよくわからなかったが、報告を聞いて、その甲斐があったと満足した。

出身地、年齢など、型どおりの報告をしたあと、山岸は木村が羽裟間組に入る前の職業を伝えた。木村はもともと入れ墨の彫り師だったという。

「和彫り専門のかけだしの彫り師だったんだけど、少女に無理矢理、墨を入れたんだってさ。それで傷害の罪で四、五年服役して、でてきてから羽裟間組の構成員になったそうよ」

けっこうな変態らしい、と山岸は言い添えた。

また入れ墨だった。由の殺害現場で目撃された入れ墨の男。写真に写っていた、能瀬ひかると交わる入れ墨の男。彫り師だった木村。写真と木村は、入れ墨に興味があるという鈴——ましろが引き寄せたのだろう。

羽裟間組の本拠は上尾にある。以前、鈴も上尾に暮らしていたというから、そのへんで木村と接点をもったのではないかと考えていたが、たぶん違う。入れ墨への興味から、裏垢で木村と繋がったのだ。そして、由が裏垢でアップしていた写真。羽裟間組が関心を寄せるのは、能瀬ひかるではなく、背中に入れ墨を背負った男のほうではないのかと思えてきた。

私は山岸に礼を言い、明日、金を振り込むことを約束して携帯を切った。

鈴の家の近くまできていた。前を男が歩いていた。右手に提げたコンビニの袋が重そうだった。

その男に意識を向けたのも、やはり入れ墨だった。短パンから伸びた足。足首に角張ったチェーンのようなタトゥーが、ぐるりと施されていた。

私は、ゆっくり歩く男を追い越した。鈴の家の前を通るとき、明かりが灯っているのを確認した。鈴はちゃんと戻っている。いや、この時間なら、母親が帰ってきている可能性もある。

私は車に向かった。この先の空き地の前に停めてある。ふと後ろを振り返ったのは、入れ墨をした男の顔を見てやろうと思っただけのことだ。しかし、見ることはできなかった。振り返ったとたん、男は体の向きをかえ、鈴の家の敷地に入っていった。

男が何者なのか、すぐに察しがついた。母親の彼が泊まりにくると、前に鈴が言っていた。あの男がそうなのだろう。

駐車違反を覚悟していたが、ステッカーは貼られておらずほっとした。車に乗り込み、エンジンをかけ、サイドウィンドウを下ろした。帰るつもりだったが、もうしばらく張ってみることにした。母親の彼がやってきたなら、鈴は家をでるかもしれない。それに、先ほど山岸の報告を受け、確認しておきたいことがあった。

車を移動させ、鈴の家のすぐ近く、斜め向かいに停めた。私は携帯を取りだし、ツイッターを開いた。鈴が木村と接点をもったのがツイッターであるなら、当然、木村のアカウントをフォローしているはずだ。木村のアカウントは入れ墨に関することが盛り込まれているはずで、見たらわかるかもしれない。

那月の待ち合わせ垢やミサの奴隷垢は、フォロー数が極端に少なかった。興味をもってフォローするなら、やはり普通のアカウントでするだろう。私はむーちゃんのアカウントを表示し、フォローリストを開いた。

フォロワーは三千人を超えているが、フォローしているのは百人を少し超えたくらいだった。それでもひとつひとつ開いて見る気にはならず、アイコンとユーザー名を見て、なんとなく気になったものだけ確認した。

ユーザー名の横のフォローボタンがいくつか青くなっていた。それは私がそのアカウントをすでにフォローしていることを示している。私は『杏@jk1』にログインして見ていた。杏のアカウントでは、由のアカウント――『まゆこjk裏垢』がフォローしていたアカウントをまるごとフォローしていた。それがたまたま重なっているのだろう。

アカウントを五つほど開いた。どれも入れ墨とは関わりなく、ぴんとこない。もう半分ほどまできている。画面をスクロールしながら、ユーザー名に目を走らせていた。

指で画面を押さえてスクロールを止めた。少し前に戻し、気になった名前を表示させた。

『昇竜』というユーザー名はいかにもな感じがした。アイコンは何かの絵のようにも見えるが、小さくてよくわからない。クリックして開いた。

アイコンは昇り龍の入れ墨の図柄だった。プロフィールを見て、これは当たりだと思った。元彫り師だと自己紹介があった。

〈三十代前半の元彫り師。男のフォローはいらね。JK・JCは大歓迎。タトゥーの相談にのるよ〉

私はさっと昇竜のツイートに目を通した。女子高生とやりとりしているなかで、かわいい子だったら、ただでタトゥーを入れてあげるよと誘っているのを見つけた。アップしている写真のなかにも、昇竜が女の子に入れてあげたという、小さなバラのタトゥーがあった。

これが木村のアカウントである可能性は高いと思った。少女の肌に墨を入れるのは、ある種の性癖なのだろう。そんな性癖をもった元彫り師が、何人も存在するとは思えなかった。

私は顔をあげ、鈴の家のほうに目を向けた。すっかり、ツイッターに気を取られ、目を離していた。どのくらいだろう。十分ほど、まるで意識していなかったかもしれない。

私は車から降りた。

張り込みを始めてから一時間ほどがたつ。時計の針は一時をとうに回っていた。家をでる気なら、とっくにそうしているだろう。そう思いながらも、鈴の家の前にいった。声やテレビの音でも聞こえてきはしないかと耳をすました。

すぐに声のようなものを捉えた。猫の鳴き声のようなそれが、なんなのかもすぐに理解した。

二階の部屋から聞こえてくるのは、男女が交わる声だった。年頃の娘がいるのに、おかまいなしに始めてしまったようだ。

それとも鈴は家をでたのか。あるいは、もともと帰ってきていなかった可能性もある。まあ、なんでもいい。私は車に戻りかけた。道の真ん中まできて足が止まった。

二階から漏れる声は、仔猫が鳴いているようだった。一昨日、新宿のビルから降ってきたあの声とそっくり同じだった。親子だから、あのときの声も似ているのか。それにしても——。

車に戻り、待った。二時を過ぎたとき、自転車が道の向こうからやってきた。明るい髪をなびかせ、ぐんぐんと向かってくる。近くまでくると、急ブレーキをかけて飛び降りた。

鈴の母親と思しき女性は、仕事の疲れなどまるで見せず、はつらつと自転車を引いて敷地に入っていく。彼に会いたくて、急いで帰ってきたのかもしれない。

36

携帯電話の音で目を覚ました。リクライニングに倒したバックレストから体を起こし、ダッシュボードの上の携帯を取り上げた。

着信表示も確かめずにでた。ざらついた声が起き抜けの耳を汚した。

「お前、いったいどこにいるんだ。オフィスにきてみたらいねえじゃねえか」

岩淵が朝から元気に吠えた。

「誰がそこにいるって言った。電話ぐらいかけてきたらどうだ」

「起こしたら悪いと思ったんだよ」

コンソールの時計に目をやると、まだ八時前だった。朝が強いやくざほど、迷惑なものはない。

「なんの用だ」

「調査の進捗状況を聞きにきたに決まってんだろ。毎日、報告するはずだっただろうが」

そうは言っても、一度きて以来、岩淵のほうからも何も言ってこなかった。それほど暇でもないのだろう。

「で、どうなってんだよ。進んでんだろ」

私はすぐに答えず、バックレストを起こして体を預けた。

昨晩は四時まで鈴の家を張り込んだ。絶倫の男はあのあと母親とも交わった。その声がやみ、すっかり花村家が寝静まったのを確認してから、車を移動させた。近くの公園の脇に停め、仮眠をしていたところにこの電話だ。

「調査はもちろん進んでる。犯人もだいぶ見えてきた」

「いったい誰なんだ」

「まだ確証はないが、どうやら、この間、話にでてきた羽裟間組の関係者のようだ」

「――それはない。お前、適当なこと言ってるんだろ」

少し間を空けて言った。

岩淵の言葉に迷いは窺えなかった。

「関係者といっても、ほんとに薄い関係が疑われるだけだ。それならあり得るだろ。やはり、あの写真が絡んでるように思うんだ。能瀬ひかるの写真が」

今度はやや長い間を空けた。顔が見えないのが残念だった。

「写真は関係ないと言ったろ。忘れろと言ったはずだ」

「忘れたのに、調べていくうちに影がちらついてどうにも無視できない。羽裟間組もうろうろしているし」

かすかに唸り声が聞こえた。

「で、目をつけてるのはどこの誰なんだ」

「言えるわけないだろ。何もはっきりしていない。ただ、若い女だとは伝えておこう」

岩淵は「そうか」と、静かな声で言った。

予想の範囲内の犯人像だったのだろうか。そんな風に感じ取れた。

「とにかく、進んでいるようなので安心した。連絡はまめにしてこい、いいな」

口ごたえするのは無駄なことだと学んでいる私は、「わかった」と簡潔に返した。

「ところで、あの写真の入れ墨の男、あれは誰なんだ。なんかすごく気になるんだよ」

私は嫌味っぽく言った。

「おい、お前なんで――。何か知ってるのか。いいか、あの写真のことは――」

上ずった声。私は携帯を耳から離し、電話を切った。

やはりあの写真で問題になるのは、能瀬ひかるではなく、入れ墨の男のほうだったようだ。

すぐに携帯が鳴り始めたが、無視を決め込んだ。エンジンをかけ、車を発進させた。

入れ墨の男Cが部屋からでてきた。一階の外廊下を進んでくる。私は駅に向かうのとは反対方向にゆっくり道を進んだ。

しばらくして振り返ると、入れ墨の男Cは駅のほうに向かって遠ざかっていく。充分、距離がある。私は尾行を開始した。

入れ墨の男Cは、鈴の母親の恋人のことだ。便宜上、由が殺されたときに目撃された入れ墨の男をA、能瀬ひかると写真に写っている入れ墨の男をB、そして母親の恋人をCと呼ぶことにした。もっとも、母親の恋人の名前はわかっている。郵便受けに賢持《けんもち》と書かれていた。

賢持は正午過ぎに鈴の家をでてきた。東武東上線で上福岡から二駅いった鶴瀬《つるせ》で降り、自宅と思われるアパートまで私を導いてくれた。

四時に賢持はでてきた。仕事に向かうのだろう。短パンは昨日と同じだが、上は違うTシャツに着替えていた。厳つい顔に髭が似合っていた。年齢は四十歳ぐらいだろう。のんびりと鶴瀬の駅まで歩き、池袋方面に向かう電車に乗った。

母親とも娘とも寝ている男。だからといってこの男をつける意味があるのかよくわからない。鈴が父親を殺したとすれば誰か共犯者がいたはずだ。由を殺すときも仲間がいた可能性がないではない。そういう意味では、交友関係は洗っておいても損はないと思うが、それを意味あるものにしようと本気でやりだしたら、何ヶ月もかかるだろう。

正直、私は迷走状態に陥っている。目の前に現れた、鈴と関係をもつ男が、偶然にも鈴が殺害に関わった証拠を落としてくれないかと期待している。あとをつける理由など、それぐらいしかなかった。

由が追っていたのが鈴であることは間違いなかった。鈴はましろであり、那月である。由と一度会っていることを鈴も認めている。ただ、由としては確信がもてなかった。だからもう一度会おうと思った。なんとか連絡をとって、私のマンションを教えた。しかし、やってきた鈴が、果たして由を殺すだろうか。凶器の刃物はまだ見つかっていないが、私の部屋にあったものではない。犯人はあらかじめ刃物を用意していた可能性が高く、最初から殺意をもっていたと思われる。いったいなんなのだ。それがわからなければ、鈴を犯人と確定することはできない。

池袋で降り、西口から地上にでた。賢持は交番の前を通って繁華街に入っていった。先日、探偵の苅谷のあとをつけて通ったところだ。方向としては、ホテル長峰には向かっていないが、近いことは近い。

中国語の看板が目についた。近年、この界隈は中国人の店が増え、マフィアの影もちらつき、治安が悪化しているのだと聞く。とはいえ、歌舞伎町のような、あからさまにぎらぎらとした雰囲気はないし、時間が早いせいか家族連れも見られ、普通の街の顔をしていた。

賢持はどんどん奥へと進む。ひと通りが少なくなっていった。ラーメン屋の角を左に曲がった。私も足を速めて角を曲がる。通りを進んで、賢持はすぐに右手の狭い路地に入った。私はゆっくりとタイミングを合わせるように進んだ。路地に差しかかり、右に顔を振る。

いた。賢持は手前から四軒目の店の前に立っていた。鍵を開けているような動き——ドアを開けた。私はそのまま路地の前を通り過ぎた。

しばらくいって引き返した。路地に入り、奥に進んだ。手前の二軒はしっかりとしたビルだがあとは小さな飲み屋などが集まっている。賢持が入っていった四軒目の店も間口が狭く、一見、バーやスナックの雰囲気はある。しかし看板はでておらず、はっきりしない。

両隣の店はまだ誰もきていないようで、鍵がかかっていた。いちばん手前の中華料理店に入り、四軒目はなんの店なのか従業員に訊ねてみた。中国人の従業員は日本語はわかるようだが、肩をすくめて首を横に振るばかりだった。よくわからない店なのか、あるいは関わりになりたくないということなのかもしれない。

表の通りを中華料理店が入るビルに沿って進むと、隣のビルとの間に隙間があり、ぽっかりと口を開けている。先ほど通ったときに、その存在には気づいていた。前に立って見ると、ひとがひとりふたり、やっと通れるほどの狭い裏道が奥のほうまで伸びているようだった。

足を踏み入れると、すぐに生ゴミや香辛料の臭いが鼻を衝いた。ゴミ箱からこぼれた野菜のくずなどが地面に散乱している。鶏の脚のようなものが目に入って視線を上に戻した。二軒目のビルを過ぎると、道は右に大きく屈曲している。三軒目からは店舗が小さくなっているからだ。その三軒先で、行き止まりになっていた。

四軒目、賢持の店の裏口の脇には、生ビールの樽が三つ置かれていた。持ち上げると空だった。やはり飲食店のようだ。ただ、ここには、樽の他にもおかしなものが置かれていた。

フラスコのように底が丸く膨らみ、上に筒が伸びたガラス瓶に、金属の筒が被さっている。エスニックなランプにも見えるが、高さが五十センチ以上もあり、テーブルに置くには大きすぎる。これも三つ並んでいた。

しゃがみ込んでよく見てみた。ガラス瓶は装飾が施され綺麗なものだった。金属の筒の先端には小さな穴が複数見られる。火を灯すような構造にはなっておらず、ランプではないようだ。いずれにしても、この小さな店で、飾りで三つも置くような大きさではなかった。店に必要なもののはずだが、なんなのか想像もつかなかった。

音が聞こえた。足音がこちらに近づいてくる。かすかに話し声も聞こえた。私はビルの角に目を向けた。

そのとき、ドアのすぐ内側で音が聞こえた。私は慌てて立ち上がった。表の道に向かおうと思ったとき、角からひとの姿が現れた。ふたり、――いや、後ろから三人目が現れた。私を見て、驚いたように立ち止まる。

男たちが手にしているものを見て、私も驚いた。三人は金属バットを握りしめていた。三人とも口にマスクをしている。

私は後退した。後退しながら、最後に現れた男を見ていた。坊主頭。耳にピアス。痙《けい》攣《れん》するように薄い眉を動かし、私を睨みつける。

ドアが開いた。賢持がでてきた。

「なかに戻れ」

私は咄嗟に叫んだが、賢持は驚いた表情でこちらに顔を向けただけ。固まったように動かない。

ふたりがわけのわからない言葉を発しながら、向かってきた。私はさらにさがった。隣の店の積み上げられたビールケースから、空き瓶を抜き取った。

ひとりが賢持に襲いかかる。もうひとりが私に向かってバットを振り上げる。私は男にビール瓶を投げつけた。男は足を止めて、腕で庇う。私は両手で瓶を引き抜いた。一本を投げつけ、一本を振り上げ、向かっていった。男の腕めがけて、瓶を振り下ろす。

男はバットを落とし、腕を押さえた。何かおかしな言葉を叫んだ。

坊主頭がこちらに向かってきた。バットを振り上げる坊主頭のほうに、腕を押さえる男を突き飛ばした。坊主頭にぶつかり、後ろによろける。私は腕を伸ばしてバットを拾い上げた。体勢を立て直した坊主頭がバットを振り上げる。私も振りかぶってかまえた。

坊主頭は動かない。睨み合う形になった。

「こいよ、ただじゃおかないんだろ」私は言った。

坊主頭は薄い眉を寄せ、目を細めた。

「お前、この間のやつだろ」

マスクをしていてはっきり顔の見分けがつくわけではない。ただ、耳のピアスに見覚えがあった。先日、木村と一緒に私を見送った、鼻にピアスのある男に違いなかった。

どこかで私は羽裟間組に見られたようだ。

坊主頭の後ろで、賢持がバットで殴打されていた。私はバットを高く上げ、足を踏みだした。

「いくぞ」

坊主頭はそう言いながら踵を返した。腕を押さえた男もすぐあとに続く。

まだ賢持にバットを振り下ろそうとする男に、私は向かった。男はようやくバットを振り回しながら、賢持から離れた。

逃げていく男たちを私は追った。角を曲がると、道を塞ぐように車が停められているのが見えた。男たちはそれに乗り込む。許さないとでもいうように、窓越しに私を睨みつける。

走り去る車にバットを投げつけた。私の痕跡を何か残してやろうと思ったのだが、バットはかすりもせず、アスファルトの上を跳ね、転がった。

私は賢持のところに戻った。

「大丈夫か」

ドアにもたれかかる賢持に訊ねた。

「大丈夫なわけねえよ。腕が折れた」

大丈夫そうだ。元気な声だった。

私は巻き添えをくった男のために、救急車を呼んだ。警察にも通報した。

賢持は絶対に許さないと何度も口にした。

「あいつら、絶対に、表の中華料理屋のやつがいやがらせに雇ったんだ。ゴミの始末が悪いっていつも俺に注意されるから、その腹いせにやったんだ」

「ひどいことするな」私は調子を合わせてそう言った。

「あいつら中国語を喋っていたよな。警察にちゃんとそう証言してくれよ」

確かにおかしな言葉を喋っていた。中国語のような気もした。

「噂どおり、ここらへんは怖い街なんだな」

「たいしたことねえよ。柔《やわ》じゃやっていけないけどな。——あんた、よそのひとかい。ここでいったい何をしてたんだ」

37

「ここで何をしていたんです」

賢持と同じ質問を、警察からも何度もされた。

私はたまたま裏道の前を通りかかり、通り抜けられるのかと思って、足を踏み入れただけだと同じ説明を繰り返した。

警察は私の職業を聞き、何か隠しているのではないかと怪しんでいるようだ。とはいえ、私は被害者のひとりであるし、賢持が自分を狙った襲撃だと主張しているから、厳しく追及されることはなかった。何かあったら、また話を訊くことがあるかもしれないと言われはしたが、現場での聴取だけで放免された。

賢持の怪我《けが》の様子はいまのところわからない。頭も何度か殴打されたようだが、ずっと腕で庇っていたから大丈夫だと本人は言っていた。いちばんひどいのは腕のようだ。

警察がくるまで話をしていたが、賢持の店は水煙草――シーシャと呼ばれるものを喫煙させるバーなのだそうだ。私が裏で見かけたフラスコのようなものがシーシャだった。最近、都内では喫煙できるカフェなどが増えていて怪しいものではないと言っていたが、私には怪しいものが増えているだけに思えた。

痛みを訴えながらもよく喋った。なかなかタフな男だ。でなければひと晩で母娘の相手はできないだろう。そんな男に同情は感じない。ただ、巻き添えを食わせてしまったことに責任は感じていた。いつか、羽裟間組に責任をとらせることで勘弁してもらおうと思う。当面、羽裟間組が私を襲ったのだとは警察に言うつもりはなかった。

それにしても、羽裟間組は私をどうするつもりだったのだろう。今度見かけたらただではおかないという脅し文句のニュアンスは、せいぜいどこかに連れ込んで、焼きを入れるくらいのものに感じる。しかし、今日の三人はマスクで顔を隠し、何も言わずにいきなり襲ってきた。いたぶるような素振りはなく、ただひたすら暴力だけが目的に感じた。命までとりにくるような。

木村の脅し文句と今回の行動には落差がある。もしかしたら、羽裟間組の置かれている状況に何か変化があったのかもしれない。

東武東上線で上福岡に戻った。また車を置きっぱなしだった。

駅から鈴の家に向かって歩いていた。角を曲がり、あとは真っ直ぐ百メートルも進めば鈴の家だというところで、前から走ってくる少女に気がついた。すぐにへたばりそうな、ぎくしゃくした走りかた。鈴だった。

近づいてきた鈴も私に気づいたようだ。スピードを緩め、いまにも倒れ込みそうな足取りで近づき、やがて足を止めた。

「私のうち、知ってたんですね」

珍しく声に感情がはっきり表れていた。私に怒りを向けている。

「この間、会うのをすっぽかしたとき、あとをつけたんだ。ごめんな。探偵というのは、意地の悪い商売なんだ」

鈴は私に向ける視線を揺らした。何か見られてはまずいものはなかったかと考えているのかもしれない。まずいことだらけだったと思うが、鈴はとくに表情を変えることはなかった。

「もうひとつ謝る。昨日、千マスオからすぐ後ろにいるってDMがきただろ。あれは俺が打ったものだ。きみが、ましろだろ」

「もうあとをつけないでください」

否定も肯定もしなかった。否定したところで無駄だとわかっているのかもしれない。

視線を合わせていた鈴が、ふっと笑った。その笑みを見て、由を殺したと告白するのではないかと私はかまえた。

しかし何も口にすることはなかった。笑みを消し去り、顔をうつむけた。

「何か俺に話しておきたいことはないか」

「私、急ぎますから。ついてこないでくださいよ」顔を上げて言った。

「ちょっと待って」私を通り過ぎた鈴に言った。「大事に夏を過ごせてるのか」

鈴は遠ざかりながら、こちらに顔を向けた。

目が赤く充血していた。表情全体で見ればとくに険は感じられないのに、目だけは親の仇でも見るようなものだった。少女に向けられたその目に、私は怯んだ。

駆けだした鈴は、すぐに角を曲がった。

携帯電話が鳴りだした。私は鈴が消えた角を見つめ、しばらくそのままにしていた。ポケットから携帯を取りだした。倉元からだった。

「市之瀬だ。何かわかったか」

今日、木村のものと思われる昇竜のアカウントを伝え、何かしら事件に関わることを呟いていないか調べてくれるよう頼んでいた。

「路美男さん、俺は遊び半分で探偵のアシスタントを始めたんですよ」倉元はいきなりそう言った。「なのに、とんでもないものを見つけちゃったんじゃないかって、いま、どきどきしてるんです。由ちゃんが殺害された日、むーちゃんが彼女と会う約束をしていた証拠を見つけたみたいで」

「本当か」

そう言いながら足が動いた。

「証拠っていうと大袈裟ですけど、会ってたと推察できるツイートを昇竜のアカウントのなかに見つけたんです」

「そうなのか――」

私は角を曲がり、道の先に視線を飛ばす。鈴はまだ走っていた。思ったよりも遠くまでいっている。

それでもまだ追いつける。どうしようかと考えたが、このままいかせることにした。ここにくれば鈴とはまた会える。私は簡単にそう考えていた。

しかし、その日から鈴は姿を消した。家にも帰らない。バイトにも現れない。どこへいったのか誰にもわからなかった。

38

肩を叩かれてびくっと目を覚ました。自分が寝ていたことに慌て、開けっ放しのサイドウィンドウの向こうに真岡健一が立っていることに驚いた。

「おはようございます。大変ですね探偵も」

「気づいていたのか」

私は目頭を指で押さえながら言った。

「昨日の夜、帰ってきたとき、車のなかにひとがいるのは気づいてましたよ」

実は一昨日もいたが、そのときは気づいていなかったらしいことで、探偵のプライドをどうにか保った。

「わざわざ起こしにきてくれたのか」

「まだいるのかなと思って見にきたら、寝てるのを見つけただけです」

たぶん三十分くらい寝ていたのだろう。

「鈴ちゃん、うちにはきませんよ。もうだいぶ前からきていない」

「わかってる。念のため張ってみただけさ。これで終了だ」

私は鈴と真岡の関係を知っている。姿を消すならそんなところに転がり込まないだろう。

「コーヒーでも飲みにきませんか。インスタントですけど」

「なんか、俺は哀れに見えるみたいだな」

「普通に見えると思ってたんですか」

真岡はそう言うと歩きだした。

私はサイドウィンドウを上げて、車を降りた。

真岡の部屋に入ると、鈴の気配を探した。それも念のためだった。

鈴がいなくなったと気づいたのは最後に会ってから三日後だった。

翌日、彼女に会おうと家の近くで張り込んだ。しかし夜中まで母親以外に出入りはなかった。異変に気づいたのは次の日の朝だった。こちらが摑んでいる鈴のすべてのアカウントが削除されていたのだ。また家を張ってみたが姿を見ることはない。バイト先も訪ねたが、シフトには入っているものの今日は休んでいると言われた。

次の日、鈴の家を訪ねた。家出をした鈴の友人の捜索を依頼されている探偵で、鈴から話を訊きたい、と応対した母親に伝えた。すると、鈴は三日前から帰っていないと母親は言った。外泊することはよくあるが、連絡なしにまったく帰ってこないのは初めてだそうだ。警察に届けたほうがいいでしょうかと訊いてきたので、そのほうがいいでしょうと私は答えた。鈴から連絡があったら知らせて欲しいと名刺を渡した。

たぶん、何かあっても連絡してくることはないだろうと思っていたら、意外にも、昨日、鈴から電話があったと携帯に知らせてきた。夏休みも残り少ないから、友達の家で宿題したり遊んだりしてるだけだから心配しないでと鈴は言ったそうだ。母親はほっとしましたと明るい声で言った。そんなことだから、警察に届けるつもりはないようだ。

「彼女は家をでてる」

真岡からカップを受け取ると、私は言った。

「そうみたいですね。うちには帰ってないって、ラインがきましたから」

真岡は私の正面に腰を下ろした。

「どこにいるか、聞いてるか？」

「聞いてない。俺は鈴ちゃんの友達とか知らないから」

「彼女、ツイッターのアカウントも全部削除してる。なんでだと思う。前に、ツイッターは彼女にとって必要なものだと言っていたよな」

訊くまでもないことだ。ツイッターは必要なもの。あれば、つい呟いてしまう。動向を知られないために削除したのだろう。

真岡は持論を披露することはなかった。ただ、首を横に振っただけ。自分のほうからモーニングコーヒーに誘ったくせに、口数は少なかった。

「鈴ちゃんがいくつもアカウントをもっていたのは知ってるんだよな」

「全部かどうかはわからないけど、いくつかは知ってますよ」

「ご主人様について教えてくれないか。実際はどういう関係なんだろう」

真岡は「えっ」と驚いた顔を見せた。

「知ってるんだろ。前にここへきたとき、その話をしていた」

池袋の公園で木村と一緒のところにでくわした日だ。あのあとこの部屋まで送ってきたとき、鈴が、ご主人様からの命令がどうのこうのと話しているのを私は聞いていた。

「どういうひとなのかとかはわからない。鈴ちゃん、本当にそういうことは話さなかった。何を命令されたとかそういうことはよく教えてくれたけど」

「そのご主人様とは実際に会ってたのかな。それとも、ＤＭとかで命令されるだけ？」

ご主人様であるチャーリー・ブラウンは、ほとんどツイートしないので、そのへんがよくわからなかった。

「それは——」と言って、真岡は口を閉じた。

「どうした。言えないことなのか」

「いや、言えないことかどうか考えていただけです」素直な若者はそう言った。「鈴ちゃん、会ってたと思いますよ。きっと特別なひとなんでしょう、パートナーになるくらいだから」

「どうして特別なひとになったのかも知らない？」

「訊いたことはあるけど、教えてはくれなかった」

真岡にとってはライバルみたいなものなのか。口惜しさがそこはかとなく漂った。

「いやなこと訊くけど、鈴ちゃんが、援助交際をやっていたのは知ってる？」

「知ってますよ」

珍しく、なんの逡巡《しゅんじゅん》もなく答えた。

「援助交際垢をやってたのを知ってるんだね」

「知ってるだけですよ。見たこともない」

先回りするように、真岡はそう言った。

鈴のものと思われる援助交際垢を見つけたのは、例によって倉元だった。そのアカウントのなかのあるリプライが、事件の日、鈴が由と会っていた疑いを色濃くした。

昇竜のアカウントを調べていた倉元は、〈明日、例の子と会うことになった〉というリプライを見つけた。そのリプライがあったのは、ちょうど由が殺された前日のことだった。昇竜はそれに、〈がんばってな〉というリプライをしていた。

昇竜にリプライをしたのは、『ほたる援垢』というアカウントだった。プロフィールを見ると埼玉在住の高校二年生だとわかる。鈴と一緒だ。

たったそれだけのことではあった。あの子が誰をさすのかわからないし、ほたるのアカウントには写真がないから鈴だという確証はない。それでもツイートを辿ると、母親に恋人がいたり、眼鏡をかけていたり、符合する点も多かった。先ほど真岡が、鈴は援交垢をもっていたと認めたことで、さらに可能性が高まった。

「それは『ほたる援垢』というアカウントじゃなかった?」

「だから、見たことない。名前も知らない」苛立ったように言った。

「悪かったな。あまり話したくないことだと思うが、訊いておかなければならなかった」

「別に謝んなくていいですよ。話したくはないけど、辛いわけじゃない。ある意味慣れっこだから。鈴ちゃんは俺が聞きたくないことばかり話すんですよ。それこそ、援交してるとか、ご主人様からこんな命令されたとか、俺が嫌がるのをわかってて耳に吹き込む。だから、そういうことを訊かれても、なんてことはない」

初めて自分の部屋にいるのに気づいたように、表情から硬さがとれた。

「君に甘えてるのかもな、彼女」

真岡は首を横に振った。「ただの嫌がらせですよ。鈴ちゃんは、男から乱暴に扱われるのが好きなんだ。だけど、俺はそういうタイプじゃないから、歯痒《はがゆ》いんだと思う」

「なんだろね。嫌がらせするくらいなら、付き合いをやめればいいのに」

真岡は眉をひそめて私を睨んだ。

「きっと、君は特別なひとなんだと思うよ、鈴ちゃんにとって」

「そんなはずない」

怒ったような顔をするのは、言うまでもなく照れ隠しだろう。

「たぶん鈴ちゃんにとって、セックスすることは、自分が自由であることを確認するためのものなんです。自分の体だから自由にできる。自分の自由にできるものだから乱暴に扱ったっていい。乱暴に扱われるのを好むというのは、そういうことの表れなんだと思う」

「じゃあ、裏垢で裸を見せるのもそういうことか。自分の体を自由にできることを証明する場所なんだな」

「そうだと思う。本人が言ってるわけじゃないけど。ただ鈴ちゃん、本当に痴漢されたり、いきなり乱暴にされたりするのは好きじゃないと言ってた。別に嫌悪を感じるとかじゃなくて、自分の意思が関わっていないのはいやだって。だから、そういうことなんだと思う。あくまでも、自分が選択したシチュエーションじゃないと、自由は感じられないし、それが感じられないなら、性的なものも意味がないんでしょう」

それもまた戦いなのだろう。自分が自由であることを証明するための戦い。

「自由を確認したいってことは、何か不自由を感じる、あるいは感じてたからなんだろうな。それはなんなんだろう」

「それを聞いたら、鈴ちゃんのために何かしてくれるんですか」

「そんな覚悟はない」私は正直に言った。「立ち入ったことを訊きすぎたかな」

「いや、俺のほうから話したわけだから——」

真岡は口を固く結び、視線を落とした。

「なんで話してくれたんだ」

「市之瀬さんが裏垢のひとではないから。これまで、鈴ちゃんの色々を見たんでしょうけど、きっと外のひとから見たら、汚らしくて、嫌悪を感じるものなんだろうなと思って。彼女を見下して欲しくなかった。ただそれだけです」

それだけではない気がした。真岡は終わりが近づいていることを知っているのではないか。だから、話してもいいと思った。

裏垢のアカウントを削除し、姿を消した鈴。彼女はいったいどういう結末を想定しているのだろう。彼女の大切な夏は、もうじき終わる。

真岡のところからそのまま祐天寺のマンションに戻るつもりだったが、気を変えて寄り道をすることにした。

部屋の前に立ち、インターフォンを押した。ドアが開き、現れた日野原を見て驚いた。驚きは前回より小さかったかもしれない。しかし、違和感は今回のほうが大きかった。

「どうしたんだ、その頭」

日野原の頭が坊主になっていた。知的な顔でその頭は、やはり坊さんにしか見えない。

「こんな時間にきて、第一声がそれですか」

日野原は眠たげに目を細め、かぶりを振った。

「暑さが戻ってきたから、短くしてみたんですよ」

理由になっているのか、なっていないのか、わからない説明だった。

「何か用ですか」

「とくに用はないんだが」

「わかった、僕の女の子姿が見たくなったんだ」

眠たげだった目が、ぱっちり開いた。

「そういうわけでもないんだが」

半分は当たっているのかもしれない。見たいとは思っていないが、気にはなった。性別を飛び越えたとき、この男も自由を感じるのだろうなと考えていたら、様子を窺いにいってみようという気になったのだ。

「録画したやつがありますから、見てってくださいよ」

映像はいいと断りながら私は部屋に上がった。

日野原はカーテンを開け、布団をたたんだ。床に座り、一度、大きくあくびをした。

「犯人捜しはどうなんですか。進みました？」

まああだと適当に答えた。

「実はこの間、市之瀬さんが帰ったあとに、ひとつ思いだしたことがあるんです」日野原は窺うような目をして言った。「由ちゃん、友達を自殺に追い込んだ女の見分けかたを話してたんです。腰に小さなハートのタトゥーがあるらしいんです。ユミポヨがアップした写真に写ってたらしいんですが、そのあと目をつけたアカウントには後ろ姿を写したものがなかったらしくて」

「タトゥーか」

もう鈴がユミポヨだとほぼわかっているから、とくに役にたつ話ではなかった。ただ、それを聞いて、ひとつ気づいたことがある。由は全裸で殺されていたが、そのタトゥーを確認するため、裸になる必要があったのではないか。だとすれば、あの部屋にいたのは鈴だ。

相変わらず、どうして殺す必要があったのかはわからない。それでも、お前が犯人だろと面と向かって追及できるだけのものが、もう自分のなかでは揃った気がする。しかし、肝心の鈴が姿を消していた。

落胆を吹き飛ばすような考えが、ふいに浮かんだ。入れ墨が目印になる。あの写真もそうだったのではないだろうか。

能瀬ひかると一緒に写った入れ墨の男。木村は元彫り師だ。その入れ墨を見て、あの男が誰だかわかったのかもしれない。

しかし、そのあとはどうする。能瀬ひかるとのセックススキャンダルで脅迫するとでも考えればわかりはいいが、あんな立派な入れ墨を入れた男に、その程度の脅迫が通用するとも思えなかった。とにかく、入れ墨について少し調べてみる必要がある。

「朝からすまなかったな」

私は立ち上がって言った。

「あれ、録画、見ていかないんですか」

最初から見ないと言っているのに。

「また今度にするよ」

「そうですか。ほんとに、またきてくださいよ」

日野原は期待がこぼれ落ちるような目を向けた。

39

雷が腹に響くような音を立てていた。集中していないと、携帯からの声が聞き取れなくなるほどだった。

山岸香代子から電話がかかってきたのは、そんな悪条件のなかだった。まだ午後の四時だというのに、事務所の窓から見える風景が急激に暗くなっていった。

「じゃあ、有名な彫り師の入れ墨なら、見ればわかるんですね」

私は怒鳴るように言った。

「まあね。あたしが聞いた彫り師はこの道三十年のベテランだけど、そんな彫り師は三、四人しかいないって言ってたわよ」

いきなり銃弾が降り注ぐような音が響き、窓に目を向けた。すぐに本降りの音にかき消された。とうとう雨が降ってきた。

「個人を特定となると、なかなか難しいみたいよ。どこぞの親分さんが、だれそれの彫った金太郎を背負っているらしいとか、そういう知識はあるそうだけど、実際にそれを見てわかるかどうかは怪しいって」

「逆に言えば、わかるとしたら、有名な彫り師に入れてもらった大物親分ということにはなるんですね」

有名彫り師に入れてもらった小物では、噂になりはしない。

「まあ、そうなんでしょう」

山岸に訊いてもしょうがないことだった。

私は雷と雨に負けない声で、厚く礼を言った。山岸はこの間の二十万円のことがあるからと、今回はなんの見返りも求めなかった。

山岸に入れ墨から人物を特定することはできないか調べてもらった。訊いてくれた彫り師は否定的なようだったが、いまの話を聞く限り、あり得ることのような気がした。

しかし、だからといって、何が起きるのだろう。昨日、考えたとおり、この程度の写真では脅迫が成立しそうもない。他にも写真があったのだろうか。私は、昇竜とほたるのやりとりを思いだしていた。明日、例の子と会うことになった。がんばってな。

いきなり、ドアが開いた。

「ちきしょう」と激しい声が響いた。

岩淵が膝に手を置き、肩で息をしていた。全身、びしょ濡れだった。黄色いアロハシャツが、ぴったり肌に張りついていた。

私は立ち上がり、岩淵のところにいった。

「ひどいな。大丈夫か」ドアを閉めながら言った。

私は誰に対しても優しくない。唯一、雨でびしょ濡れになった人間にだけは優しくできる。

「信じられねえぜ。駅をでて十歩もいかないうちに降りだした。全速力で走ってきたぜ」

駅に引き返さないのが、私には信じられない。

「タオルをもってきてやるよ」

私はトイレに向かって歩きながら、振り返った。床に滴がぽたぽた落ちていた。もう一枚タオルがいるなと思った。

足が止まった。目にしていたものがなんであるのか気づき、頭が熱くなった。岩淵の大きな背中から目を離し、トイレに向かった。

ドアを開け、かかっていたタオルを引っ摑んだ。

岩淵はまだ膝に手を置き、息をついている。私はそちらに向かいながら、手にタオルを巻いた。岩淵の正面に立った。

無言でいると、やくざものが顔を上げた。私はその腹を思い切り、蹴り上げた。

何か声を発したようだが、雷でほとんど聞こえない。後ろによろけた体を追う。タオルを巻いた拳を顔面に叩きつけた。

立て続けに拳を繰りだす。すぐに顔面が血まみれになった。髪の毛を摑んで、床に引き倒した。

馬乗りになって、タオルを巻いた拳で顔を殴る。一発一発、狙いをつけ、力を込める。

こいつだ。この男が、由の殺害現場で目撃された入れ墨の男だった。

さっき、張りついたシャツを透かして、鳥の羽のような入れ墨が肩の後ろに見えたのだ。

先ほどまで鈴が由を殺害したと思っていたが、いまはわからなくなった。この男がやったかどうかなど考えていない。ただ、怒りが心に充満していた。やれ、やれ、と自分をけしかけている。

「やめろ、死ぬ」

力のない、くぐもった声が聞こえた。

大丈夫だ。殺さないためにタオルを巻いたのだ。

声にだしたつもりが、声になっていなかった。やれ、やれ、と雷にもかき消されない声が聞こえていた。

40

「由が殺された日、マンションで目撃された入れ墨の男はお前だ。お前がやったのか」

私は立ち上がって言った。

ぐったりと横たわる岩淵は、力なく首を横に振った。

「じゃあ、いったいなんのためにいったんだ」

冷静さを取り戻した私は、だいぶ頭がはたらくようになった。もうこの男が由を殺したとは疑っていない。

由の遺体を発見する前、私は黒川と電話で話した。黒川は由にエクレアを買っていってくれと依頼したが、あれは時間稼ぎのためだったのだといまならわかる。あのあと私のマンションに向かったのだろうから、死亡推定時刻からいって岩淵が殺したはずはない。

「なんで俺の住んでるところがわかった」

口を開かない岩淵に、重ねて質問した。岩淵は目をつぶったまま、また答えない。

先日、七沢が言った言葉を思いだしていた。探偵業の届け出時に自宅住所も伝えているから、警察関係をつつけばわかるようなことを仄めかした。七沢はただのはったりで言った気がするが、権力者と昵懇の黒川なら実際にそれが可能だろう。

「何も答えてはくれないのか。同じ目標に向かう仲間だと思っていたのにな」

岩淵は目を開け、こちらを見上げた。口を開かないまま、目を閉じた。

岩淵の腹に爪先を蹴り込んだ。ようやく岩淵は口を開いた。背中を丸めて、うめき声を上げた。私は岩淵から離れた。デスクのいちばん下の引き出しを開け、粘着テープを取りだした。

岩淵のところに戻った。また蹴りつけようとしたとき、突然岩淵が動いた。私の足に腕を絡めてきた。私はバランスを崩した。

これはある程度、予想していた。無駄にバランスを立て直そうとはせず、意識的に倒れ込む。岩淵の腹の上に尻もちをついた。

苦しそうに腹を押さえる岩淵を、私は立ち上がって眺めた。追い打ちをかけるように蹴りを二回入れてから、腹ばいにした。後ろ手にして、手首にテープを巻きつける。足首にも巻きつけ、自由を奪った。

仰向けに戻して、顔の血をタオルで拭ってやった。ティッシュをちぎって丸めて、鼻の穴に詰める。その上からテープを貼った。

「何するつもりだ」

そう言った岩淵の口もテープで塞いだ。

「話がしたくなるように、ちょっとしたお遊びだ」私は立ち上がった。「散歩にでかけてくる。もちろんあんたを殺す気はないから、窒息する前には戻るつもりだ。ただ、ひとがどれくらいで窒息するのかなんて、俺にはわからないし、何か手違いがおこるかもしれない。そのときは、勘弁してくれ」

私はドアに向かった。振り返ると、岩淵は大きく目を見開いていた。

廊下にでて、ドアの前で腕時計を見ながら待機した。一分半を過ぎると、少しそわそわしてくる。二分を超える前に部屋に戻った。

岩淵は体を揺すり、小刻みに首を振っていた。

「よかったよ。まだまだ元気そうだな」

私は口のテープを剥がしてやった。

岩淵は大きく口を開け、喉を鳴らして空気を貪った。

「ばかなことはやめろ」酸素が充分に行き渡ったらしく、岩淵は大きな声をだした。

「だったら、話をしろよ」

返事はない。私は新たにテープを切って口に貼った。岩淵は体を揺すって抗議する。

「暴れると、肺の空気を消耗するぞ」

ドアを開け、廊下にでた。今度は二分過ぎるまで粘ってみた。

部屋に戻ると、岩淵は真っ赤な顔をして、震えていた。まだ大丈夫だ。私はしばらく、その様子を眺めてから、テープを外した。

「いいかげんに話してくれ。じゃないと、何度も繰り返さなきゃならない。少しずつ時間を延ばしていくから、どんどん苦しくなるぞ」

実際は延ばさなくても、気持ちがくじける。私も同じことをやられたことがあるからよくわかっていた。

大きく息をつく岩淵は、瞼が半分塞がった目でこちらを見ていた。

「俺はもともと黒川さんに雇われた探偵だ。大概のことは警察にも漏らさない。それに政治には興味がない。何かしらスキャンダルが絡んでるんだとしても、俺にとってはどうでもいいことだ。あんたたちが秘密にしようとしているのはそういうことなんだろ」

しばらく待ったが、岩淵の口が開く気配はない。私は新たなテープを切った。

「待て」岩淵は言った。

私はしゃがみ込み、テープを口に近づけた。

「話す。だが言えないこともある」

「かまわないよ。話せることだけ話してくれ」そう言って立ち上がった。

「鼻の詰めものも取ってくれないか」

「それは、話が終わるまで残しておく。また詰めるのは面倒だから」

岩淵は眉根を寄せてひと睨みしてから、口を開いた。

「俺があんたの部屋にいったのは、カメラを取り返すためだった。由は家出をするとき、義兄さんのデジタルカメラをもっていったんだ。それを回収する必要があった」

「そこに、やばい写真が保存されていたんだな」

岩淵は頷いた。「義兄さんも、まったく不用心というか。そんなものをもち歩くなんてな。パソコンに保存して流出したら怖いから、いつも手元に置くようにしたと、本人は言っていた」

「そもそも、黒川さんはなんでそんな写真をもってるんだ」

「そういう性癖だからだ。複数でプレイするのが好きなのさ。同じ趣味のお偉いさんと、よくやっているようだ。義兄さんは、いわば内輪の人間だし、いい女を調達してくれるから、お偉いさんにとっては都合のいい同好の士だったんだろう。今回は裏目にでたけどな」

お偉いさんというのは、政治家のことだろう。黒川は政商といってもタニマチのようなもの。金を用意するのと同じように、女をあてがってもいたのだろう。そんなことを考えていたとき、私は当たり前のことに気づいた。

「じゃあ、あの写真の入れ墨の男は、政治家なのか」

「いや、あれは違う」岩淵は怒ったように言った。

「けれど、羽裟間組が関心をもっていたのは、あの写真で間違いないんだろ」

「それも違う」

岩淵が慌てているのは明らかだった。案外、嘘は苦手なのかもしれない。

「そうか、そういうことか」

羽裟間組と谷保津組の間でどんな綱引きが行われていたか、すべてわかった気がした。

「何が、そうか、なんだよ」

岩淵は語気も荒く言ったが、目に怯えの色が見えた。

「あの写真はセックススキャンダルなんかじゃなかったんだ。入れ墨が写っていることそのものが問題だったんだろ。あそこに写っているのは大物代議士だ。その背中に見事な入れ墨があってはならない人間だったんだ」

由が殺されたとき、軽井沢から東京に戻った大物代議士がふたりいたと、七沢は言っていた。そのうちひとりは大臣クラスだという。それが写真の男かどうかはわからないが、そんな大物だったとしたら、背中に背負った入れ墨は若気の至りではすまされない問題だ。ただの噂ならまだしも、はっきりと写った写真が公開されでもしたら、議員生命も危ういだろう。

「羽裟間組は、あの写真を使って代議士を脅していたのか」

元彫り師の木村は、あの写真で誰が彫った入れ墨か、気づいた。誰の背中に彫られたかも。その筋では噂になっていたのかもしれない。そして、脅迫を確かなものにするため、木村は——羽裟間組は、顔がはっきりと写った写真を手にいれようと画策した。

岩淵はまただんまりを決め込んだようだ。私は手にしていたテープを岩淵の口に貼りつけた。

「さっきも言ったが、俺は政治家の背中に入れ墨があろうと気にはしない。そんなのはどうでもいいんだ。羽裟間組が何をして、由ちゃんがどうして殺されたかを知りたいだけだ。やばい写真で、羽裟間組は、代議士を脅そうとしたんだな」

私は岩淵を眺めた。暴れると空気が早く消耗されると学んだようで、大人しくしていた。次第に顔が赤くなり、痙攣するように、大きく体を反らせた。しかし、すぐに動きは小さくなり、やがて完全に止まった。口のテープだけが、ぱかぱかと音を立てて、かすかに動く。私はテープを剝がした。

気を失っている岩淵の頰をはたいた。目を開いた岩淵は、どこにいるのか思いだすように、視線を忙しなくさまよわせた。

「もうこんなことは続けたくない。簡単に話してくれればいい。羽裟間組が何をして、現在どういう状態なのか。誰が、何を脅されているのか、核心に触れる必要はない」

岩淵の鼻のテープと、詰め物を取ってやった。

岩淵は、大きく鼻から息を吸った。何度も繰り返す。目の端に涙が溜まった。

「お前、いつか同じ目に遭わせてやるからな。心臓が止まるまで、じっくり観察してやる」

「ああ、いつかやってくれ。だから、いまは話をきかせろ」

岩淵はさほど迫力の感じられない視線を私から外し、天井を見上げた。

「羽裟間組が写真を使って、ある政治家を脅したのは本当だ。金を要求してきた。最初はやくざ同士の話し合いでことを収めようとしたが、連中は突っぱねやがった。ただ、連中は顔がはっきり写った写真をもっていると言ったんだが、なかなかその証拠を示さないんだ。結局のところ、まだ手に入れてないことがあとからわかった」

「それが、由ちゃんがもちだしたカメラに保存されていたんだな」

「そうだ」岩淵は即答した。「由が家出した直後、姉さんに電話で言ったそうだ。友達が欲しがっている写真があるから、カメラをちょっと拝借したと。そんな偶然はあり得ない。由が友達に渡せば、それが羽裟間組に渡ると義兄さんは判断して、なんとか阻止しようとした」

「それで俺を雇ったんだな」

「その選択がよかったんだか悪かったんだかよくわからないが、とにかくあんたは由を見つけた。しかし、ひと足遅かったよ。由は殺されていたし、カメラももち去られていた。部屋を捜したが見つからなかった」

由が殺される前日、〈例の子と会う〉という、ほたるのリプライがあった。それに対して昇竜は〈がんばってな〉と返している。羽裟間組の命を受けた鈴が、由と会い、カメラを奪ったと推察できる。しかし、なぜ殺す必要があったのだ。由が写真の価値を知っていたはずはないし、隙を見てカメラを持ち去るぐらい、いくらでもできたはずだ。

「で、脅迫には屈したのか。金を払ったのか」

「それがな、おかしなことに連絡がないんだ」

私はそう聞いても、とくにおかしなことだとは思わなかった。

「由ちゃんが殺されたから、関わりになるのを恐れたんだろう」

「いや、そんなはずはない。由が殺されたあとも、連絡してきて、顔のはっきりわかる写真を見せてやるから、金を用意しておけと脅迫は続いたんだ。しかし、結局いつまでたっても、証拠の写真を示さず、連絡も途絶えた」

「なぜだ」問いかけるつもりもなく、口にした。

「そんなのわかるか。ただ、想像だが、由を殺し、カメラをもっていったやつが、羽裟間組に引き渡してないんじゃないかと思う。何か金銭トラブルとか、そんなことなのかもしれない」

鈴が姿を隠したのは羽裟間組から逃れるためか。だとしたら、岩淵の想像は当たっている。

「じゃあ、カメラを取り返せば、まだ間に合うんだな」

「ああ。だから、あんたが犯人を見つけだすのを待っていたんだ」

「犯人を見つけても、あんたたちには差しださない」

岩淵は腫れあがった瞼の下から、鋭い眼光を覗かせた。

「ただ、カメラは取り返してやるよ。そんなことだったら最初から言えばよかったんだ。もともと黒川さんのものなんだから、なんの問題もない。こんな面倒なことをする必要はなかった」

それとも、まだ何か裏があるのだろうか。ただ、これまで自分が見知った事柄を考え合わせると、岩淵が語った話の大筋に嘘はないと思えた。

「犯人の見当はついているのか」岩淵が訊いた。

「何人かに絞っているが、決め手はない」

疑うような目つきでこちらを見ていた。

「犯人について、何か知っていることはないのか」

「何も隠してないぜ」岩淵はゆっくりと首を振った。

「どうして、裏垢で繋がった人間が犯人だと思ったんだ」

「それは由が、裏垢で知り合った人間と会おうとしたことがあるのを知ってるからだ。他にこっちに知り合いなんていないからな」

「そうか、春休みにこっちに遊びにきたとき、会ってるんだよな」

「だからなんだよ」岩淵は、つっかかるような言い方をした。

「そのとき、裏垢で知り合った女の子が自殺をしてる。そんな話は聞いていないか」

「聞いていない。――落ち込んでる様子はあったかもしれない」

「だから海に連れていってやったのか」

岩淵は何も答えず虚ろな表情で宙を見つめた。

「やさしい叔父さんだな。犯人は俺が捕まえるから安心しろ」

「犯人をこちらに引き渡すんなら、今回のことは忘れてやるが」

「なるほど、考えておくよ」私はいつもながら、そんな気もないのに、適当に答えた。

デスクからハサミを取ってきて、岩淵のテープを取り除いてやった。

岩淵は洗面所にいき、顔を洗った。少しは見られる顔になった。

「傘をもってけよ」

ビニール傘を差しだしたが、岩淵はすぐにタクシーを拾うからいらないと言った。雷は収まったが、雨はまだ本降りだった。

「羽装間組に先を越されるなよ」

岩淵は事務所をでるとき、そう言った。言われるまでもないことだ。

岩淵が消えたあと、すぐに私も外へでた。

41

真岡のアパートを訪ねたが不在で、三時間ほど外で待ってようやく会えた。

昨日、見せた優しさはすっかり影をひそめていたけれど、部屋には入れてくれた。

「鈴ちゃんから連絡はないか」

床に腰を下ろし、私は訊ねた。

「ないです」真岡はぶっきらぼうに言った。

「彼女はやくざに追われている可能性がある。早く見つけてやらないと、取り返しのつかないことになるかもしれない」

「そんなことを言われても、連絡がないことに変わりはない。話すことはないです」

「知ってたのか、やくざに追われていたこと。全然、驚いてないな」

「なんとなく、想像がついただけですよ。彼女、いやなこと聞かせるから」

「どんなことを聞いたんだ」

「やくざと会ってるとか、やばいやつだったとか、そんなことを言ってた」あぐらをかいた真岡は、うつむきかげんで言った。

「なんで、昨日きたときに話さなかったんだ」

「そんな、細かいことまで、全部話すわけないでしょ」

「じゃあ今日は、全部話してもらおうか」

私は腕を伸ばし、真岡のTシャツを摑んだ。ぐいと引き寄せ、目を合わせた。

「彼女はやくざと一緒になって、ひとを脅迫している。脅迫の相手もやばい人間だ。早く見つけてやらないと、ほんとに危険なんだ」

「市之瀬さんが彼女を捜すのは、由って子を殺したと疑っているからですか」

真岡は目をそらさず訊いてきた。

「それもある。だがいまは、彼女の身がほんとに心配だ」

鈴が由を殺した可能性について、真岡が正面から訊いてきたのは初めてのことだった。

「君も、鈴ちゃんが殺したと疑っていたんじゃないか。何か知っているのか」

「俺は……」と言ったきり、黙り込む。

私はTシャツから手を放し、真岡の顔を鷲摑みにした。真岡は私の腕を摑んで引き離そうとする。その目に怯えの色は見えないし、怒りもなかった。挑戦するような目で私を睨めつける。

顔を押しやるようにして、私は手を放した。

「彼女と連絡はつくんだろ。俺が会いたがってると伝えてくれないか」

「無駄です。彼女があなたに会うことはない」

「彼女がどう考えるかじゃなく、君はどう思うんだ。俺なら彼女を救えるかもしれない」

真岡は口の片端を上げ、首を横に振った。

「彼女が心配じゃないのか。命にかかわるかもしれないんだぞ」

羽裟間組にカメラが渡っていないのは、まず間違いない。鈴と羽裟間組の現在の関係は判断つきかねた。由からカメラを奪ったあと、ずっと羽裟間組に渡していなかったはずだが、鈴は普通に街にでかけ、バイトもしていた。身の危険を感じているようには見えなかった。それがなぜか、突然姿を隠した。何か関係に変化が生じたのだろうか。

そもそも、なぜ鈴は羽裟間組に協力しようと思ったのだろう。

「鈴ちゃんは覚悟してるよ」真岡は強く響く声で言った。

「死を覚悟してると言うのか」

「そこまではわからない。だけど、俺が何を言おうと、あなたがどうしようと、彼女は自分が考えた通りに動く。きっと助けは必要としていない」

「そこまでするのはなんのためなんだ」

真岡はまた首を横に振った。

「君も覚悟を決めてるんだな」

「そんなわけないでしょ」コントロールを失ったように、突如大きな声を震わせた。

「覚悟なんてあるわけない。だけど、そうするしかないんだ」

「いや、きっと君は覚悟してるよ」私は追い詰めるようにそう言った。

真岡は口を開きかけたが、何も言わぬままうつむいた。

「なんでそこまで彼女のことを好きになったんだ。ネットで出会うことに偏見があるわけじゃない。だけど、正直、理解できないところもある」

鈴は容姿に秀《ひい》でているわけではない。性格も愛嬌があるわけではなく、むしろ、付き合いづらそうだ。ネットで他の男と会っているのを真岡は知っているわけだし、彼女のどこに魅力を感じているのか、わからなかった。

「どうしてだろう」真岡は顔を上げて言った。

「もしかして、彼女が初めてだったのか」

「そういうの、気持ち悪いですよ」

真岡は眉をひそめた。

質問そのものが、ではなく、私に訊かれることが気持ち悪いと言っているのだろう。

私は気にせず、答えを待った。真岡は溜息をつき、背けた顔をこちらに向けた。

「そうですよ。彼女とが初めてだし、他の子としたことはないです」開き直ったように、声を大きくした。「きっと、そういうのも関係してるんでしょ。自分でもはっきりしないけど」

真岡はさらに答えを探るように、視線をさまよわせた。

「鈴ちゃんと俺は全然違うんです。俺はほんとに普通に生きてきた。父親はサラリーマンで、母親は専業主婦で、小学校のころちょっといじめられたこともあったけど、普通に友達がいて、毎日学校にいって、大学で東京にでてきた。語ることはそれくらいしかない、普通の人間なんです。俺の周りのやつも、だいたいそんなもんです。でも鈴ちゃんは違った。最初に彼女の裏垢を見てこんな子もいるのかと衝撃だった。裏垢を見渡すと、そういう子はけっこういるけど、だいたいはアカウントを盛り上げるためのネタとして書いている。でも、彼女はそういう感じじゃなくて、ただ、淡々と自分に起きたことを呟いていた。それが、なんだか胸を締めつけた。鈴ちゃん、自分の実の父親に性的虐待を受けていたんです。そのときはもう死んでたけど、傷口を確かめるように、ときどき過去を振り返って裏垢に書いていた」

「そうなのか」

私の胸を突いたのは、鈴の悲惨な境遇そのものではなかった。鈴には父親を殺す動機があったと知り、思わず声を発した。

「俺、鈴ちゃんと初めて会うとき、怖かった。壊れた人間と会うことなんて、これまでなかったから。実際に会ってみたら、彼女は壊れてなかった。ただ、脆《もろ》くて壊れそうで、目が離せなくなった。一緒にいるうち、俺なんかよりずっと強いことがわかったけど、壊れそうな印象は変わらなかった」

強いけど、壊れそう。矛盾しているようだが、私にはすんなり理解できた。鈴は私と似ている。自分をコントロールするのがうまくない。強いがゆえに自分まで壊しかねない危うさがあるのだろう。女の戦いはいつも内側に向かっている。

「君は、彼女が壊れないようにガードしようと思ったのか」

真岡は考えるように宙に視線を漂わせた。答えはなかった。

「君がそれを知ったアカウントはなんというユーザー名だったんだ。ユミポヨか」

「いや、違う。――だけどユミポヨにも、そういうことは書いていた」

「君はユミポヨもフォローしてたのか」

真岡は頷いた。以前だったら素直に認めなかったはずだ。終わりが近いと知っているのだろう。何を認めても、たいして影響はないと。

「ユミポヨが他のユーザーとツイッター上で喧嘩したのを見たかい。今年の春休み、りみちゃんという子と罵りあった。最後は死んでやる、死ねば、というやりとりになって、りみちゃんはほんとに自殺したんだ」

「その話は鈴ちゃんから聞いた。父親とやってるなんて気持ち悪いとリプライされて、叩き潰してやったと言ってた。あとから、自殺したと、その子の友達らしきひとからリプライがきたらしいけど、鈴ちゃんは本気にしていなかった」

「その友達っていうのが、殺された由ちゃんなんだ」

真岡は小さく声を漏らし、驚きの表情を見せた。

「その子が自殺したのかどうか、確かなことは俺にもわからない。ただ由ちゃんがその子のために復讐しようとしていたのは確かなんだ。自殺を疑っていたなら、鈴ちゃんは罪悪感を感じてなかったのかな」

「たぶん感じてなかったと思う。それより驚いていた。もともと仲がよかったのに、どうしてそんなひどいことを言ってきたのか」

「仲がよかったのか？」

「会う約束までしてたのに、って言ってた」

「いつ？ 春休みにか」

「さあ、どうだろ。そんな細かいことまでは聞いてなかったと思う」

由が春休みに会おうとしていた友達は自殺したりみであった可能性が高い。りみと由が裏垢で知り合ったなら、同じく裏垢で知り合ったりみと鈴が会う約束をしていたとしても不思議ではない。ただ由と鈴が、もともとりみに対して同じ立場にいたことに、引っかかりを覚えた。

「ユミポヨのアカウントでは、誰かにつっかかったりすることはよくあったのか」

「そんなことはなかったと思う。あのアカウントは心に溜まった気持ちを吐きだすためのものだった。吐きだそうと思ったら、悪く言われて頭に血が昇ったのかもしれない」

「父親からの性的虐待は、トラウマとして、いまも心に傷を残しているんだろうな」

その傷が暴力的衝動を生むことはあるのだろうか。私は由を殺害した理由を探していた。

「もちろん傷は残っているでしょう。——それに性的虐待は過去の話じゃないから」

「父親は二年前に死んでるんだよな」

真岡は首を横に振った。「父親じゃない。彼女のうちに、母親の恋人が泊まりにくるって話をしたことがあると思うんだけど、そいつが彼女を——」

「あいつか」

賢持だ。

私はすぐに鈴の家を監視したときのことを思いだした。あの家から聞こえていた声。あれはけっして愛欲を貪る声ではなかったのだ。

〈濡れてるからって気持ちよがってると思うなよ〉

いつかのましろのツイートが頭をよぎった。

「どうしたんですか」

突然立ち上がった私を見上げ、真岡は言った。

私はすっかり勘違いしていた。先日、池袋で羽裟間組に襲われた。てっきり連中の狙いは自分だとばかり思っていた。

鈴が性的虐待をしていた父親を殺したならば、同じ仕打ちをする賢持を殺そうとしても不思議ではない。羽裟間組の木村と鈴は繋がっている。あの日襲われたのは、賢持の店の裏でだ。

私は理解した。なぜ鈴は由のもっていたカメラを奪ったのか。交換条件だったのだ。カメラを奪い、それを渡すかわりに、羽裟間組は賢持を殺すことになっていた。それを台なしにしたのが私だった。

42

部屋をでて、ドアに鍵をかける。背後に気配を感じて振り返ると、いた。

「なんで声もかけずに、そんなところに立ってるんだ」

「上がってきたら、ちょうどあなたがいて驚いたもんで、声をかけそびれただけだ」

七沢がヤニばんだ歯を見せて近づいてきた。

「自宅にはこないでくれと言ったはずだが」

しかも午前の早い時間。まだ九時になったばかりだ。

「昨日、夜の七時ごろ事務所にいったら、戻ってこなくって。連絡もくれないしね」

咎めるような上目遣いで見た。

「そうだった。申し訳ない、忙しく動いていたもので」頭を下げた。

私は二十万円を受け取っている。それは決して安い額ではない。

「まあ、いいよ。話を聞かせてくれるんだろ。調べがついたことをさ」

七沢は馴れ馴れしく私の肩をもんだ。

「もちろん、話すよ。二十万ももらっておいて、たいした内容ではないのが心苦しいが」

「おいおい、出し惜しみはしないでくれよ。二十万は、私にとっても、けっこう決心のいる額だったんだからさ」

「話せることは全部話す。歩きながら話そうか」

私は階段に向かった。

嘘はつきたくなかった。かといって真実を話すわけにもいかなかった。何が起き、現在どうなっているのか、おおよそ把握できたと思っている。そのうち、いったいどこまで話して差し支えないのか、階段を下りながら思案した。

「なんだっけ。この間、会ったとき、写真がどうのこうの言っていたな」

マンションのエントランスをでて、私は言った。

「永田町界隈で、やばい写真が撮られたとかなんとかって噂が、でまわってるんだ」

「それについて関係しそうな情報がひとつある。谷保津組と繋がりのある芸能事務所があるんだが、そこのグラビアアイドルのやばい写真が、最近、ネットに流出したそうなんだ。そのアイドルは半ば引退状態に追い込まれたというんだから、けっこう大事だ」

「グラビアアイドル？　それが永田町と関係してんのか」

七沢は煙草に火をつけながら、疑うような目を向けた。

「そこの事務所は、黒川経由で政治家に女をあてがっているという噂がある。調べてみたら、何か繋がる可能性もあると思うんだが」

「なるほど」

納得したのかどうなのかわからないが、七沢は思案げな顔で頷いた。

「他にはなんかあるかい。あるんだろ」

「あるよ。こっちのほうが有力な手がかりになると思うんだ」私は七沢の物欲しげな視線に合わせて言った。「ひとり、目をつけているのがいる。とても怪しい人物で、探っていけば、黒川の娘の事件も、それに関心を向ける政界の絡みも、すべて真相が明らかになるんじゃないかと期待しているんだ」

七沢は眉を上げ下げし、煙草の煙を吐きだした。「そんな都合がいい人間がいるのか」

「都合がいいかどうかわからない。そう簡単に探っていけるものだとも思えないし」

「そうだよな。問題はそこだよな」七沢は片目をつむり、ひとさし指を私に向けた。

「で、怪しいっていうのは、どう怪しいんだ」

「その男は、家出した黒川の娘と会っている。俺が見つけるまで、娘を自分のアパートに泊めていたんだ。娘から、色々話を訊いている可能性もある。何より怪しいのは、その男、女子高生のかっこうをして、ひとからかわいいと言われるのが趣味なんだ。そのくせ、性格にはかわいげがない」

「確かに怪しいな。――怪しいんだけどさ、それが殺人や政界の動きに繋がるものなのか」

「もっともな疑問だ」私はしかつめらしく頷いた。「それだけだと、おかしな人間と大差ない。それ以上のものがあると感じるのは、――探偵の勘、としかいいようがない。適当なことを言ってるんじゃない。この男を探れば何かでてくると本気で思ってる。俺を信じてもらうしかない」

本当に適当なことを言っているつもりはなかった。私の調査のとっかかりはあの日野原だった。那月のアカウントを教えてもらったことから、調査の道筋が開けた。だから七沢も、日野原から辿っていけば、真相にいきあたることもありえる。それが私の精一杯の誠意だった。

「市之瀬さんもその男を探るんだろ。その結果わかったことを教えてくれないか」

「残念だが、先日の二十万で教えられるのは、ここまでだ。この先は対象外だ」

「厳しいね。教えてほしければさらに金を寄越せ、ってことか」

「金はもういらない。欲をかき過ぎるとろくなことにならないからな。あとは自分で調べてみてくれ。いい結果がでることを祈ってる。お互い様だが」

七沢は小刻みに首を振った。「わかった。自分でやってみるよ。なんか私も、いい結果がでるような気がしてきた。——市之瀬さん、あなたはいいやつだ。なんかわかるんだ。これはジャーナリストの勘ってやつさ」

私はうしろめたさを感じなかった。七沢のジャーナリストの勘が鈍いのは、私の責任ではない。七沢に和光市にある、日野原が経営するサニーフィールズコーポを教えた。

「へー、日野原をそのまま英語に訳したのか」伝えると七沢はすぐにそう言った。

頭の回転はなかなかいいようだ。少なくとも私よりは。

これなら、本当に何か探りだすかもしれない。それでも、七沢が見つけるのは、私が鈴を見つけだし、警察に突きだしたあとだろうと高をくっていた。

祐天寺駅で和光市行きの直通電車がきたが、七沢は用事があると言って、渋谷駅で降りた。

私は池袋で急行に乗り換え、さらにふじみ野で準急に乗り換え、上福岡で降りた。

昨日、真岡のアパートを辞去したあとに鈴の家を訪ねたが、留守だった。母親の帰宅は深夜だろうと思い、出直すことにしたのだ。賢持はまだ入院しているのだろうか。昨日、池袋の店にも寄ったが、しばらく休業すると張り紙がしてあった。

羽裟間組の襲撃は賢持を狙ったものだった。それがカメラとの交換条件だったはずだ。私が邪魔をし、襲撃は失敗に終わった。その日のうちに鈴は姿を消した。賢持を殺さなければカメラを渡さないという意思表示だろう。

私に知られてしまったから、羽裟間組が再び賢持を襲うことはないはずだ。鈴があくまで賢持の命と引き替えでなければ渡さないと頑張るなら、力ずくで奪い取ろうとするだろう。その前に私は見つけなければならない。

足早に歩いた。角を曲がり、あと百メートルほどで鈴の家だった。

誰よりも大事にこの夏を過ごしていると言った鈴の言葉を思いだしていた。母親の恋人を殺すことに捧げた十六歳の夏。いまとなっては、成功しそうもないことだったが、もし成功していたら、彼女は自由を感じられただろうか。

前からスーツを着た男がふたり、歩いてくる。真っ直ぐ鈴の家に向かう私は、そのふたりに意識をほとんど向けていなかった。近くまできて、「おい、探偵」と声をかけられ、慌てた。目を向けると、安原と縮れ毛丸顔のコンビだった。

私は足を止めた。ふたりも私の前まできて足を止めた。

「花村さんのところにいくのか」

安原がからかうような笑みを浮かべて言った。

私は露骨に険のある表情を浮かべたが、内心は焦っていた。警察も鈴に目をつけていることがはっきりした。

「ほんとに、ひとの話をきかないひとですね。手を引きなさいと言ったのに。やはり花村鈴を追ってたんですね」

丸顔の刑事は汚いものでも見るような目を向ける。ばかな探偵だとようやく確信したのかもしれない。

「母親の恋人にもつきまとっていたようだな。襲われたときに一緒にいたそうじゃないか」

安原が相変わらずにやけている。もう鈴の居場所がわかっているのだろうか。事件解決がすぐそこまできた、余裕の表情に見えた。

「たまたまでくわしただけだ。俺がいなかったら、あのひとはどうなっていたか。何か問題があるのか」

「私たちにとっては別に問題はありません」縮れ毛の丸顔が割り込むように言った。

「ただね、あなたが無駄な時間を過ごしているんじゃないかと思って、親切に忠告しただけですよ」

「どういう意味だ」

「二日前、花村鈴に署まできてもらったんだよ」安原が言った。

「鈴がでてきたのか。家出してるんじゃないのか」

「確かに、夏休みだから友達の家を泊まり歩いているようだな。母親に任意で話を聞きたいと言ったら、連絡をとってくれた。別に家出なんかじゃない」

母親と連絡がとれているというだけだろう。警察の呼び出しだからしかたなくいったが、隠れていたことにかわりないはずだ。

「鈴を逮捕したのか」

昨晩からニュースを見ていなかった。

安原は唇を歪め、笑った。

「彼女が被害者と連絡をとっていたのは、携帯の通信記録などからわかっていた。ただ、未成年なんで慎重に捜査を進めていた。不確定な要素もあったしな。昨日、話を訊いたら、あの日、あんたの部屋にいき、被害者と会ったことを認めた。殺人事件に関わるのが怖くて、これまで黙っていたそうだ。それに、体の関係を求められ、被害者がシャワーを浴びている間に帰ったそうで、そんな恥ずかしさからも言えなかったようだ」

「まさか、その話をそのまま信じたのか」

「それだけじゃない。公にしていないが、犯行時刻の前後と思われる時間に、あんたの部屋の固定電話から誰かが電話をかけていたんだ。被害者の同級生の携帯にかけたことはわかったが、その子は海外旅行にいっていて確認できなかった。先日ようやく戻ってきて、その通話の留守電内容を聞くことができた。まるで、相手と話しているようなおかしな内容だったが、由さん本人の声だと確認できた。たぶん、犯人の目の前で話していて、何かをごまかすために、そんな話し方になったんだろう」安原は記憶を辿るように、宙に視線を漂わせて話した。

「でな、その通話の時間には、花村鈴は祐天寺の駅の改札を潜っているんだ。防犯カメラがそれを捉えている。その先の池袋でもだ。彼女に殺せたはずはないんだ」

「間違いないのか」

そんなはずはない。いまさら鈴が犯人ではないと言われても信じられなかった。

「事前に聞いていた服装とも一致しているし、Ｓｕｉｃａの入場記録とも一致しているから間違いない。今日ここへきたのはそれを伝えるためでもあったんだ」

「鈴は家にいたか」

「いや、やはり友達の家にでかけていた」

また姿を隠した。カメラを盗んだのは間違いない。しかし、本当に殺していないのか。

「そういうことです。探偵の意地だかなんだか知りませんが、素人が犯人を追うのは無理がある。だから無駄なことをしないようにと忠告したんですがね」

丸顔の刑事は嫌味な溜息をついた。

「誰か他の人間にやらせたのかもしれない」

「なんのためにそんなことをするんです」

「それは――」と口にしただけで、言葉が続かなくなった。刑事たち以上にそんなことをするはずはないと自分は知っているのだ。

殺害された由が全裸だったことからいって、シャワーを浴びている間に部屋をでたというのは本当だろう。由が風呂場に消え、その隙にカメラを盗んだ。目的が達成できたのだから、わざわざ殺す必要などあるはずはない。

「どうした、何か知っているのか」

「いや、何も理由が浮かばないだけだ」

丸顔は、満足そうに頷いた。

それでも鈴が誰かにやらせたのだと思っていた。あのタイミングで、まるで別の目的をもった人間が殺しにやってきたとは思えなかった。それに刑事たちはひとつ見逃している。由が友達にかけた電話は、犯人にかけさせられたものだろう。鈴に疑いがかからないよう、アリバイをはっきりさせるためにそうした可能性がある。つまり、犯人は仲間だ。父親や賢持のときのように、誰かにやらせた。

「花村鈴が、父親を殺したという噂がある」

ふたりの刑事は惚けたような顔で私を見た。

「彼女がやっていると思われるツイッターで、ひとを殺したというツイートもあるんだ。父親は盗難車でひき逃げされたようだが、もう一度よく調べたほうがいいんじゃないのか。共犯者がいるかもしれない」

「どっからきいた」安原が刑事らしい締まりのある顔を、今日、初めて見せた。

「ネットで調べていて見つけただけだ。怪しいことはひとつひとつ潰していったほうがいい。調べてみてくれ」

私はそう言って足を踏みだした。

鈴を捕まえるのは私でいい。ただもうしばらく、警察には鈴に目を向けていて欲しかった。そのほうが、いくらか鈴の安全が確保できるような気がした。

「おい」と安原の呼び止めるような声が聞こえたが、私はそのまま鈴の家に向かった。

43

玄関先で、鈴の母親に追い払われた。

鈴は私のことをストーカーのような人物だと母親に吹き込んでいたらしく、警察に通報すると言われて、私は家をあとにした。

鈴を見つけても、警察に突きだすことはできない。実行犯を突き止めない限り、いまの状況では警察を納得させることはできないだろう。

鈴の共犯者は真岡だろうか木村だろうか。どちらもぴんとこなかった。ミサのご主人様だろうかとも考えたが、あまりにも情報が少な過ぎた。普通に考えれば、ご主人様なのだから、命令する立場で、頼みを聞き入れるわけはない。

由を殺す動機についてもまるでわからなかった。感情的なもつれで突発的に殺すならまだしも、第三者に依頼し、自分が疑われないよう周到な計画を練っている。しかし、それだけに、何か理由があるはずなのだ。

鈴の家の帰りに真岡のアパートを訪ねたが不在だった。しつこく粘る気にもならず、私はマンションに戻った。

甘いアロマキャンドルの香りにはすっかり慣れていた。いまだに一日一回はキャンドルを焚いている。由の霊を慰めるためというより、バニラの匂いが消えたら、何か他の臭いがしやしないかという強迫観念からだった。

動機を考えたが、まるで浮かばなかった。私は共犯者を捜そうと、ツイッターで鈴がフォローしていたアカウントをひとつひとつ見ていった。

鈴のアカウントはすべて消えていたが、フォローしていたアカウントは、私のアカウントのフォローリストに保存していた。那月やましろなどアカウントごとに、私もアカウントを変えていた。ましろがフォローしていたものは杏のフォローリストに、ミサがフォローしていたものは千マスオのフォローリストに、というようにだ。

ツイートやリプライを見ていっても、何がわかるものでもない。ましろのように、ひとを殺したと自ら告白している可能性に期待するくらいのものだった。ましろとミサの分を確認し終わり、休憩を入れた。休憩といっても、やはりツイッターを見るだけ。絵理のアカウントを開いてみた。

絵理はもう名古屋まで戻ってきていた。とくに私にあてたようなツイートはない。ドラマーとの仲を窺わせるようなものはない。楽しそうではない。ここに戻ってくる気があるのかどうかもわからない。

〈今日もアロマキャンドルを焚いた〉とツイートの文面を作ったが、結局キャンセルにした。気を引こうとしていると思われたくない。絵理にも、誰にも。

さあ、調査に戻ろうと思ったが、少しばかり気を変えた。調査には違いないが、鈴がフォローしていた未知のアカウントではなく、木村のものと思われる昇竜のアカウントを開いた。

昇竜はもともと日常の出来事を呟いたりはしなかった。ただひたすら女の子とリプライをやりとりする。今日も、〈タトゥーに興味ある?〉とか〈DMで話そうか〉とか、誰かにあてたリプライが並んでいた。

リプライを少し遡ってみると、昨日発信された気になるものを見つけた。〈お前、なんなんだ。気持ちわりいよ。消えろ〉と、お里が知れる荒っぽい言葉は、これまで見られないものだった。

本文の前には、@マークに続く六文字のアルファベットで表した、リプライ相手のアカウントが表示されている。私はそれに見覚えがあった。

そのリプライをクリックすると、相手のリプライも表示される。画面をスクロールして現れたリプライを見て、やはりと思った。現れたのは見知ったユーザー名だった。そして昇竜にあてられたリプライに視線を走らせ、困惑した。いったいどういうことなんだろう。

昇竜が怒りの言葉を投げつけた相手は『カリガリひろし』、つまり日野原のアカウントだった。

日野原のリプライは〈あんたの秘密を知ってるよ〉だった。たったそれだけで、その前にも、昇竜のリプライのあとにも、何もなかった。日野原はいったいどんな秘密を知っているのだろう。

それ以上に気になるのは、日野原がなぜ昇竜と絡むのか。たまたま昇竜のアカウントを見つけただけだろうか。まさか日野原は鈴と関係があるのか。

日野原はもともと鈴のアカウント、那月をフォローしていた。リプライのやりとりもしている。しかし、日野原は鈴に会ったことはないはずだ。ましてや、仲がいいとは考えられない。由を殺害した犯人を見つけるため、積極的に那月の情報を私に教えてくれた。日野原がいなかったら、鈴には辿り着けなかっただろう。

とにかく本人に訊いてみるのが早い。

電話をかけてみたが、日野原はでない。私は『カリガリひろし』を開いてみた。

四十五分前に〈超絶ひま〉というツイートがあるから、アパートの部屋にはいそうだ。ツイートを遡っていくと、先ほどの昇竜に向けたリプライがあった。さらに遡ると、気になるリプライを見つけた。同じく昨日発信したもので〈お前が地獄で悶え苦しむのを見てみたい〉とあった。

そのリプライをクリックした。スクロールして現れたユーザー名を見て、私は思わず声を漏らした。またもや知ったアカウントだった。

しかしそれ以上に驚いたのが、その相手がカリガリひろしにあてたリプライの内容だ。いったいどういうことだ。こんなことがあり得るのか。私は頭が混乱した。

44

インターフォンのボタンをしつこく押しても、なかから返答はなかった。

昨晩から何度も電話をかけていたが、日野原はでてくれなかった。ツイッターでもリプライをしているが、返答はない。

まだ午前中だ。でかけているなら、帰ってくるまでかなり時間がかかりそうだ。私はまた鈴の自宅でも訪ねてみようと思い、サニーフィールズコーポをあとにした。

和光市駅に近づいたとき、携帯が鳴った。取りだして見ると、日野原からだった。

「なんですか。いっぱい電話をもらっていたみたいですけど」

電話にでると、日野原は不機嫌な声で言った。

「ちょっと訊きたいことがあったんだ。いまどこにいるんだ」

「自分の部屋にいますよ」

「ほんとか。さっき訪ねたばかりだ。うんともすんとも応答がなかったぞ」

「サニーフィールズコーポにきたんでしょ。いま、もうひとつのほうのアパートにいるんです。くるなら、きてもいいですよ。いまならちょうどいいかもしれない」

「何がちょうどいいんだ」

「きてみればわかりますよ」

いかなくてもなんとなく想像はついた。

日野原はサンライトハイツの一〇四号室にいると言った。

「あと、二十分くらいしたら、きてください。そのくらいがほんとにちょうどいい」

ゆっくり歩けば、そのくらいの時間がかかる。私は了解と伝えた。

「で、何を訊きたいんです」

「君はツイッターで、昇竜っていうアカウントにリプライしただろ」

「昇竜って誰です」日野原は驚いたように声を上げた。

私も驚き、早口に言った。「入れ墨関係の話題を主にするアカウントで、君は何か秘密を知っているとリプライした」

「ああ、あの変態のアカウントのことですね」

ふんと鼻で笑うような音が聞こえた。


呼び鈴を押すと、なかで足音が響き、すぐにドアが開いた。予想したとおり、女の格好をした日野原が姿を現した。

「上がってください。暑かったでしょう。冷房をいれておきました」

今日は、さほど気温は上がっていなかったが、いったりきたり、ずいぶん歩いたので汗をかいていた。

「ありがとう」

思わぬ歓待に戸惑いながら、コンバースを脱いで部屋に上がった。

今日の日野原はセーラー服ではなかった。メイド服のようなフリルのついた黒いワンピースにニーハイのソックスを合わせていた。髪はツインテールでかわらない。

「この部屋はなんなんだ」

そう訊ねたとき、奥の部屋が見えた。白い幕が天井から吊された、おかしな風景。不気味に感じた。

「ここは空き部屋なんですけど、しばらくスタジオとして使うことにしたんです」

「スタジオ？」

私は短い廊下を通り、日野原のあとから奥の部屋に入っていった。

シーツのように大きな白い布が二枚、天井からテントのように斜めに張られている。冷房の風に揺らめく様は幻想的といいえないこともないが、古いアパートの部屋のなかだと考えると、やはり少々不気味だ。

「この天幕の前で撮影するんですよ。いい感じでしょ」

ビデオカメラが三脚にセットされていた。

「どんな感じなのか、想像つかない」

私はそう言って、しまったと思った。予想どおり、日野原はビデオを見てくださいよとしつこく勧めてきた。小さなローテーブルの上にノート型のマックが置いてある。その前に座らされた。

「映像はあとでじっくり見せてもらうよ」

「じっくり見られるのは、なんか恥ずかしいな」

「いいよ、恥ずかしいんだったら、さらっと見るから。——これなんだ」

天井から紐がぶら下がっていた。

「ああ、触らないで。それを引くと天幕が落ちてくるんです」

慌てて手を引っ込め、天井を見上げた。私は天幕の下に入っていた。

「あの入れ墨の男について訊きたいんですよね」日野原は隣に腰を下ろして言った。

「そうだ。その前にも君はリプライをしている。チャーリー・ブラウンっていうアカウントに」

「そうでしたっけ」日野原は首を傾げて言った。

チャーリー・ブラウンは鈴のご主人様だ。日野原が鈴に関係のある人物ふたりにリプライしているのも不思議だったが、チャーリー・ブラウンのリプライ内容がさらに頭を混乱させた。

〈あなた、なんなんですか。気持ち悪い。消えてください〉

それはそのあとの昇竜のリプライ、〈お前、なんなんだ。気持ちわりいよ。消えろ〉とほとんど同じだったのだ。

「まず昇竜について聞かせてくれるか。あの男を変態っていってたけど、どうしてだ」

「あの入れ墨の変態ですよね。あの男、僕の『雅夫@ビューティー』のアカウントをフォローしてるんです。僕もフォローバックして何度かDMとかやりとりしたんだけど、そのうち、僕の体に入れ墨を彫りたいとか言いだしたんですよ。尻の穴にバラの入れ墨を入れてやるとか。僕はそっちの気はないし、気持ち悪いからやめてくれと言ったら、絡んでこなくなったんで別にいいんですけど」

「いいなら、どうしてアカウントをかえてリプライしたんだ」

「今度は『カリガリひろし』のほうをフォローしてきたんです。別垢だなんて公開していないのに、雅夫と同じだとわかったんですかね。じゃなきゃ、カリガリひろしをフォローする意味なんてあの男にはないはずなんですよ」

たいていの裏垢の男がそうであるように、昇竜も女しかフォローしていなかったはずだ。

「だけど、自分からフォローしておいて、なんで消えろなんて、言ったんだろ」

「きっと焦ったんじゃないですか。ああいう変態だから、いろいろ後ろめたいことをしてるはずです。秘密を知ってると言われて、疑心暗鬼になったんですよ。そう思ったから、リプライを送ったんですけどね」

確かに、木村はやくざであるし、前科持ちだし、秘密と言われたら色々考えてしまうだろう。

「何か冷たいものでも飲みますか」

「スタジオに冷蔵庫なんて運び入れてるのか」

「いや、買ってくるんです。すぐでたところに自動販売機があるから」

「だったら俺はいらない。ありがとう、大丈夫だ」

「そう。じゃあ、僕のだけ買ってきます。喉が渇いたんで」

自分が経営するアパートの周りを、よくその格好で歩けるなと、なかば感心する。

日野原が立ち上がり、スカートの裾を直しているとき、私の携帯電話が鳴った。取りだして見ると、知らない番号だ。

でると「目黒署の安原です」と静かな声で言った。

「昨日、話していた件だけどな」

日野原が財布をもって玄関に向かった。

「花村鈴の父親の事故を調べてみたが、あれは殺人なんかじゃない。間違いなく事故だぜ」安原はばかにしたような声で言った。

「そんなはずはない」

日野原がこちらを見ていた。ビーチサンダルをつっかけ、部屋をでていった。

「当該車両が事故を起こしたのは、盗まれてから三十分くらいのものだ。犯人は特定されていないが、車内から、別の車両盗難事件でも採取されている指紋が見つかってる。プロの窃盗団だよ。盗んで逃げる途中に、たまたま事故を起こしたんだ」

私は安原の説明に納得している。車両盗難のプロが中学生の頼みを聞き入れ、殺人を犯したのだ、と都合よくは考えられない。しかし、それでも、と割り切れないものは残った。

「そういうことだ。だからもう、素人が首をつっこんで邪魔をするな」

私は小さな声で「ああ」と答えた。電話は切れた。

ふたりを殺したという、ましろのツイートはなんだったんだ。賢持を殺すよう依頼したのは間違いなかった。父親も殺したいと思っていたはずだ。

私はふいに気づいた。三人目を殺すかもしれないと言ったツイート。あれは賢持のことを指していたのではないか。由のことではなかった。だからといって由を殺していないと言えるものではないが、これまであった確信は崩れつつあった。

天井から足音が聞こえた。私は思わず見上げた。

この部屋の上は、由が家出中に泊まっていた部屋で、もともと空いていたはずだ。あれから入居者が決まったのだろう。

カリガリひろしのアカウントから、フォロワーリストを開いた。裸を公開している女の子と違って、男はフォロワーが少ない。カリガリひろしも八十人ほどのものだった。

スクロールして昇竜の名を探した。チャーリー・ブラウンもあるかもしれないと思った。別にそれらの名を確認したからといって、どうということもない。思いの外、日野原が戻ってくるのが遅いので、その時間潰しのようなものだった。

昇竜の名は見つからなかった。フォローされたと日野原は言っていたが、カリガリひろしから意味深なリプライをされて、フォローを外したのだろう。それより気になるのは、ずらっと並んだフォロワーの横にあるフォローボタンだった。青くなっているものを、ちらほら見かけた。私のアカウントがすでにそのアカウントをフォローしていることを示している。異常なほど多いわけではないが、気になるくらいには多い。いったん前の画面に戻し、今度はフォローリストを開いた。そのとたん、背筋に寒気が走った。

青かった。フォローボタンが軒並み青くなっているのだ。スクロールしていってもそれはかわりなかった。白いままのボタンも見かけるがほとんどが青く変色していた。どんどんスクロールする。最後のほうはずっと青が続いた。

私はもともと使っていたプライベート用のアカウントでログインしていた。このアカウントでも鈴がフォローしていたひとをフォローリストに入れていた。——いや違う、これでフォローしていたのは、鈴のご主人様、チャーリー・ブラウンがフォローしていたアカウントだ。それがカリガリひろしがフォローしていたアカウントとほぼ一致している。

この重なり具合は偶然とは考えられなかった。私みたいに、ひとがフォローしているアカウントをコピーする必要がある人間などまずいない。他に考えられる理由はひとつしかなかった。

ドアが開く音がした。振り返って見ると、ツインテールの日野原が戻ってきた。手にレジ袋を提げていた。

「遅かったな」

「飲みたいのがなかったから、コンビニまでいきましたよ」

まるで私がそうさせたとでもいうような、不満声だった。

「市之瀬さんの分も買ってきましたよ。氷も買ってきましたから。グラスはあるんですよね」

日野原は廊下にある小さなキッチンに立った。背中がわずかに見える。

「なあ、話の続きなんだけど。もうひとりの、チャーリー・ブラウンには、どうしてリプライしたんだ」

袋を破る音が聞こえた。

「どうしてっていうか、あのアカウントは僕のアカウントなんですよ。だから、言ってみれば、あれは自作自演なんです」

「あれが自分のものだと認めるのか」

「なんだ、市之瀬さん、気づいていたんですね」

グラスに氷を入れる音が響いた。

「別に隠すことじゃないから」

「君がミサのご主人様なんだな」

「はい、僕がご主人様です」

楽しげな声だった。

この男は私から見て、どういう立ち位置にいるのだ。那月が鈴であることを話さなかった。しかし、由の復讐相手が那月であることは教えてくれた。あれがなければ、私は鈴に迫ることなどできなかった。

『那月@待ち合わせ垢』と『ミサ奴隷垢』が同一人物のアカウントだと気づいていないのだろうか。ミサとはネットだけの付き合いで、鈴のことすら知らない可能性もあった。

「あなたが、鈴ちゃんが由ちゃんを殺したんじゃないかと疑っているのはわかってます。でも、彼女はそんなことしませんよ」

「そうか、すべてわかってるのか」

だったら、なぜ私に協力したのだ。

「彼女とはしょっちゅう会っているのか」

「そんなには。電話で話すことが多い。指示をだすのはツイッターとかラインとか。どうして彼女が僕の性奴隷になったかわかりますか」

「性的な相性がよかったからかな。――わからない」

「僕が鈴ちゃんと出会ったのは、彼女が中学生のときですよ。性的な相性なんてわからない」

言ったあと、小さな笑い声のようなものが聞こえた。

「でも性奴隷には、なったんだろ」

「中学生で性奴隷っていう子は、けっこういますよ。でもそう多くはないか。裏垢でも希少な存在といえるかな。だから僕はみんなから羨ましがられた」

「飲み物はどうしたのかな。俺も喉が渇いてきたよ」

冷房はきいているが、汗がにじみでてきた。

「ああ、ごめんなさい。いま、もっていきます」

日野原はなぜか流しの下の扉を開けた。

「で、彼女はなんで君の性奴隷になったんだ」

「それは、約束したからですよ。彼女の父親を僕が殺したら、彼女は僕の言うことをなんでも聞くと言ったんだ。だから、彼女は性奴隷になった」

「父親を殺した？」思わず声が裏返った。

あれは事故ではないのか。この男が自動車窃盗団のメンバーだというのか。

「殺したとは言ってません。彼女と約束したんです」

しかし彼女は奴隷になった。

日野原が廊下からこちらにやってきた。手を後ろに組み、うつむきかげん。はにかんだ少女の姿を見た。

「まさか君が由ちゃんを――」

日野原は顔を上げ、首をすくめて昔のアイドルのようなわざとらしい笑みを浮かべた。後ろに組んでいた手を解いて体の前に――。その手に金槌が握られていた。

心の準備はできていた。私はすぐさま立ち上がり、足を一歩前に踏みだした。日野原が天井から垂れ下がる紐を摑んで、引いた。

二歩目を繰りだそうとした私の頭に、何かがぱらぱらと降ってきた。間をおかずに、白い布が私を包む。視界を塞がれた。

腕を大きく払って、布を取り除こうとしたが、大きな布が動いた気配はない。耳に痛みが走った。頭蓋骨全体に広がる。両手で頭を押さえた。すぐさま肩に、手に、金槌を打ちつけられた。

腹を蹴られ、後頭部で何かが炸裂した。頭の内側で脳みそが膨れあがるような痛み。体が軽くなり、前から固いものがぶつかってきた。

妙な静けさを感じた。頭の痛みだけが残った。自分は床にうつ伏せに倒れていると理解した。

背中に重しが乗った。意識が遠のくような衝撃を、また頭に受けた。

「ひとが誰に殺されたとか考える前に、自分の命の心配をしたほうがいいですよ」日野原の声が妙に遠くに聞こえた。

「まあ、心配したところでしょうがないか。あんたは、もう終わりだ。由ちゃんと同じく、あの世に送ってやるよ」

45

「なあ、目は見えるようにしてくれないか。冥土《めいど》のみやげに、君のかわいい姿をおがませて欲しいんだ」

「そんなお世辞を言われてもね」

言葉に嬉しそうな響きは感じられなかったが、日野原は顔のあたりにはさみを入れた。粘着テープのようなもので、布の上からぐるぐる巻きにされ、私は手足の自由を奪われていた。暴れれば、縛《いまし》めから逃れるのはそれほど難しいことではないはずだが、それまでに金槌の攻撃を受けて、体がもつかは自信がなかった。

頭の痛みは消えなかった。血の気が引いて吐き気がする。あと二、三発殴られたら、私の美しい路は永遠に途絶えそうだった。

「ありがとう、見えるようになった。もうひとつ冥土のみやげをくれないか。由ちゃんをなんで殺したのか、聞かせて欲しい」

「そんな欲張らなくても大丈夫。すぐに殺したりはしない。あとの処理とかもあるし」

「殺してしまったら、移動させるのは難しくなるからな」

「探偵さん、GPSの位置情報って、過去まで遡れるのかな」

「俺に訊くより、検索してみたほうが早いよ」

日野原は子供のように、こくんと頷いたが、調べようとはしなかった。

「君はほんとに鈴の父親を殺したのか。あるいは殺させたのか」

日野原は床に腰を下ろし、ニーハイソックスのリブを引っぱる。

「さっき言ったでしょ、殺す約束をしたって。殺そうかどうしようか迷っていたら、ひき逃げ事故で死んでしまった。試しに僕がやったと言ったら、彼女は信じたんだ。まだ中学生だからね。しょうがないよ」

鈴は殺したと思い込まされただけ。その事実を頭に収めたとたん、私はめまいを覚えた。床ごとぐるぐる回っているように感じるのは感覚ではなく感情なのだと悟ったが、どうにも説明しがたい未知の感情だった。

「だけど鈴ちゃんももう高校二年生だ。どうも薄々、あれは僕がやったんじゃないと気づき始めてるようなんだ。以前は僕の命令に対して完璧な服従の姿勢を見せた。だけど最近は、言われたらやるけど、なんかやる気がないのが見えるときがあるんだ。何より、母親の恋人を殺そうとなったとき、僕に頼らず、胡散臭いやくざに頼んだ。信頼していないのが、ばればれじゃないですか。僕への求心力が弱まっていると感じて、このまま彼女が離れていってしまうんじゃないかと恐れたんだ」

「まさか、それで由ちゃんを殺したのか。鈴ちゃんに恩を売ろうと思って、頼まれもしないのに、やったのか」

「なんでそう簡単に結論に飛びつくんですか。まあ、当たってますけど」日野原は傍らの金槌を摑み、苛立ったように床を二回叩いた。

「ここに泊まっている間、あの子から色々話を聞いた。彼女は、ユミポヨを見つけたら、ネットに本名や住所まで晒すつもりでいた。裏垢での行動や、友達を自殺に追い込んだことも暴露するつもりでいた。そんなことをされたら、ネットで話題になってしまう。これからひとを殺そうとする鈴ちゃんにとって、注目を浴びるのは避けねばならないことだ。だからそれを排除してやったんです」

「そんなことでか」

胃からこみ上げたすっぱいものも私の感情だった。それは怒りに似ていた。

「そういう言い方はないでしょ。鈴ちゃんにとっては、一生を左右するような一大事。これにかけてたんですよ。だからこそ、障害を取り除けば、感謝されると思ったんだ」

日野原はそう言うと、目の下に手を当て、泣きまねをした。

「でも、鈴ちゃんはあまり感謝してくれなかった。人殺しなんて簡単にできるもんじゃない。覚悟を決めてやったのに、がっかりですよ」

感謝されないのは当たり前だ。ネットで注目されなくても、殺害現場に近いところにいた鈴は、警察の目を引きつけてしまう。これから犯罪に関わろうとする者にとって迷惑でしかないはずだ。実際、カメラを手に入れてから、賢持を襲うまで時間が空いたのは、警察の動きが気になったからだろう。木村が探偵を使って鈴を調べていたのも、賢持を殺したあと、すぐに捜査の目が鈴に向けられないか、可能性を探っていたに違いない。

日野原だって、そんなデメリットが浮かばないはずはない。きっと、それだけ焦っていたのだろう。この男はご主人様だが、実際は鈴の僕《しもべ》みたいなもの。裏垢界の力学からは逃れられない。

「由ちゃんは、あの日、どの鈴ちゃんと会っていたんだ」

「もちろん、むーちゃんだよ。前にもむーちゃんとして会っている。今度こそユミポヨだという証拠を摑もうとしたんだろうね」

「なんで、俺に那月のアカウントを教えたんだ。あれがなければ、鈴ちゃんに迫ることはできなかった」

「それは、由ちゃんの件で鈴ちゃんにあまり感謝されなかったからだ」

「つまり、鈴ちゃんへの嫌がらせってことか」

日野原はツインテールが顔にぶつかるくらい、強く首を振った。「まさか」

「そうか、感謝されるため、わざと危機を作りだそうとしたんだな。そうした上で、俺を殺すつもりだったのか、最初から」

昇竜やチャーリー・ブラウンにあてたリプライは、私をおびき寄せるためのものだったのだ。

「さすが、探偵さん、と言いたいところだけど、この状態じゃ、気づくのが遅すぎると言わざるを得ないですね」

「まったくその通りだと思うが、そっちも俺を殺すタイミングを誤ったんじゃないか」

日野原は金槌を振り上げ、私の頭のすぐ横の床を叩いた。

「あなたが鈴ちゃんに迫れば迫るほど、殺したあと僕の株が上がると思っていた。なのに、まさか、あの男を殺すのを阻止するなんて。確かに予定は狂ったけど、計画を台無しにした男を殺せば、きっと感謝してくれると思うんだよな。どっちにしても、ここまで話したんだから、やるしかないでしょ」

そう、やるしかないというだけのことだ。私を殺しても、鈴が感謝することはない。

「感謝されると思っているなら、彼女をここに呼んで殺すところを見せたらどうだ」

「それも考えたけど、ひとを殺すところは、あまり美しくないから——」

由を殺害したときのことを思いだしたのか、日野原は視線を落とし、沈んだ表情を浮かべた。

「ちょっとでかけてくる」

日野原は暗い顔のままそう言って立ち上がった。

「どうぞ。好きなだけでかけてきてくれ」

「ひとり置いておくのは心配なんで、ちょっと寝ててもらいます」

私に一歩近づく。

「寝ててもらうって、何か薬でも飲ませるのか」

「そんなのもってないですよ。ちょっとの間、気絶していてもらいます」

日野原の右手に握られた金槌に、目が吸い寄せられた。

「そんなこと、コントロールできるのか」

訊くまでもないこと。できるわけがない。気絶するまで叩くうち、致命傷となるのがオチだ。気絶したふりをすればいいのか。しかし、痛みをこらえて、じっとしていられるものか。

「うまくやれ」そう言うしかなかった。

傍らに日野原がしゃがみ込んだ。

私は諦めて目をつむった。が、すぐに開くことになった。

二階が突然騒がしくなった。天井を突き破りそうなほどの激しい足音が響いている。ひとりやふたりの音ではない。ひとの声もする。言い争いでもするような剣呑な響きが聞き取れた。

日野原は固まったように動かず、天井を見上げていた。

私はチャンスを逃さなかった。仰向けのまま両足を上げ、後転する一歩手前まで、体を折り曲げる。膝を胸まで引きつけ、日野原めがけて蹴りだした。

しかし、動きがどうにも緩慢だった。日野原の肩に当たりはしたが、ただよろけさせただけだった。日野原は床に手をつき、すぐさま立ち上がった。

金槌を握りしめていたが、私に目を向けることもなかった。女の悲鳴が上がった。日野原は目を剝き口を開いた。

「鈴ちゃん……」

「彼女はここにいるのか」

日野原は思いだしたように、私に目を向けた。蹴りだした足が、私の腹にめり込む。私は背を丸めて、うめき声を上げた。

足音が床を伝って耳に響いた。日野原が玄関に向かう。

「待て、俺も連れていけ」私は声を振り絞った。

何が起きているのか、大雑把には理解できているつもりだった。鈴が襲われた。私より先に誰かが見つけた。

「ひとりじゃ無理だ。これをほどけ」

日野原はちらっとこちらを振り向いたが、金槌を手に、玄関をでていく。逆光で見るその姿は戦う少女そのものだった。

私は無闇やたらに体を捻り、揺すった。天井から、怒号のような声が降り注いだ。胴体に回されたテープがいくらか緩んだ。左腕で押し広げるようにして、右腕を抜いた。続いて左腕も抜き、顔の部分の穴を引き裂いた。

足は足首のところにしっかり巻きつけてあるので、引き抜くのが難しかった。はさみだ。先ほど、日野原が使ったはさみがあるはずだと、あたりを窺う。しかし見つからない。立ち上がり、ジャンプして廊下にでた。流しの下も覗いたが、はさみはなかった。

結局、難儀しながら手で引き裂いた。足が自由になったときには、すっかり上は静かになっていた。

コンバースをつっかけて外にでた。敷地の少し先に車が停まっていた。ちょうどドアが閉められたところだ。私は外廊下を駆け抜けた。コンバースが片方脱げても、そのまま車を目指した。

車が動き始めたのは私が駆け寄るのと同時。ドアに触れるのがやっとだった。リアウィンドウから、男ふたりに挟まれた鈴の姿を見た。こちらに顔を向け、助けを求めるような目をしていた。

車を追いかけた。トランクを三回叩いただけで、あとはもう何もできなかった。距離が十メートルほど離れたとき、日野原のことを思いだした。私は慌ててアパートに引き返す。

階段を駆け上がり、いちばん奥の部屋に向かった。ドアが開いていた。アパートはどこも不在なのか、誰も外にでてきていなかった。

部屋のなかを覗いた。廊下に日野原が倒れていた。

「大丈夫か」

私は傍らにしゃがみ込んだ。

目は焦点を結んでいなかった。口をぱくぱくと開けているが、その動きも弱々しい。腹を押さえる手が血まみれだった。

「すぐ、救急車を呼ぶ。がんばれよ」

見ている間に、血の気が失せ、顔が真っ白になっていく。何を言っても無駄かもしれない。脱げたかつらを日野原の頭にかぶせ、私は部屋をでた。

一階に戻り、携帯で救急車を呼んだ。警察に連絡してくれるよう頼んだ。

ここにいても私にできることはない。コンバースのひもをしっかりと結び、アパートをあとにした。

46

「あんた、とうとうやってくれたな」

「俺は何もやっていない。罠にはまり、殺されかけただけだ。そう言っただろ」

電話の向こうの安原に、私はしんぼう強く言った。

「だったら現場に戻れ。戻って、警察の事情聴取にちゃんと答えるんだ」

「そんな暇はない。何度言ったらわかるんだ。拉致された花村鈴を助けなければならないんだ。池袋のホテル長峰に捜査員を寄越してくれ。そこが羽裟間組のアジトなんだ。連中はひとり殺してる。やけになって何をするかわからない。一刻を争うんだ」

「そっちこそ何度言えばわかるんだ。拉致した人間を見たわけでもないんだろ。車のナンバーもわからない。そんなことじゃ、動けないんだよ。いきなり、羽裟間組は花村鈴がもっているカメラを手に入れようとしてるって言われてもな、はいそうですかとそのまま信じるわけにはいかない。――なあ、現場じゃなくてもいい。こっちにこい。しっかり話は聞く。その上で、総力をあげて彼女を救出するから」

私はアパートをでてすぐに安原に電話をかけた。日野原が由を殺したと告白したこと、私を殺そうとしたこと、匿っていた鈴を拉致しにきた者に刺されたことを伝えていた。

私にしても、羽裟間組が鈴を拉致したと確信しているわけではなかった。ただ、羽裟間組が鈴のもつカメラを手に入れたがっているのは間違いないことだし、同じく、カメラを取り戻したい谷保津組は、鈴の存在さえ知らないはずだった。

「じゃあ、ホテルの前まできてくれ。そこで話をする」

「だめだ。こっちにこい」

私は電話を切った。ついでに電源も落とした。

ちょうど和光市の駅前まできていた。そのまま改札を潜り、ホームに上がった。

鈴をなんとしてでも助けださねばならない。鈴が拉致されたのは、自分のせいかもしれないのだ。

私は七沢に、日野原を探れば何かでてくるかもしれないと適当なことを言った。本気にした七沢はその情報を羽裟間組に売ったのかもしれない。それで日野原に張りつくうちに鈴を発見した可能性もあった。

池袋で降りてホテル長峰に向かった。そこに鈴がいるかは確信がもてなかったが、羽裟間組に関係する場所を、私は他に知らない。

ホテルの前を何度か通り過ぎた。フロントにいるおやじが消えるのを待って、なかに入った。フロントを素通りし、階段を上がった。四階に近づくとひとの声がした。なじるような乱暴な言葉遣い。私は四階に上がった。

ドアはすべてしまっていたが、いちばん奥の部屋から声が聞こえた。ドアに耳を当てる。乱暴な声の他に、すすり泣くような声も聞こえた。両方とも男の声だ。

私はノブをひねり、そっと開いた。隙間からなかを覗くと、男の後ろ姿が見えた。そのとき、なかからドアを押され、頭にぶつかった。

「何やってんだ、お前」

開いたドアから顔を見せたのは木村だった。私の服を摑み、なかに引っぱり込んだ。

「鈴はどこだ」と私は言ったが、ひどく場違いなことを訊いているような気になった。

部屋には男が四人いた。木村を含め、三人が立っていた。ひとりは椅子に座らされており、鼻血を流し、顔を腫れあがらせていた。眉を下げた泣き顔で、私のことなど、まるで関心がなさそうだった。

「鈴がどこだと？　こっちも捜してんだよ」木村は私の服を摑んだまま、苛立ったように言った。

「拉致したのはあんたたちじゃないのか」

「どういうことだよ。鈴はどうしたんだ」

木村が私のからだを揺する。私は木村の腕を払った。

「三十分ほど前に、鈴は男たちに連れ去られた。ほんとにあんたたちじゃないんだな」

木村は仲間のほうに顔を向けた。椅子の前に立つふたりも、こちらを見ていた。そのうちのひとりに見覚えがあった。先日ここへきたとき、私を見つけた恰幅のいい男。ダブルのスーツを着たリーダー格の男だ。

「ほらよ、お前のせいで、取り返しのつかないことになったぜ。どうしてくれんだよ」

リーダー格の男はそう言って、椅子に座る男を蹴りつけた。男は椅子ごと、ひっくり返った。床に這いつくばりながら、すいません、すいませんと頭を下げる。

「気にするな。あいつは身内だ。金で、谷保津組に情報を売ったんだ。鈴が大事なものをもってると」木村が汚いものでも見るような目を、床の男に向けた。

「じゃあ、谷保津組が――」

「わかんねえが、それしか考えられねえだろ」

七沢が情報を売ったのは黒川のほうなのか。考えてみれば、そっちのほうが金になりそうだ。

「どうして鈴に言われたまま、賢持を襲ったんだ。ほんとはやりたくなかったんだろ。力ずくで奪えばいいのに――」

「なんでお前にそんなこと話さなきゃなんねえんだよ」

「あんたたちは俺に借りがある。賢持を襲ったことを、俺は警察に話さなかった。ここへ警察がきたか？　借りたものは返せるうちに返したほうがいい」

「なんだ、脅してんのか」木村は無駄に大声を上げ、凄んだ。

「そうじゃない。何を聞いても、俺は誰にも漏らさない。信用してくれと言ってるんだ」

木村は仲間のほうを振り返った。

「話して、とっとと消えてもらえ。どうも、もう終わりのようだな」

リーダー格はそう言うと、床に這いつくばる男に蹴りを入れた。

「鈴は大事なものを、ひとに預けたと言った。誰に預けたかは絶対に言わないし、自分にもし何かあれば、それを処分することになっているってな。だから、欲しければ賢持を襲うしかないと迫った」

「十六歳の女の子に脅されたのか」

「脅されてなんかねえよ。だけどあの女、普通じゃねえっていうか、いかれた感じもあるから、痛めつけても、ほんとに何も言わねえんじゃないかと思えた。だから、殺人事件とか起きて警察の目は気になるが、最終的には襲うしかなかったんだ」

「気を落とすな。相手が悪かったんだよ」

肩にのせた私の手を、木村は払った。

真岡がこちらに向かってきた。ショルダーバッグを提げ、しっかりストラップを握っている。私に気づいたのか、歩調を早めて近づいてきた。

「またよれよれですね。ずっと待ってたんですか」

「いや、きたばかりだ」

時間はまだ午後の一時前。なのに一日の力を使い果たしたように体が重い。頭も痛かった。

「鈴ちゃんがやくざに拉致された」

真岡ははっと息を呑み、背後を振り返った。足を踏みだす。

「どこか、いく当てがあるのか」

「ないです」こちらに向き直って、肩を落とす。

「覚悟してたんだろ」

嫌味で言っているわけではない。慌ててはいるが、どこか感情が抑えられているように見えた。

「とにかく部屋で話をしよう」

部屋に入っても真岡は落ち着かずに、立ったままだった。バッグを下ろしもしない。私も立ったまま、真岡と向かい合った。

「彼女の思うとおりにさせるんだよな。助けは必要ないと思ってるんだろ。だが、俺も好きなようにする。彼女の気持ちなんて関係ない。助けにいく」

真岡は視線も合わせず、黙っていた。

「だから、彼女から預かっているカメラを渡してくれ」

真岡は驚いたようにこちらに顔を向けた。

「君がもってるんだな。拉致した連中はわかっているから、それを交渉材料にする。さあ、渡してくれ」

「彼女は処分しろと言った」

真岡は硬い声で言った。

「渡すのも処分するのも同じことなんだ。拉致したのは鈴ちゃんが想定していた相手ではない。向こうは、別の勢力に写真が渡らなければそれでいいんだ。俺に任せろ」

真岡はバッグのストラップを摑み、じっと足元を見つめている。

「拉致されるとき、彼女のご主人様が刺された。容態はわからないが、かなり深刻な状況だと思う。連中は追い詰められたような気になってるかもしれない。早くしないと、彼女に何をするかわからないぞ」

私は、顔を上げない真岡の頰をはたいた。真岡は顔を上げ、頰を押さえた。私は腕を伸ばして、真岡の手から離れたストラップを引っ摑む。真岡もストラップに手を戻す。

「やっぱり、このなかか」

黒川と一緒だ。心配で持ち歩いていたのだ。

綱引きのように、ストラップを引き合った。私はストラップをもったまま、真岡の胸を強く突いた。真岡はバランスを崩して床に尻もちをついたが、それでも離さない。そのとき、インターフォンが鳴った。宅配便を名乗る声がドア越しに聞こえた。

強く引っぱると、ストラップは真岡の手から離れた。真岡は私に目を向け、ドアのほうを振り返る。

「でる必要はない」私は不安を感じてそう言った。

しかし、無駄な言葉だった。ドアが開いた。鍵をかけていなかったのだ。

男がふたり、靴も脱がずに入ってきた。ふたりに見覚えがあった。岩淵が初めて事務所にやってきたとき、お供でやってきたでこぼこコンビ。小さいほうは、一発で戦意を喪失させるくらいのハードパンチャーだ。

「カメラを取りにきたんだな」私はバッグのジッパーを開けながら言った。

ふたりは頷く。先日会ったときより、目つきがきつい。

バッグのなかをあさると、それらしきものに触れた。取りだしてみると、掌にすっぽり収まるほどのコンパクトなデジカメだった。

「寄越せ」小柄なハードパンチャーが無表情で言った。

「俺が直接岩淵さんに渡す。そう約束していたんだ。連れていってくれ」

「俺も一緒にいく」

真岡が立ち上がって言った。

「ここにいろ。俺はただ話しにいくだけだ」

「俺も一緒に連れてってください」真岡は男たちのほうに向き直った。「あなたたち、ひとを刺したんでしょ。俺をここに置いておいたら、警察に話してしまいますよ」

「よせ」私は真岡の肩を摑んだ。

「ごちゃごちゃ言ってんなよ。きたいんだったら、こい。ふたりとも、連れてってやる」

大きいほうが、やけになったように言った。

実際、やけになっているのかもしれない。小柄なほうが、フォールディングナイフを取りだし、刃を開く。それを大っぴらに見せながら、外にでた。


車に乗って向かったのは、以前私を監禁して暴行した廃工場だった。建物の前に車を停め、シャッターを開けて、車ごと入った。

すぐにシャッターは閉められ、屋内は薄暗くなった。車を降りて目を凝らした。いるのは岩淵と鈴だけだった。

岩淵は立って煙草を吸っている。痣《あざ》はのこっているが、顔の腫れはだいぶひいていた。

スウェットパンツにTシャツ姿の鈴は、床に体育座りだった。顔に傷は見あたらない。

「大丈夫だったか」

鈴はこちらに顔を向け、こくんと首を振った。いつもと変わらない無表情だが、膝を抱え、まるで寒さをこらえているようだった。真岡が隣にいって腰を下ろした。「大丈夫」と小さな声で言うのが聞こえた。

「まったく、ぞろぞろ連れてきやがってよ」

岩淵は煙草を投げ捨てた。

「カメラをもってきた」

「おお、ご苦労さん」と岩淵は手を差しだした。

私はポケットから取りだし、近づいた。手下がふたり、岩淵の背後に立った。

「彼女をどうやって、吐かせたんだ。カメラを預けていた人間を簡単に教えるとは思えないが」

「なんにもしてねえよ。男が刺されたのを見て、ショックだったようだ。当たり前だろ」

鈴に目をやった。とくに表情に変化はない。岩淵にカメラを渡した。

「ああ、これだ。間違いない」

カメラの操作をし、画面を確認して言った。

「じゃあ、彼女を連れて帰ってもいいな」

「そりゃあ、ちょっと難しいだろう。あの男を刺したところを見てるんだから。どうやら、死んだらしいんだ。もうすでにニュースになってる」

「あなたが刺したのか」

手下が刺したなら、きっとすんなり帰すだろう。手下のために殺人を犯すような、器の大きい人間には見えなかった。

「ああ、俺がやった。金槌振り回して邪魔するしな。何より、由を殺したと、あいつは言ったんだ。仇を討ってやったよ」

「愛する姪の仇を討ったんだ。胸を張って、警察に出頭すればいいんじゃないのか。やくざならそうするもんだろ」

「あんな女の格好をしたやつを殺しても、胸なんて張れねえよ。誰かを懲役にいかせるにしても、目撃者がいたんじゃ、どうにもならない」

「じゃあ、どうするんだ。あんたがやったことを知っている人間が、ふたり増えたぞ。三人全員やるのか。一日で四人殺すなんて、何かの記録でも狙っているのか」

「困ったもんだよな」

岩淵はにやにやと笑いながら、煙草に火をつけた。当事者意識を失っている。この状況をどう乗り切るか、まともに考えられない。七沢が言っていたとおり、この男は幹部の器じゃない。

「なあ、お前たちも、ひとりずつ殺してくれ。俺もひとりやる。合計ふたりだ」

岩淵は振り向いて言った。手下ははいと返事をしたが、明らかに戸惑っていた。岩淵が顔をこちらに戻したとき、ふたりで顔を見合わせた。

「じゃあ、最期にひとつ教えてくれ。由とのセックスはどうだった。よかったか」

「なんだと」

岩淵は血走った目を見開いた。

「なんだよ、やくざのくせに姪とセックスもしてないのか。——俺はやったよ。気持ちよかったぞ。しまりがよくて最高だった。殺される前の晩だから、俺が最後の男になったんだろうな。あの世にいいみやげをもたせてやれたよ。あの子も、ひーひー言って喜んでた」

「てめー、そんなに殺されたいのか」

「嫉妬してんのか。やりたかったんだろ。血が繋がってないんだから、当然だよな」

「ふざけんな!」頬を震わせ叫んだ。

私は、じりじりと後退した。

「ロリコンの変態野郎にしか見えないんだよな」

「ぶっ殺す!」

岩淵は叫びながら、突っ込んできた。私は拳を手で払い、かわした。

「探偵さんの言ってること、当たってます」

場違いに落ち着いた声が響いた。

岩淵も動きを止め、声のほうに顔を向けた。

「最後に会ったとき、由ちゃん、叔父さんにやられたって言ってました。春休み、お酒を飲まされて酔い潰れて、目が覚めたら叔父さんが体を触っていた、写真撮られたって。気持ち悪かったけど、怖くて寝たふりをしたって」

「嘘だ。――何言ってんだ、お前」岩淵は鈴のほうに足を踏みだした。

「――本当にやってたのか」

岩淵は私のほうを振り返った。

「それだけじゃなくて、小さいころも触られたって。ずっと悪い夢だと思っていたけど、そのことがあって、あれは現実だったんだって気づいたそうです。由ちゃん、もう自分の体が気持ち悪くて死にたくなったって」

「黙れ！」

「哀れなやつだな」私はからかうように言った。「あんたに触られると死ぬほど気持ちが悪いって。最愛の姪から、汚物扱いされてたんだな」

岩淵は目を剝いた。絶叫をあげて向かってきた。私は頭を低くして拳をかわす。それをよんでいたようで、岩淵の膝を脇腹に受けた。組み付き、岩淵もろとも床に倒れ込む。

すぐさま立ち上がり、離れた。

「手をださなくていいからな。こいつは俺が殺す」立ち上がった岩淵が、手下に向かって言った。

「安心しろ。俺がこの男を殺してやる」突っ立っているふたりに、私も言った。「そうすれば、無駄にひとを殺さなくてすむんだ。だから、ほんとに最後まで手をだすなよ」

私は本気で言っていた。私たち三人が助かる道はそれしかないと思っていた。

「この間は、不意をつかれたが、まともにタイマンはって、俺にかなうわけないんだよ」

充血した目。とても哀れな笑みを浮かべているのを、自分自身、気がついているのだろうか。

私から近づいていった。拳を繰りだす素振りから、いきなり足にタックルを入れた。

また不意打ちがきまった。岩淵の足を完全に宙にすくい上げる。岩淵はコンクリートの床に後頭部を打ちつけた。

私は馬乗りになって肘で鼻を潰した。続けて目に叩き込む。横殴りの拳を受けて、上体をひいた。拳で顔面を殴り始める。

時折、鳩尾《みぞおち》に打ち込む。抵抗がやんだ隙に、顔を拳で乱打する。

そろそろ立ち上がって蹴りに替えたほうがいいのだろうか。首を絞めたほうがいいのだろうか。どう殺したらいいのか確信がもてなかった。殺意など湧かない。しかし、殺すことに迷いはなかった。

「おい、何やってんだ。早くこいつを止めろ」岩淵が叫んだ。

「くるなよ。俺がこいつを殺してやる」

腹にパンチを入れた。手下のほうに目をやると、戸惑ったように顔を見合わせていた。肘を顔面に叩き入れてから、首を絞めた。上から押さえ込むように両手で絞めた。岩淵の拳が私の腕を叩く。

「くるなよ」ためらいがちに足を踏みだす大柄な男に言った。「四人も殺されたら、どうなると思う。ひとり殺しただけなんて誰も考えない。三人で四人殺したとして裁かれるんだぞ」

男の足が止まった。すぐに、また一歩踏みだす。

「くるなよ」

「ウォーッ」と叫ぶ声を聞いた。小柄なほうが駆けてくる。

私は絞める手に力を込めた。体重をかけた。岩淵の体から力が抜ける。

同時に、側頭部を蹴られて、なぎ倒された。一瞬意識が飛んだ気がしたが、私は立ち上がった。相手を目にした覚えがないのに、正面から拳を浴びた。痛みより衝撃のほうが強かったように思う。私は膝から崩れ落ちた。

いつの間にか、腹ばいにされ誰かが上にのっていた。頰にナイフが当てられている。

「さあ、見ろ。お前はいちばん最後にじっくり殺してやる」

岩淵の声が上から降ってきた。

「まずは女から殺してやる」

私は視線を上げた。

大柄な男が、鈴の喉元に背後からナイフを当てていた。小さいほうは、真岡を後ろから羽交い締めにしていた。真岡の顔には痣ができていた。

「やめろ」

「さあ、しっかり見ろ」

「やめろ、ひとりやったら、三人殺さなきゃならなくなるんだぞ」

大柄な男は動かない。迷ってるのか。焦《じ》らしているだけか。

「さあやれ」

「やめろ」真岡が叫んだ。

鈴は目をつむっていた。だらりと下げた腕。指先がバレリーナのように、外側に反っていた。

「やるなよ。人生を棒に振るなよ」私は言った。

大柄な男はやはり動かない。

岩淵が「上岡《かみおか》、小関《こぜき》と替われ」と言った。

小柄な男が、真岡の脇を殴った。真岡はうずくまり、男は鈴に向かった。

大柄な男からナイフを受け取ると、真岡のほうに顎をしゃくった。大柄な男は、真岡を羽交い締めにした。

「さあ、さっさとやれ」

小柄な男は鈴の腰に手を回し、首にナイフを当てた。

「待て、車が近づいてくる」

床に突っ伏している私にはわかった。車の振動が大きくなっていく。

「上岡、早くやれ」

「ですけど――」

小柄な男はためらった。シャッターの向こうに、はっきりと車のエンジン音が聞こえた。

ドアを開け閉めする音が響いた。誰も何も言わずに、それを聞いている。

シャッターがガラガラと音を立てて開いた。眩しいくらいに明るくなった。

開口部にひとのシルエットが見えた。スーツ姿の男。硬い靴音が耳に響く。

「岩淵、やってるな」

「ああ、荻島さん」

妙に柔らかい岩淵の声が聞こえた。

期待が外れて私はがっくりときた。誰かが助けに駆けつけるとも思えなかったが、それでも期待していた。しかし現れたのは谷保津組の幹部、荻島だった。

「どうしたんだ、これは」

「写真を取り戻すことができたんですよ」

「取り戻すって、どういうことだ」

「いや、それは――」

よく磨かれた靴が近づいてきた。片方の足が上がる。鈍い衝撃音。背中が軽くなった。横に岩淵が転がった。

「なあ、全然話が違うじゃねえか。写真はネットからウィルスで流出したとか言ってたが、お前の身内から出たんだろ。なんでお前の尻ぬぐいを、組を挙げてやらなきゃならないんだ」

「ですけど、いずれにしても、代議士の頼みは聞いておいたほうが――」

岩淵は床に正座して言った。

「だとしても取り組み方が違うんだ。お前にこそこそ動き回らせたりしなかった。小関から、お前が暴走しそうだと連絡があったんだ。和光で起きた事件、お前が関係してるんだって？」

荻島が私をまたいだ。岩淵を蹴り倒した。

「幹部が個人的感情に走って、どうすんだよ。ふざけんじゃねえぞ。お前の行動で組が危うくなるんだ」

床に倒れた岩淵に蹴りを浴びせた。

私はようやく起き上がった。鈴のほうに目を向けると、小柄な男は鈴から離れて立っていた。大柄のほうも真岡から離れ、車にもたれかかっていた。

「探偵、たぶん色々、迷惑をかけたんだろうな。俺から詫びを入れておく。すまなかったな」

さして心がこもっているとも思えなかったが、それでも軽くはなさそうな頭を下げた。

「この男はひとまず預からせてくれないか。このままうやむやにはしない。そんなことはできそうにないしな。関係者と協議する必要がある。色々、厄介な人間が絡んでいてね」

「ああ、かまわないですよ。最低限の正義は期待してますが、おまかせします」

鈴と真岡を連れて帰れるのなら、私はなんだって呑むだろう。

荻島は頷き、体の向きを変えた。

「そちらのお兄さんと娘さんも、よろしくお願いします。ご迷惑をおかけしました」

心なしか、私より丁寧だった。

真岡も鈴も頷いた。

「そのかわりじゃないですが、ひとつお願いしたいことがある」私は言った。

「なんだ」

堅気に頼み事をされるのは嫌いらしい。かなりぞんざいな言い方だった。

「警察が介入する前に、この男のパソコンや携帯を、綺麗に掃除して欲しい」

「そんなことか。こいつもいちおう、幹部だからな。そういうことは、それ専門の業者がいて、やってもらうことになるはずだ」

「そうか、ならよかった」

由が傷つくようなものは、残しておきたくなかった。

「もう大丈夫だ。すべて終わった」私は鈴に歩み寄り、声をかけた。

私に向けられた鈴の視線は、まだぼんやりしている。

「なあ、由ちゃんのことを少しだけ聞かせてくれないか」

鈴は忙しなく瞬きをしただけで、とくに反応を見せなかった。私は訊ねた。

「由ちゃんは、叔父さんにひどいことをされて死にたくなったって、君に打ち明けたんだろ。他に何か打ち明けられなかった？　だから自殺をした、と言ってなかった？」

鈴の眉間に深い皺が寄った。口は開かない。

「自殺したりみちゃんというのは、由ちゃんだったんだろ。あれは彼女のアカウントだったんだ」

47

新聞に隅から隅まで目を通すのに、二十分ほどしかかからなかった。もちろん飛ばし読みや見出ししか見ない記事もある。むしろそちらのほうが多い。

夕刊をとるのはやめようかと考えた。いつも読むところがあまりない。美術欄は美術展をチェックするのに便利だが、そんなものはネットでもできる。もっとも、わざわざネットで調べてまでいくことはないだろう。新聞で見て、会期がわかっていても、見逃すくらいなのだから。

結局のところ、美術欄でスケジュールを調べるのが趣味なのだといまさら気づき、夕刊を継続することに決めた。

新聞を折りたたみ、デスクに置いた。電話に目がいく。

仕事の依頼を待つ日が続いた。夏の終わり、家出少女の捜索依頼はちらほらくるのだが、私はすべて断っていた。そんなことだから、事務所の椅子に座り、電話をなるべく意識しないようにして、日がな依頼を待っている。

やることもなく、目をつむった。眠気を感じて目を開ける。一瞬、青白い裸体が、脳裏に浮かんだ。

ノックの音がした。

「どうぞお入りください」大声で呼びかけた。

ドアが開いた。私は立ち上がって迎えたが、すぐに椅子に腰を落とした。

「なんです。依頼でもあるんですか」

七沢洋がデスクに向かってきた。

「ちょっと近くまできたから。話がしたくてね」

「友達じゃないんですけどね」

「まあまあ、そう言いなさんな。例の事件の話をまともにできるのは、あなたぐらいしかいないからさ」

「いい思い出でもあるんですか」

「なんか私に言いたいことがあるんじゃないかと思ってね」

「別に何も。俺が売った情報をどう使おうとあなたの勝手だ」

しかも適当に言った情報だった。

「もともとはさ、例の代議士の政敵に情報を売るつもりだったんだ。けどね、私も商売でやっているから、いちばん金になるところにいくのさ。悪く思わんでくれ」

「だから、なんとも思っていない」

思いようがない。現在、公になっているあの事件の真相とされるものは、実際に起きたことから大きく変容していた。だから私にとっては、自分とは関係のない別の事件のような気がしてしまうのだ。

現場に落ちていた毛髪と日野原のDNAが一致したし、自宅のパソコンから、由の死体の写真まで見つかり、日野原が由を殺害したと断定されていた。一方的な恋愛感情のもつれから殺害におよんだと推測された。岩淵は日野原殺害の容疑で逮捕された。逃げる日野原を追って二階の部屋で殺害したことになっている。動機はもちろん姪の仇討ちだ。探偵に調べさせ、日野原が怪しいと気づいたとされているが、探偵の名はマスコミに公表されていない。事件の概要はそれだけだ。荻島はシンプルに着地させた。鈴はでてこないし、羽裟間組の名もない。黒川は単なる被害者の父親のままだし、入れ墨の男――代議士もまるで絡んでこなかった。

岩淵逮捕から三日後、国家公安委員長が、体調不良のため突如辞任を発表した。七十を過ぎた長老、度々舌禍《ぜっか》で窮地に立たされながらも、大臣を歴任し政界を生き抜いてきたタカ派の代議士。それが、入れ墨の男であったのか私は知らない。七沢に聞いてみようとも思わなかった。

ひとつ気がかりなのは、鈴だ。裏垢を続けようとそれは個人の勝手だが、賢持への殺意が消化できずにいるのであれば問題だった。

ただ、あのあと私は賢持の身辺を洗い、賢持が合成麻薬も扱っていることを突き止めた。実際は羽裟間組から教えてもらっただけだが。それを荻島からしかるべきところに伝えてもらい、逮捕の運びとなった。当分は鈴に近寄ることもできないはずだ。

由がりみだったのかどうかは、結局はっきりしなかった。

あの日廃工場で、由が岩淵に陵辱され、自分の体が気持ち悪くて死にたくなったと話していたことを鈴は暴露した。なんで復讐相手の鈴に由はそんなことを打ち明けたのか疑問に感じもしたが、それを聞いて私はあることを思いだした。日野原のアパートで由を見つけたとき、ユミポヨに気持ち悪い体と言われて心を壊したと由はりみの自殺を説明した。そのときのひどく冷たい声を私は覚えていた。あらためて考えると、あれはまさに心を潰された人間の声だった。他人に起きた出来事ではなく、自分の身に振りかかったことを由は語ったのではないかと思えた。鈴とりみが会う約束をしていたと真岡から聞いていた。由も東京で友達と会うことになっていたが、それはりみではなく鈴だったのではないか。そう思い至って、あの日鈴に質問をぶつけたのだが、彼女は否定も肯定もしなかった。ただ、春休みにりみと会う約束をし、その前日に突然、父親と寝ている女は気持ち悪いと攻撃してきたことは教えてくれた。

それは鈴にとっても不可解な攻撃だったらしいが、岩淵に陵辱された由が心を乱した末にとった行動だったとすれば説明がつく。あるいは、最初からりみの自殺のシナリオができていたのかもしれない。由は心の苦しみを、自分の分身である裏垢のキャラクターに肩代わりさせようとした。りみを殺すことによって死にたいという気持ちを昇華させようと考えた。ツイッター上で、鈴と言い合いを演じ、最後に死んでやるとリプライを送る。鈴――ユミポヨに自殺したと別のアカウントから知らせることで、りみの自殺は完了した。

しかし、そんなことで死にたいと思うほどの心の傷が綺麗に消えるとも思えなかった。由は、りみの自殺がまだリアリティーをもって自分の心に定着していないと考えたのかもしれない。それで、りみの自殺をよりリアルなものにするため、鈴への復讐を実行することにした。あるいは、死にたくなるような苦しみを忘れるため、何か熱中できるものをと考え選んだのが、鈴への復讐だったのかもしれない。

それらはただの想像でしかない。ただ由が、叔父に陵辱され、死にたくなったと鈴に話したのは事実だ。そこまで打ち明けたのは、鈴との間に何か心の繋がりできたからではないだろうか。

殺された日、私の部屋で鈴に会った由は、誰にも打ち明けられずにいた秘密をすっかり話した。りみの自殺の真相も打ち明け、ふたりの間のねじれた糸はすっかり解れていたかもしれない。そして、傷ついていた由の心は、いくらか軽くなったのではないか。

私の部屋で由とどんな話をしたのか、いくら訊ねても鈴は教えてくれなかったので、想像する手がかりもない。だからそれは、そうであって欲しいという私の願望だった。ひとつはっきりしているのは、もし由がりみだったとしたら、由の戦いもやはり内側を向いていた、ということだ。

裏垢の存在を知った当初、私は驚愕し、恐ろしさに震えた。携帯やらパソコンやら、裏垢を土台から支える機器に対して憤りを感じたりもした。しかし、いまではそんな感情は薄れている。裏垢が必要なものだとは思わない。ただそれを、悪だとことさらわめき立てるのはなんだか違う気がした。倉元の言葉でもあるが、少女たちはもう戦いを始めている。もし裏垢を撲滅させても、場所をかえて戦うだけだ。あるいは戦わずに、リストカットやひきこもりに逃げ込むだけ。悪の根源は別にある。彼女たちを戦いに向かわせるものが、この社会のなかにはいくつも存在する。それに気づかない、私のような不甲斐ない大人もまた悪なのだ、と自戒を込めて思う。

「あなたは信用できると思った私の目に狂いはなかった。またなんかあったら仕事をお願いするよ。当分食いっぱぐれがないくらいの金を、今回いただいているがね」

七沢はそう言って、ウィンクをした。

「なあ、一緒に李禹煥の個展を観にいかないか。今日が最終日だろ。入場料は俺が奢るから」

ギャラリーの個展に入場料がないのは常識だ。まあ、そんなことだろうとは思っていした。私は何も言わないでおいた。

「仕事の依頼がなくてね、いく気にならないんだ」

「まあ、そう言わずに。あとで後悔するよ」

なるほどと、突如腑に落ちた。私は後悔するために美術欄のチェックをしているのだろう。言ってみれば、後悔するのが趣味だ。それは自分の名前への反発だろうか。美しい路は、未来にしか開けていない。

私は腰を上げた。「いいよ。観にいこうか」

私はハンガーにかけてあったジャケットに袖を通した。デスクの携帯を取り上げようとしたとき、着信音が鳴った。依頼か、と瞬間思ったが、着信表示を見たら違った。絵理からだ。

「もしもし」と窺うようにでた。七沢に背を向けた。

言葉は返ってこない。耳をすましても、息づかいも聞こえない。

「いまどこにいるんだ」

「東京。五日前に帰ってきたの」

ツイッターを見てもちろん知っていた。その後、どこに泊まっているかは、巧妙にぼやかしていたのではっきりしなかった。

「犯人がわかってよかったね。きっと由さん、成仏できる」

「ああよかったよ」

絵理のアロマキャンドルは使い切ってしまった。新しいキャンドルを買ってあるが、バニラの匂いではなかった。絵理が気に入るかどうか自信がない。

「私、東京に戻ってきてから、ずっと中目黒のお友達のところにいたの」

ドラマーはどこに住んでいただろう。聞いたことがあったはずだが思いだせない。たぶん、中目黒ではない。そんな近くだったら覚えているはずだ。

「この五日間でわかった。ミオに会えなくても生きていけるって」

「気づくのが遅いよ」

「冗談で流さないで」

鼻にかかった艶のある声が、耳の管をくすぐった。何度でもリピートしたくなる声。私もこの声が聞けなくなっても生きていける。しかし、生きているだけで意味があるのだろうか。

「ベッドを買い換えたよ。ひとりでは広すぎるベッドだ。いや、あの部屋自体が広すぎる。だけど引っ越すことはできないんだ」

「あなたのそういうところ好きよ。譲れないものをもっているところ。でも、ミオはあの部屋に色んなものをもちこみ過ぎている。自分では気づいていないでしょうけど」

「いや、わかるよ。今日は冴えてるんだ。俺は後悔を集めるのが趣味なんだ。きっとそうことだろ」

微かな息づかいが聞こえた。たぶん笑ったのだろう。

「この電話が最後じゃないわ。ただ私の気持ちを伝えたかったの。待っていたら申し訳ないから」

待っていたことを確認したかったのだろう。何個目かの勲章を胸につけて、次へ進める。絵理こそ美しい路を歩めるひとだ。

それは特別な美点ではないが、私は好ましく思う。戦う少女とは遠く隔たったところにいる。

「引っ越し先が決まったら連絡する。それまで荷物を置かせてね」

「全然かまわない。引っ越しのとき、できるだけ、いらないものは置いてってくれると助かる。部屋の感じをそのままにしておきたいんだ」

絵理はほとんど聞き取れない声で「ええ」と言った。何も心に残さないようにという配慮か、「それじゃあ」とあっさり言って切った。

私も電話を切った。七沢を振り返った。

「どうした。何かトラブルか」

笑顔でそう訊くところが、なかなか人間的だと思った。

「いや、なんてことはない」

「それじゃあ、いこうか」

「すまない。気が変わった。ひとりで楽しんできてくれ」

私は椅子に腰を下ろした。

「おい、なんで。観ないと後悔するよ」

「いいんだ。そんなものは怖くない」

私は手を伸ばし、新聞をとった。美術欄を開き、気になる美術展の会期を指でなぞった。

解説

細谷正充（文芸評論家）

新野剛志の『優しい街』の内容で、正しいものを選べ。

A　本書はハードボイルドの王道というべき、正統派の作品である。
B　本書はハードボイルドの最新系というべき、ユニークな作品である。

すでに本書を読了した人なら、この設問が引っかけ問題であることが分かるだろう。なぜなら、ＡＢの両方が正解なのだ。つまり、正統派ハードボイルドであると同時に、時代に合わせて内容を進化させた、注目すべき作品なのである。

本書『優しい街』は、「小説推理」二〇一四年二月号から翌一五年九月号にかけて連載。単行本は二〇一六年十月に刊行された。物語の主人公は、渋谷に事務所を構える一匹狼の私立探偵・市之瀬路美男。彼の〝私〟という一人称で、ストーリーは進行していく。

両親と共に上京していた、高校生の黒川由が失踪した。名古屋で倉庫業をしている両親の依頼を受け、由を捜すことになった市之瀬。由のやっていたツイッターの裏垢（裏アカウント）を手掛かりに、やりとりのあった人々を当たる。だが、そこから見えてきたのは、現実と地続きでありながら別の顔を持つ、独自の世界であった。

それでも由を発見した市之瀬は、彼女の目的が、友人を自殺に追い込んだ人物を見つけることだと知った。十六歳の由に、自分が探偵になる切っかけとなった十六歳の時の体験を重ね、一日の猶予を与えた市之瀬。ところが、予想外の殺人事件が起きた。さらに、自称経済ジャーナリストの七沢や、由の叔父だというやくざの岩淵なども絡んでくる。錯綜する事件を市之瀬は追っていく。

本書は〝胸や尻も確かに悪くない。しかし、ひとつだけ選べと言われれば私は太腿を選ぶ。もちろん女性の体の話だ〟という一文から始まる。まるで、カーター・ブラウンを筆頭とした通俗ハードボイルドのようだ。通俗ハードボイルド好きの私としては、嬉しくなってしまう。だが、冒頭の文章の締めくくりは〝これは私の物語だ。決して他人に起きた事件ではない〟である。こちらは一九七〇年代以降のネオ・ハードボイルド（この言葉は日本固有のものだが、便宜的に使用する）を想起させる。この点については後述したい。とにかく最初から、本書がハードボイルドというジャンルに自覚的な作品であることを予感させるのだ。そしてそれは大当たりであった。

まず事件の発端を見てみよう。主人公が依頼されるのは、失踪（家出）した女子高生を見つけることである。そして洋の東西を問わず、ハードボイルドの発端は、失踪人を捜すことであることが多いのだ。なぜか。公的な権力を持たない私立探偵を事件に関係させるには、事件性があるかどうか分からず警察が動いてくれない、失踪人の追跡や調査がちょうどいいからだ。失踪人を捜すうちに、殺人事件が起こるというのが、ハードボイルドのひとつのパターンなのである。

このパターンを本書も踏襲している。しかも中盤で、後頭部を一撃された市之瀬が、窮地に陥る場面もある。これもジャンルでお馴染みのパターンだ。一人称の語り口も、これぞハードボイルドといいたくなる。複雑な事件の構図と、殺人犯の意外な正体まで含めて、正統派ハードボイルドの面白さに満ちているのだ。

また、主人公のキャラクターにも留意したい。市之瀬路美男。作中の文章から読み取れば三十代半ば。この年代ならば、キラキラネームの持ち主でもおかしくない。また、倉元という知り合いから、ツイッターの裏垢を売ってもらい、女の子に化けて由にツイートしていた人々を釣り出すのだが、意外とノリノリである。己のルールを守る頑なさを持ちながら、一方では、したたかに時代に対応する。今を生きる私立探偵の肖像が、鮮やかに表現されているのだ。

そんな市之瀬が、殺人事件の真相を執拗に追う。己のミスにより、殺人が起きたのではないかという慚愧があってのことだ。しかし、それだけではない。市之瀬が私立探偵になった切っかけは、十六歳のときの体験にある。今回の事件では由と、十六歳の自分を重ね合わせずにはいられなかったのだ。〝これは私の物語だ。決して他人に起きた事件ではない〟と市之瀬がいう理由は、ここにある。

そしてその姿勢は、七〇年代以降のネオ・ハードボイルドの私立探偵たちと通じ合うのだ。かつての私立探偵は完成されたキャラクターであり、部外者として事件にかかわった。だが、ネオ・ハードボイルドの多くの私立探偵は、トラウマや鬱屈を抱えたキャラクターであり、事件と自分をより密接に呼応させるようになったのである。部外者から当事者へと変化した私立探偵像の流れの中に、市之瀬もいるのだ。

さらに注目するポインとして、タイトルにある〝街〟を挙げたい。そもそもハードボイルドは、都市文学の側面を強く持っている。レイモンド・チャンドラーはエッセイ「簡単な殺人法」の中で、〝こうした卑しい街路を、ひとりの男が歩いていかねばならぬのである。彼自身は卑しくもなければ、汚れても、臆してもいない。この種の小説における探偵とは、そんな男でなくてはならないのだ〟と書いている。チャンドラーは自身の生み出した私立探偵フィリップ・マーロウのホームグラウンドをロサンゼルスという都市にして、この言葉を実行した。

もちろん、ダシール・ハメットの名作『血の収穫』が、ポイズンヴィルという俗称で呼ばれる腐敗した鉱山町を舞台にしているように、都市だけが舞台になっているわけではない。だが、チャンドラーを始めとする多数の作家が私立探偵のホームグラウンドを都市にしたことで、ハードボイルドと都市は切っても切れない関係になったのである。

それは本書にも当てはまる。渋谷に事務所を構える市之瀬は、事件の真相を追って、現実の街を奔走する。そこは、政治家やグラビアアイドルのスキャンダルを巡り、やくざや業界ゴロが横行する。市之瀬にとって馴染みの〝卑しい街〟だ。

しかし一方に、別の街がある。裏垢のネットワークから生まれた街（世界）だ。ネット上の街に乗り込んだ市之瀬は、現実との違いに戸惑う。とはいえ、そこも間違いなくリアルな世界だ。セックスを使い、何事かに立ち向かおうとする少女たち。それを食い物にしようとする者たち。ツイッターの裏垢の先にあるのも、生臭い人間の姿なのである。

現実の街とネット上の街。これを作者は事件を通じて結びつけ、主人公を往還させる。そこから今の日本が浮かび上がってくる。だから本書は、正統派にして最新系のハードボイルドなのだ。この種の小説が好きなら、見逃すことのできない名作である。

本作品は二〇一六年一〇月、小社より刊行されました。
作中に登場する人名・団体名は全て架空のものです。

双葉文庫

し-28-04

優《やさ》しい街《まち》

2020年11月15日　第1刷発行

【著者】
新野剛志《しんのたけし》

【発行者】
箕浦克史
【発行所】
株式会社双葉社
〒162-8540 東京都新宿区東五軒町3番28号
[電話] 03-5261-4818(営業)　03-5261-4831(編集)
www.futabasha.co.jp（双葉社の書籍・コミックが買えます）
【印刷所】
大日本印刷株式会社
【製本所】
大日本印刷株式会社
【カバー印刷】
株式会社久栄社
【DTP】
株式会社ビーワークス

【フォーマット・デザイン】
日下潤一

ISBN978-4-575-52414-7 C0193
Printed in Japan